KB267857

장옥순 교육에세이

쉽게 살까, 오래 살까?

쉽게 살까, 오래 살까?

초판 1쇄 인쇄　2012년 10월 30일
초판 1쇄 발행　2012년 11월 06일

지은이　　장 옥 순
펴낸이　　손 형 국
펴낸곳　　(주)북랩
출판등록　　2004. 12. 1(제2012-000051호)
주소　　153-786 서울시 금천구 가산디지털 1로 168,
　　　　우림라이온스밸리 B동 B113, 114호
홈페이지　　www.book.co.kr
전화번호　　(02)2026-5777
팩스　　(02)2026-5747

ISBN 978-89-98268-19-0 03810

쉽게 살까, 오래 살까?

장옥순 지음

book Lab

나에게 쓰는 자경문

32년 동안 초등학교 선생으로 살아오면서 가장 힘든 것은 본을 보이는 것이었습니다. 내가 하지 못하면서 가르쳐서는 안 된다는 강박 관념이 늘 나를 힘들게 했습니다. 인생의 대부분을 아이들과 눈을 맞추며 살 수 있었던 것도 행운이었습니다. 왜냐하면 아이들은 늘 나보다 더 착하고 순수했기 때문입니다.

이제 이순을 바라보는 언덕에 서서 아이들이 준 사랑과 우정이 내 인생을 이끌어주었음을 고백하며 진심으로 우리 아이들에게, 천 명이 넘는 나의 제자들에게 머리 숙여 감사합니다.

가르침은 곧 배움이었으니, 작은 길을 보여준 내게 인생의 울타리로서 있는 귀한 나의 제자들이 이 글의 주인입니다.

석양을 향해가며 마지막 열매 맺음을 준비하는 마음으로 그동안 매체에 투고해 온 글들을 묶기로 했습니다. 새로운 출발을 향해 글방을 비워야했습니다. 이 책 속에는 아이들과 함께 한 시간들, 사랑하는 가족들의 목소리도 담겼습니다. 이제는 더 이상 함께 하지 못하는 아픔도 묻기로 했습니다.

쉽게 살지 않기 위해,
진정으로 오래 사는 길이 무엇인지
나에게 끊임없이 묻기 위해 나에게 쓰는 자경문입니다.
선생으로 살아온 인생
죽는 날까지 그 이름에 부끄러움 없기를!
그것이 평생의 소원입니다.

2012. 10. 15
저자 장 옥 순

제 1 부
가을로 가는 내 인생의 교육 열차

제 2 부
행복하려면 공부하라

제 1 부

가을로 가는
내 인생의 교육 열차

자연의 스승, 벚꽃

벚꽃의 계절이다. 시골 학교에 근무하다보니 눈만 들면 눈부시게 피어난 벚꽃들이 나를 부른다. 다행히 큰 비나 센 바람이 불지 않아서 이대로라면 며칠은 더 신부의 화사한 웨딩드레스처럼 깨끗한 벚꽃의 향연을 아무런 대가도 치르지 않고 볼 수 있으니 얼마나 행복한 일인가? 자연이 주는 이 황홀한 시간들이 얼마나 감사한 일인가?

이렇게 깨끗한 아름다움을 외면하고 살았던 시간이 참 길었었다. 참 오랜 동안 벚꽃을 미워한 적이 있었다. 벚꽃이 우리를 아프게 했던 어느 나라의 꽃이라는 이유만으로, 어린 시절 단순하기 그지없는 학교 교육으로 내 머리에 각인된 탓이었다. 사춘기 시절, 일본어를 배울 기회가 있었을 때에도 우리나라를 지배했던 나라의 언어라는 이유만으로 배우지 않을 만큼 국수주의자에 가까웠으니 벚꽃을 구경하러 다닌 사람들을 못마땅하게 여겼으니, 돌이켜 생각하니 꽃에게 참 미안하기도 하고 내가 미련스럽기도 하다. 편향된 교육이나 일방적으로 주입된 개념을 바르게 잡는 데는 얼마나 많은 세월을 보내야 하는지 스스로 겪은 탓에 아이들 앞에서 지식을 가르치는 일을 참으로 조심해야 함을 느낀다. 잘못된 지식은 오히려 가르치지 않음만 못한 것이다. 바로 잡기 위해서는 몇 배의 노력과 시간이 들기 때문이다.

벚꽃에 대한 편향된 시각을 교정하고 나이가 들어가면서 벚꽃을 바라보는 나의 시각은 안쓰러움으로 변했다. 아니, 동경으로 변했다고 해야 더 정확한 표현이다. 나이 들어가면서 나는 꽃이 피어난 모습을 좋아하지만 꽃으로서 생명이 다하고 지는 뒷모습을 유심히 들여다보는 습관이 생겼다. 지는 모습이 깨끗한 꽃이 있는가 하면, 자기 모습을 빨리 감추지 못한 채 꽃이었던 시간을 움켜쥐고 놓지 못하는 꽃들도 있다. 벚꽃을 좋아하는 첫째 이유가 지는 뒷모습이 아름다워서이다. 감당 못할 만큼 한꺼번에 와르르 터졌다가 어느 날 갑자기 그리움을 안겨 주고 홀연히 아무런 미련 없이 지상의 옷을 벗어놓고 해맑은 봄날 하얀 눈꽃을 선물하며 여유롭게 하늘거리며 세상을 등지는 그 여유가 부러운 것이다.

벚꽃처럼만 살 수 있다면 얼마나 좋으랴!

인생의 절정기에서 한 순간에 가진 것을 다 내려놓을 수 있는 그 충만한 비움이 부러워 한숨이 나오는 것을 어쩌랴! 말없는 자연의 스승은 한 송이 벚꽃 속에서 나를 향해 부르짖는다. 언제까지 채우고만 있을 거냐고 묻고 있는 것이다. 얼마나 더 생명의 뿌리를 곤하게 할 거냐고 묻는다. 벚꽃은 말이 없는데 내 귀는 벚꽃이 던지는 화두에 귀가 시끄러운 계절이다. 우리 1학년 20명의 꼬마들이 떠드는 소리보다 더 쟁쟁하게 고함을 치는 4월이다.

벚꽃의 꽃말이 '정신의 아름다움'이라던가? 누군가 정말로 잘 지은 꽃말이다. 그처럼 완벽하게, 처절하게 한 순간에 자신을 비우는, 청빈의 자세야말로 아름다움의 극치가 아니겠는가? 채움의 미학이 세상의 이치가 된 삶터에서 버림의 처세술을 그처럼 완전무결하게 보여주는 벚꽃을 수십 년 보내면서도 나는 아무 것도 버리지 못하고 움켜쥐고 살고 있으니, 봄만 되면 나는 벚꽃이 보내는 자연의 스승에게 회초리를 맞느라 마음이 멍들어 간다. 감히 '벚꽃 구경'이라는 단어를 쓰는 것조차 부끄럽다.

"행복해지고 싶다면 노력해야 합니다. 집을 깔끔하게 정리하듯 내 마음에서 버릴 것은 버리고 간수할 건 간수해야 하는 것입니다. 내게 소중하고 아름다움 기억과 칭찬의 말 등은 간직해도 좋지만, 필요도 없는 비난이나 고통의 기억은 쓰레기나 잡동사니 치우듯이 과감히 버리는 것입니다."

에이브러햄 링컨의 말처럼, 이 봄에는 내 마음 안에서 버리지 못한 채 끌어안고 살아온 고통의 기억과 상처들을 벚꽃이 흩날리는 내일이나 모레 모두 버릴 수 있도록 하나씩 분리수거를 해야겠다. 고통의 바구니, 상처의 바구니, 평생 재활용할 수 없는 아픔의 바구니들을 올해만은 꼭 버리고야 말겠다. 아니, 해마다 버릴 것들을 늘려서 자연의 스승 앞에 숙제를 다 했노라고 자신 있게 나설 그날을 초를 재며 살아가고 싶다.

호박된장국 앞에서 눈물짓다

"여보, 냉장고에 넣어둔 쑥으로 국을 끓이지 왜 호박된장국이네?"

"호박이 상하려고 해서 끓인 거예요."

요즈음 마음이 심란하고 오십견까지 와서 아침에 일어나면 몸과 마음이 천근이다. 그래도 남편 곁으로 왔으니 고생하는 그를 위해 끼니마다 식사 준비에 와이셔츠 다리는 일로 아침이 바빠졌다. 교실에서 아이들과 즐거울 때는 모든 일이 행복하건만 요즈음 며칠은 그렇질 못했다. 아이들 때문에 울고 웃는 내 삶이 참 어설프다. 벌써 지천명인데 아직도 이렇게 아이들에게 상처를 받고 힘들어하는 내 모습에 좌절하기를 반복하는 일상이 싫다. 아니, 그들은 내 삶의 거의 모든 의미였고 내 시간을 바친 삶의 터전이었기에, 더 깊이 말하면 내가 너무 집착하며 살았다고 해야 옳을 것 같다. 교실을 직장으로 알고 잠시 몸담은 동안만 나를 할애해 주는 공간으로 삼았다면 이렇게 연연하지 않았을지도 모른다. 교실이라는 공간은, 아이들을 만나는 그곳은 200여 일 동안 , 그리고 그 후로 쭉 내 삶과 연결되곤 했었다.

교단에 서 있는 시간을 가장 행복하게 생각하며 살아왔던 내 삶이 지금 흔들리고 있는 것이다. 이 자리에 오기 위해서 남들보다 먼 길을 달려 돌아온 내 젊은 날의 시간을 반추해 보며 짧은 순간 바쁘게 먹던 호박된장국 앞에서 나도 모르게 가슴이 먹먹해지던 순간. 스무 살의 언저리에서 어느 해 봄에 호박이 처음 열릴 때부터 끝물 때까지 줄기차게 먹었던 호박된장국, 정말 몇 달은 족히 먹었으리라. 무남독녀였

던 나는 연로하신 부모님을 위한답시고 진학하지 못한 학교 대신 주경
야독으로 향학의 열기를 식히던 그때.

　말만한 처녀가 갈아입을 옷도 변변치 않아서 저녁에 빨아서 덜 마
른 옷을 아침에 입고 나가서 밤 10시가 되도록 시골 읍내의 도서관을
괴롭혔었다.

　가난을 이기려면 일자리를 찾아야 한다는 성화에도 불구하고(요즈음
말로 하면 비정규직) 안정된 일자리를 찾는다며 돈 벌기를 마다하고 1년
가까이 책과 씨름할 때, 반찬값이 없어서 울타리에 심은 호박으로 끼
니마다 된장국을 끓여 먹었던 것이다. 그런 이유 때문에 오랜 동안 호
박을 참 싫어했었다. 냉장고에서 가장 푸대접 받는 채소가 늘 호박이
었다. 물리도록 먹었으니…….

　그런데 이제 그 호박된장국 앞에서 가슴 아린 추억이 되살아 오르
는 것은, 그리고 그 가난했던 날이 그리운 것은 무슨 이유인가? 호박된
장국을 먹으면서도 풋풋한 희망이 있어서 좋았던 탓이리라. 이제는 뭘
먹어도 그때만큼 맛있지 아니하니 배부른 투정 앞에 부끄러움이 앞선
다. 꿈만 꾸면 뭐든 이룰 것 같았던 그 젊음이 그리워서 지금 나는 호
박된장국을 일부러 끓이려 한다. 가난조차 부끄럽지 않았던 그 당당함
이 그립고 열심히 앞만 보고 달렸던 그날들이 그리워서. 이제 다시 호
박을 즐겨먹으면서라도 다시 꿈을 꾸고 싶다.

나도 가끔은
행복해지고 싶다

참 오랜만에 신문을 펼쳤다. 재활용으로 내놓기 전에 스크랩을 하기 위해서였다. 얼마나 오랜만에 차분하게 책을 보고 신문을 펼쳐 보는 걸까? 정확히 5개월 만에 가져 보는 여유로운 시간이다. 오십견으로 아픈 어깨를 움직여 보려고 아침 산책을 시작한 것도 이즈음의 일이다. '책을 볼래, 운동을 할래?'라고 물으면 나는 언제나 책을 선택할 만큼 움직이는 것을 싫어했었다. 그런데 이제는 우선순위가 바뀐 것이다. 이른 잠에서 깨어나 독서 대신에 산책을 나가서 가볍게 몸을 풀지 않으면 안될 만큼 나이 앞에서 쩔쩔 매는 내 모습을 이기고 싶었다. 다행히 남편을 따라 옮겨온 이곳에서는 통근하는 시간을 벌었으니 감사하게 생각하며 살고 있다. 늘 같이 살 것만 같던 자식들은 각기 자기들의 삶터에서 뿌리를 내리며 우리 곁을 떠나고 없다. 결국엔 남편과 나, 둘만 남은 것이다. 부부라기보다 친구라는 표현이 더 맞는다고 해야 할 것 같다. 혼자였다면 운동을 그렇게 싫어하는 내가 이른 아침에 일 대신에 산책을 나갈 리가 없다. 어떤 핑계를 대서라도 아침 시간을 일로 채웠을 터이니…….

낯선 땅 강진에 와서 처음 맞는 여름방학이다. 다음 주부터 잡혀 있는 연수 일정을 생각하며 미루어 둔 책읽기에 공을 들여 보지만 해가 다르게 나빠지는 시력과 기억력 감퇴로 속도가 붙지 않아 마음이 상한다. 이어령 박사의 『디지로그』를 읽으며 무디어진 현실 감각을 깨우기로 했다. 그만의 독특한 필치로 해박한 지식을 풀어내어 디지털과 아날로그를 통합한 키워드를 막힘없이 풀어낸 책이다. 컴퓨터라면 겨우 원고를 쓰거나 디지털 카메라 사진을 올리는 정도로 그치는 수준이라서 뭔가를 더 배워야 한다는 절박함에 골랐던 책이었다. 내가 좋아하는 분야의 책이 아니라서 끝까지 읽는데는 인내심이 필요했다. 전체적인 느낌은 정보화 시대를 산 위에 올라서 조망해 보는 것 같았다. 대단한 석학답게 현란한 수사어를 동원하고 우리 문화에 접목시켜 풀어낸 이어령 박사의 필력에 탄복했다는 표현이 더 맞을 것 같다. 차분히 시간을 두고 한 번 더 읽어야 소개할 정도가 될 것 같다.

얼마나 기다리던 시간이었던가! 자유분방한 19명의 아이들 속에서 지쳐가던 1학기였다. 1학년 때에 꼭 정착되어야 할 기본 습관을 앵무새처럼 말하고 행동으로 보이며 아이들과 부대꼈던 109일. 이제는 자동화된 기계처럼 일상적인 일들을 시행착오 없이 잘 따라오던 아이들이 한참 예뻐질 무렵, 방학이 시작된 것이다. 아쉽게도 아직 글자를 다 깨우치지 못한 아이들이 있어서 미련이 남지만, 그들도 힘들게 학교생활을 마치고 쉬고 있을 테니 건강하기만을 바랄 뿐이다.

방학을 하고 난 이틀 후에 걸려온 전화로 마음을 졸였던 순간이 없기를 바라는 것이다.

"선생님이세요? 우리 성현이가 방학하는 날 교회에서 캠핑을 간다면서 수영복과 돈을 가져갔는데 이틀이 지나도록 아무 연락이 없어요."

"어디로 간 줄도 모르세요? 성현이 할아버지, 너무 걱정 마시고 계세요. 제가 바로 알아보고 연락드리겠습니다."

그 전화를 받는 순간 얼마나 놀랐던가! 바닷가 아이들이지만 물놀이 사고로부터 안전하다고 어찌 장담하랴. 성현이는 조부님 슬하에서 자라는 외로운 아이이다. 친구가 많지 않으니 하교 후에도 학교에 남아서 놀기를 좋아하는 명랑한 아이였다. 몇 달 만에 만난 동창 모임에 가서 식사를 하다 말고 그 전화를 받고서 나는 입맛조차 잃어버렸었다. 방정맞은 생각이 먼저 들었기 때문이다. 방학이라지만 마음은 아이들 걱정에 한 순간도 휴대폰을 꺼놓지 못하고 산다. 급한 마음에 교회에 다니는 승현이를 찾기로 했다. 승현이 할머니께 여쭈어 보면 알 것 같아서였다. 다행히 교회에서 2박3일 캠핑을 가서 돌아오기로 한 날이라고 하셨다. 그 곳에 성현이도 같이 갔다는 말을 전해 드리며 성현이 할아버지를 안심시켜 드렸다. 노인이 얼마나 마음을 졸였을까? 급한 마음에 아는 연락처라고는 선생님 전화 밖에 생각이 안 나서 연락을 하셨다며 미안해하신다. 그래도 연락을 알려 드릴 수 있어서 뿌듯하고 안심이 되었던 작은 사건.

아이들과 한 발짝 떨어져 있는 지금, 그들도 나도 작은 그리움 하나 안고 시간을 보낸다. 부모 곁에서 학교생활로 묶여 있어서 행복하지 못했던 시간들을 만회할 수 있기를 바라는 마음이다. 나 역시 지친 마음과 몸을 추스르고 책으로 보양식을 채우고 부족한 사랑을 다시 채우며 2학기를 살 수 있도록 신선한 배움을 준비하고 있는 것이다. 한가하게 신문을 스크랩하고 아내 역할을 하며 내가 여자임을 느끼기도 하고 한 인간으로서 살아가는 이유도 생각해 보게 되는 방학에는 하루 종일 혼자 있어도 심심하지 않다. 이불을 세탁하고 널어 말리고 거울옷들을 갈무리하며 아픈 어깨를 혹사시키지만 그래도 행복하다. 멀리 사는 아들에게도 어미 노릇을 해야 하고 몇 권쯤 책을 더 사서 읽을 생각만 해도 소녀처럼 설레는 방학. 지극히 일상적인 것들이 얼마나 행복한 것인가를 다시금 깨닫는 요즈음. 회사일이 바쁘니 휴가 계획조차 잡지 못한 남편이 땀에 젖어 퇴근하면서 집에서 기다리는 아내가 있어 발걸음이 빨라진다는 소리를 듣는 것도 작은 행복이다. 맞벌이라는 이유로 날마다 힘들어서 축 처진 채 퇴근하는 그를 반갑게 맞아 준 기억이 별로 없기 때문이다. 아내 자리로 돌아와 아침이면 양말까지 챙겨주는 작은 일에도 그는 행복해 한다. 며칠 뒤면 연수를 받으러 멀리 가서 10일 동안 기숙사 생활까지 들어가니 그 동안이라도 몇 배로 잘 해 주고 싶은 내 마음을 아는지 모르는 지 표현조차 없는 남편에게 미리부터 미안해진다. 방학이라고 남들 다 간다는 해외여행 한 번 같이 못 해 본 우리이다. 부부교사가 아니니 시간 맞추기도 힘들고 아이들과 시간 맞추기도 어려웠지만 알뜰한 남편의 생활 습관이 첫째 이유였다. 아침마다 1시간짜리 산행을 하며 체력을 길러서 장거리 여행 계획을 세워 보려 한다. 일상의 작은 행복을 소중히 하고 싶다. 신문을 보고 청소를 하고 책을 읽는 행복, 음악을 듣고 아이들에게 편지를 쓰고 전화를 거는 작은 일들을 사랑한다. 친구들을 만나고 일기를 쓰는 이 작은 일상을 사랑한다.

나도 가끔은 행복해지고 싶다.

미리 쓰는 편지

사랑스런 1학년 귀염둥이들에게

마량 앞바다에서 불어오는 바람이 2학년이 될 여러분의 앞날을 축복하려는 듯, 겨울답지 않게 포근합니다. 사랑스러운 여러분을 만나기 위해 먼 길을 달려 찾아온 마량 초등학교에서 만난 3월은 선생님에게는 참 힘든 시간이었답니다. 그것은 어느 해보다 마음고생이 심했던 만남이었기 때문입니다. 첫날 입학식 날부터 나는 진땀을 흘리며 권영이를 따라다니며 달래야 했고, 울면서 집으로 가겠다며 3시간 이상 징징거리며 우는 선영이 곁에서 천방지축 뛰고 싸우며 엉덩이에 뿔이 난 1학년 개구쟁이들을 의젓한 초등학생으로 자라게 하겠다는 다짐을 했었답니다.

한 사람, 한 사람은 모두 귀엽고 사랑스러운데 함께 모여만 있으면 서로 지지 않으려고 덤비다 주먹질하기, 여자 친구들 울리기, 화장실에 보내면 어디 가서 놀아버리던 영찬이와 민혁이, 늘 다치는 권영이, 성질이 급해서 소리 지르는 버릇으로 영민이와 우기기 잘 하던 승현이, 거울보기가 취미인 거울 공주 고은이는 조금만 야단쳐도 울어버려서 선생님을 힘들게 했었지요.

이제 돌이켜 생각하니, 우리 1학년 20명 친구들을 만나 힘들고 어려웠던 만큼 그 어느 해보다 보람도 많았다고 생각합니다. 1학년은 학교생활을 시작하는 아주 중요한 때이니 이 때 좋은 습관을 들여 주는 게 1학년 담임의 책임이지요. 친구를 이해하고 배려하는 마음을 갖게 하는 일, 음식을 감사한 마음으로 골고루 먹으며 버리지 않게 하는 일, 연필을 바르게 잡고 글씨를 쓰게 하는 일, 좋은 책을 읽는 독서 습관을 몸에 붙게 하는 일, 질서를 지키고 다른 사람들과 어울려 살아가는 자세를 배우는 일, 공부하는 자세와 숙제하는 태도를 기르는 일, 부모님과 어른들께 효도하고 존경하는 태도를 갖는 것, 등 셀 수 없이 많은 것들을 처음 배우는 1학년 여러분들에게 선생님은 날마다 잔소리 대장이었습니다.

날마다 빠지지 않고 검사해 주는 숙제와 알림장 확인으로 점수를 주어서 선물을 주고 모둠장을 뽑아 칭찬해 주는 것, 급식실에서 밥을 다 먹은 친구에게는 점수를 주고 남긴 친구는 끝까지 다 먹을 수 있게 기다려 주며 선생님을 도와준 급식부장들의 수고 덕분에 우리 1학년은 편식하지 않는 착한 친구들이 되었습니다.

생각해 보니 우리 1학년의 자랑거리가 참 많습니다. 아침독서도 아주 잘 하고, 학예회 때 '강아지 똥'을 다 외워서 예쁜 한복을 입고 낭송했을 때, 얼마나 귀여웠는지! 무거운 부채를 들고 부채춤을 배우느라 낑낑대면서도 순서 하나 까먹지 않고 부채춤을 공연하여 학부모님과 선생님들을 깜짝 놀라게 한 여자 어린이들, 까불대던 모습들이 차분해져서 발표도 잘 하고 의젓하여 1학년 수업 공개하는 날은 언니들처럼 점잖게 공부하는 모습을 보여주어서 얼마나 기특했는지 감동했답니다.

사랑스러운 1학년 친구들! 공부도 잘 하고 반장으로서 늘 모범을 보인 정세현, 권영이를 짝꿍삼아 잘 보살펴 주고 친구들 공부도 잘 가르쳐주던 서원빈, 재주가 많아서 늘 웃기던 김영찬, 심부름을 제일 잘 하는 박권영, 이야기를 재미있게 잘 하는 윤민혁, 성질은 급하지만 남을 잘 돕는 의리의 사나이 우승현, 글씨를 잘 쓰고 씩씩한 이명범, 노래를 잘 하고 인사를 예쁘게 하는 최강, 조용하고 공부를 열심히 하는 귀염둥이 이동우, 규칙을 잘 지키고 착실한 모범생 박해솔, 숙제를 잘 하고 발표를 잘 하는 황성현, 친구들에게 친절하고 잘 웃는 윤선영, 일기를 잘 쓰고 글씨도 잘 쓰는 박나리, 웃는 얼굴로 착한 일을 잘 하여 친구가 많은 김미심, 책을 많이 읽고 좋은 생각을 잘 하는 김하늘, 이름처럼 곱게 살려고 노력하며 공부를 열심히 하는 강고은, 반듯한 글씨와 오똑한 얼굴로 인기도 많은 김서경, 깜찍한 말솜씨와 그림 솜씨를 보여 주는 재주 많은 잠꾸러기 박유림, 인사 잘 하고 바른 말씨를 쓰는 점잖은 김인서, 우리 반의 독서왕 누구에게나 친절한 정아영. 이렇게 다 부르고 보니 힘들었던 기억보다 귀엽고 순진해서 나를 웃게 만들었던 순간들이 더 아름답게 생각납니다.

지난 1년 동안 좀 더 재미있게 즐겁게 가르치지 못하고 많이 껴안아 주지 못해 참 미안합니다. 혹시나 다치고 사고가 날까봐 밖으로 나가서 공부하는 시간이 부족했고, 글씨 모르는 친구에게 매달려 다른 공부를 더 많이 시켜 주지 못한 일들이 참 미안합니다. 특히, 친구들과 같은 교실에서 시간을 보내며 힘들어 한 우리 권영이를 생각하면 나는 참 마음이 아프답니다. 권영이를 위해서 해준 게 아무 것도 없는 것 같아서랍니다.

사랑하는 1학년 귀염둥이 여러분! 미심이 아빠를 위해 저금통을 들고 오고 자기 용돈을 아껴서 몇 번씩이나 돕기 성금을 내던 아름다운 마음씨를 항상 품속에 안고 살기 바랍니다. 학급의 대표로서 모둠장이 되어 선생님을 도와 공부 도우미 역할을 하며 자기 공부보다 짝꿍과 모둠을 위해 봉사해 준 정세현, 서원빈, 우승현, 박해솔, 김하늘을 고맙게 생각합니다.

2학년이 되어서도 친구를 돕고 배려하며 참아주던 그 마음을 간직하여 친구들에게 베푸는 사람이 되기 바랍니다. 좋은 습관은 노력하지 않으면 금방 없어지고 나쁜 습관은 배우려고 하지 않아도 저절로 생긴다는 것을 잊지 말고 2학년이 되어서도, 더 나이를 먹더라도 1학년 때 했던 좋은 습관을 자기 것으로 만들어서 여러분이 하고 싶은 꿈을 꼭 이루기 바랍니다. 건강한 모습으로 부모님과 할아버지, 할머니를 소중히 여기는 아름다운 사람으로 자라길 빕니다.

교육전문직
도전 실패기

사람의 인생에는 두세 번의 기회가 찾아온다고 한다. 물론 준비된 사람에 한정된 이야기일 것이다. 나도 내 인생에서 그런 기회가 있었다고 생각한다. 가난으로 고등학교 진학을 못하고 검정고시를 합격한 후 공무원 시험을 통과하여 가족을 부양하며 행복해 했을 때가 첫 번째 기회였다고 생각한다. 두 번째 행운은 공무원 생활을 3년 하는 동안 내 인생 최고의 만남인 남편이 사다준 방송통신대학 원서로 입학하여 공부한 뒤, 초등교육학과를 졸업하여 취득한 자격증으로 순위고사를 다시 봐서 초등학교 교사가 되었을 때이다.

그렇다면 내게 남아 있는 세 번째 행운의 기회는 스스로 찾아야 한다고 믿었다. 그 기회는 어느 날 갑자기 찾아왔다. 전문직 도전을 하고 싶다는 막연한 확신이었다. 교육 경력 26년이 지났지만 승진을 해야겠다는 당위성을 느끼지 못하고 살아왔다. 평교사로서 교실에서 아이들과 나누는 아름다운 교감과 사랑, 가르치는 보람과 기쁨이 컸기 때문이다. 그러나 지천명을 넘기며 다가온 세상의 소식들은 나를 불안하게 했다. 교단의 나이든 선생님을 바라보는 세상의 부정적인 시각과 전해지는 소식들은 긍정적인 소식보다 답답한 소식들이 더 많았다.

이러한 불안은 나이를 먹어서도 아이들 앞에서 실력 있는 선생님, 공부하는 선생님, 처음 사랑이 식지 않도록 깨어 있는 선생님이 되어 무명교사로서 흔들리지 않겠다는 자신과의 약속을 돌아보게 했다. 꾸

준히 공부하는 자세를 놓지 않기 위해 교육대학원을 다니며 교육학 석
사 논문을 완성하여 학위를 취득했고 교단의 일상을 세상에 전하며
아이들의 숨결과 자라는 모습을 다섯 권의 책으로 남겼으며 그 작업
은 아직도 진행 중이다.

 그럼에도 불구하고 불안했던 마음은 나를 전문직 도전으로 안내한
것이다. 승진을 염두에 두지 않았기에 1급 정교사 연수를 받아야 승진
점수에 꼭 필요하다는 담당 장학사님의 간곡한 권유에도 불구하고 육
아에 신경 쓰며 통신대학 학사학위 점수로 1급 정교사 자격증을 대신
했던 20여 년 전. 승진을 위해 섬으로 들어간 적도 없고 부장경력을
쌓지도 못했으며 근무 평점조차 안중에 없었다. 늘어가는 내 흰 머리
카락을 감추기 위해, 아이들에게 할머니 소리를 듣지 않기 위해 나이
에 연연하는 내 모습이 싫어서 찾은 돌파구가 전문직 응시였으니 결과
가 좋을 리 있겠는가?

 평소에 독서와 글쓰기를 가까이 하며 살아 왔기에 전문직의 논술 시
험에 대한 자신감도 한 몫을 했다. 급기야는 지난 여름방학에는 대전
으로 교육전문직 도전을 위한 합숙 연수까지 자원하여 들어갔다. 결
과는 몸무게가 3kg이나 빠질 만큼 공부를 했으니 그나마 다행이다.
겨울방학 시작과 함께 도서관에서 공부하기, 새벽 공부하기로 교육학
과 문제집을 공부하고 교직실무와 문제집도 병행했다.

 2007년 1월 25일, 전라남도 초등교육전문직 1차 시험을 치른 나는
절망감에 빠져서 헤어나오는 데 며칠이 걸렸다. 내가 공부한 방향이
전혀 다른 길이었음을 깨닫게 한 시험이었기 때문이다. 장학직의 최우
선 목표를 교실수업개선을 위한 장학 능력으로 보고 교육심리학과 교
육과정, 교수학습지도에 중점을 두고 공부를 한 것과 달리, 교직실무
문제가 30% 가까이 출제된 것이다. 일선 현장에서 필요한 실무 능력

을 중요시한 현실적 문제를 간과한 채 책 속에 안주한 안이한 나의 수험대책을 자책해야 했다. 결국은 실력문제라고 자인하며 자신을 추스르기 위해 다시 공부를 하련다. 교육학 분야 중에서 응시과목이 아니었던 〈교육철학〉은 교육학의 뼈대이기 때문이다.

교육학 공부 자체가 아이들을 위한 공부이니 전문직 응시에 실패했다 하더라도 손해를 보거나 잃을 것이 없음에도 불구하고 나를 누르는 패배의식으로 참 힘들었다. 그 힘듦이 새삼스럽게 공부하는 데 시간을 보내거나 실패로 힘들어하는 제자들이나 이웃을 더 이해하게 만들었다. 다시는 도전할 기회조차 없다는 사실(나이 제한)이 나를 더 힘들게 했다. 공부를 하는 동안 깨달은 것은 교실 현장에서 교육학의 다양한 분야의 이론들이 현장에 접목되어야 함에도 불구하고 자격증을 취득한 이후로 이렇듯 심오하게 공부를 하지 않아서 아이들에게 죄를 많이 짓고 살았다는 자각과 반성을 하게 된 것이다. 교육학은 곧 나의 가르침을 비추어 보는 거울이니 늘 닦고 들여다보아야 함을 깨닫게 해 주었으니, 새로 시작하는 2007년의 밑거름을 두둑하게 쌓은 겨울방학이었다.

전문직 도전이 교직 성장을 위한 길이었으니, 그것을 위한 공부도 아이들을 위한 것임을 생각하면 오히려 잃은 것보다는 얻은 것이 더 많은 도전이었다고 나 자신을 위로하며 다시 일어서서 더 겸허하게 낮아지는 선생님이 될 다짐을 한다. 같은 책을 두세 번씩 탐독하며 읽은 덕분에 교실 현장에서도 충분히 접목시킬 수 있을 만큼 든든한 자양분을 쌓았다고 자부하며 긍정적인 자아개념으로 무장할 것이다. 개학하면 나이를 생각하지 않고 도전했던 용기를 아이들 앞에서 자랑하고 싶다.

'선생님도 겨울방학 동안 몇 천 페이지 공부를 했고 수천 개의 문제를 풀었다.'고.

아가,
한 번만 안아 볼 수 없겠니?

2004년 11월 4일, 한 폭의 그림보다 더 아름다운 가을 하늘 아래 화장장의 공원 벤치에서 나는 터지는 눈물을 어쩌지 못하고 꺼이꺼이 울었다. 23년간 시어머님의 자리에 계셨던 분과 사별하는 자리가 너무 아팠기 때문이다. 시어머님의 입관을 보면서도, 납골당에 안치될 자리를 뼘으로 재어보면서도 눈물을 주체할 수 없었다. 그것은 지상 어디에선가 아니면 이미 고인이 되셨을 지도 모를 친정어머니에 대한 회한 때문이었다. 네 살 난 나를 버린 어머니에 대한 아픈 기억을 지우는 데 반생이 다 가버린 것이다. 생명을 주신 어머니에 대한 감사함보다는 원망과 체념으로 점철된 긴 시간. 결혼에 대한 희망을 갖기보다는 행여 어머니와 같은 길을 가게 될까봐 두려워했던 남편과의 만남. 그런 염려는 부적처럼 나를 따라다니며 결코 자식을 버리지 않겠다는 아픈 각오를 하게 했으니, 어머니가 주신 아픔은 아픔으로만 끝나지 않고 내 삶이 옹이가 되어 이젠 다듬어져 가고 있다.

이젠 그 어머니를 마음 편하게 뵐 수 있을 것 같은데 어머니의 시간이 남아 있는 지 초조하기만 한 것을! 몇 년 전에 어렵사리 찾아서 가족 모두 뵙고 온 뒤로 다시 침묵의 긴 시간이 흐르고 말았다. 나는 시어머님의 납골당에서 친정어머니를 생각하며 허망한 눈물을 주체할 수 없었다. 그렇게 가는 인생인데, 그렇게 아프게 살아야 했던가, 그렇게 오랜 시간 받아들이지 못했던 나 자신이 너무 미워서 생명을 주신 어머니가 얼마나 아파하며 생을 영위하셨을지, 돌아가셨다면 얼마나 한이 되셨을지 생각하니, 너무 아파 한없이 울었다. 어머니와 내게 주어진 인연은 4년뿐이었다고 생각할 수는 없었는지, 한없이 나 자신을 원망했다.

시어머님은 결혼을 하고 처음 시댁에 갔을 때, "우리 인호 색시는 고르고 골라서 장가를 보내려고 했는데 가난하고 예쁘지도 않은 너를 데려왔구나." 하시며 두고두고 내 가슴에 멍을 남기는 말씀을 하셨다. 당신은 가난이 싫어서, 노후를 의탁하려고 조강지처도 아닌 재혼 자리에 계시면서도 같은 여자로서 어린 나이에 어머니와 생이별을 하고 계모 슬하에서 힘들게 공부하여 열심히 살면서 남편의 눈에 들어 결혼에 이른 나를 그렇게 아프게 하셨다.

마흔 다섯 살에 나를 둔 아버지는 일찍 친어머니와 생이별을 하고 뒤늦게 새어머니를 만나 무남독녀인 나를 보며 가난과 좌절을 견딘 불쌍하신 분이다. 살림이 펴질 만할 때, 새어머니가 정신질환에 시달리며 가산을 탕진하고 하나밖에 없는 딸을 중학교에도 보내지 못하고 일터로 내보면서 피눈물로 마음아파 하셨던 아버지. 가난은 죄가 아니라하지만 어린 가슴에 못을 박고 어른들 속에서 주경야독으로 중·고등학교 검정고시 졸업자격을 얻고 공무원 시험을 합격하였던 나를 기쁨의 눈물로 감격해 하셨던 그 아버지. 그리고 다시 공부를 계속하여 통신대학 학사과정을 마치고 초등학교 교사를 하며 결혼까지 치르는 내 모습을 자랑으로 아셨던 아버지와 계모님은 나를 지켜주신 기둥이셨다. '시련은 평범한 사람을 특별한 사람으로 만든다.' 는 폴 제퍼스의 말처럼 나는 늘 특별한 사람이 되자고 다짐했었다. 시련에 지지 말자고. 두 분의 안정적인 노후를 위해 공부를 해서 성공해야 한다고 다짐했던 사춘기 소녀는 가난 속에서도 내가 서야 할 자리를 찾는데 게으르지 않았었다. 연로한 아버지와 병든 계모님의 노후는 내 어깨에 있다는 자각이 사춘기의 소녀에게 한 순간의 방황도 허락하지 않았으니, 시련이 나를 올곧게 세우는 채찍이 된 것이다. 열심히 노력하는 나의 진심이 통했는지 나는 보는 시험마다 원하는 성적을 얻어 직장을 잡아 부모님을 모시는데 부족함이 없었던 처녀 시절. 그 때에도 친어머니를 찾아야 한다는 생각은 했었지만 나 하나만 의지하며 살아온 계모님을 서운하게 할 수 없다고 생각했다.

내가 일곱 살 나던 해에 아버지와 재혼하여 20년 넘게 살아온 어머니셨으니 나의 선택이 잘못됐다고 생각해 본 적은 없다. 첫 아이를 낳았을 때, 친어머니 생각이 나지 않을 정도로 나에게 정성을 다 하신 어머니는 한 달 이상을 내 손끝에 물도 못 대게 하셨다. 새벽에라도 몇 번이나 일어나서서 산모가 잘 먹어야 젖이 잘 나온다며 엄동설한에도 꼬박꼬박 미역국을 데워서 먹이신 어머니. 그 때는 가난해서 입식 부엌도 아니었는데, 세탁기도 없었는데 그 추운 데에서 내가 내놓은 산후 옷가지를 손빨래 하신 어머니를 생각하면 지금도 눈물이 앞선다.

그런 어머니는 20년을 넘게 아버지와 사셨으면서도 호적상의 아내로 오르지 못하셨다. 그것은 내가 결혼해서 혼인신고를 할 때, 시댁에 누가 될까봐 말도 못하고 사셨다니 내 짧은 소견으로 어찌 어머니의 깊은 마음을 헤아릴 수 있을까? 실제로 나는 혼인신고를 끝내고 3년 뒤에 친어머니를 재판 이혼을 통해 호적을 정리하고 새어머니를 혼인신고 해드렸다. 그러나 그때 나는 여러 날을 홀로 울었었다. 법적으로까지 내 어머니의 자리에 다른 어머니를 앉혀야 했던 아픔 때문에……

그러나 결혼 이후 한 동안 힘들었던 것도 역시 여자로서 친정 부모님을 부양해야 했던 말 못할 아픔 때문이었다. 내 월급의 절반을 친정에 보내고 부족한 돈으로 생활을 꾸려가면서 남편이나 시댁에 말조차 꺼내지 못했던 시간들. 아들이 아닌 여자라서 떳떳하게 친정을 돕지 못하니 부모님도 늘 눈치를 살피시며 당신들이 딸의 결혼 생활에 짐이 된다며 힘들어하실 때마다 아팠던 마음. 남편의 지극한 사랑 하나만 믿고 결혼했지만, 변변한 혼수도 챙기지 못해서 대접받지 못했던 가난한 며느리의 자리도 늘 아픔이었다. 그래도 시어머니를 이해하려고 노력했던 긴 시간과 나의 진심이 헛되지 않아 사랑받는 다섯째 며느리로 늘 기다려주신 시어머님. 직장 때문에 자주 가 뵙지는 못하지만 곁에 있는 시간만은 진심을 다했던 나를 받아주신 시어머님 또한 불쌍한 여인이 아닌가? 늦은 나이에 불안한 노후를 의탁하며 넉넉지 못한 농부의 아내로서 7남매의 어머니 자리를 훌륭하게 지켰으니 얼마나 힘드셨을까?

그분의 영면을 보며 나는 가슴 속에서는 친어머님을 부르고 있는 내 자신을 발견했다. 한번도 소리 내어 크게 불러보지 못한 이름! '엄마'라는 단어! 결혼 생활이 힘들고 남편과 갈등이 있을 때에도 결코 내 어머니처럼 자식을 버리는 어미만은 되지 않으리라는 아픈 다짐이 나를 지켜주는 방패가 되었다. 두 아이의 눈에 눈물을 흐르게 하지 않겠다는 다짐이 23년이 되어가고 있다. 이제 모두 고인이 되신 아버지와 계모님, 그리고 시부모님 두 분, 아직 생사를 확인하지 않은 친어머님만 남았다. 몇 년 전에 한 번 뵙고 온 뒤 이렇게 시간을 보내고 있는 나 자신이 한없이 밉다. 그 분에 대한 연민이 앞서지만 너무 어린 나이에 헤어져서 추억이란 게 없어서라고 탓해 봐도 마음 한 구석은 늘 찬바람이 불었다.

세상에서 가장 듣기 좋고 부르기에 아름다운 단어, '엄마'라는 말을 잊고 살며 이제 오십을 바라보는 언덕에 서 있으니 내 삶이 얼마나 차가운가. 어미의 사랑을 모르고 자란 독한 마음 때문에 때로는 정도가 지나치게 우리 집 두 아이에게 무심한 엄마였는지도 모른다. 직장에 다닌다는 핑계로 아이들의 홀로서기를 강요해 온 어미였으니, 낳아만 주었지 아이들에게 해 준 게 별로 없는 보잘것없는 어미였다는 아픔이 나를 짓누르곤 한다.

'너희들은 이 엄마에 비해서 얼마나 여유롭고 행복한 삶인데…….' 하고 나와 비교하며 살지는 않았는지 반성이 앞선다. 시어머니에게 받았던 아픈 말의 상처, 친어머니에게 버림받았던 좌절과 아픔을 삭이지 못하고 그대로 딸아이에게 되쏘곤 했던 아픔이 참으로 미안하다. 어쩌면 나는 그런 이유 때문에 더 울었는지도 모른다. 반쪽 가슴만으로 생을 살아온 아픈 지난 시간 때문에……. 그 빈자리를 채우려고 발버둥치며 외로워 할 시간마저도 용서하지 않았던 그 긴 세월이 도대체 뭐란 말인가. 부모 자식 사이에 막혔던 그 장막의 시간이 너무 아프고 억울하다. 그 오랜 아픔과 좌절 때문에 결혼하고도 오랜 동안 사람을 믿지 못하는 불치의 병으로 고생했던 시간. 그래도 나를 버릴 수밖에 없었던 어머니보다 덜 아팠으리라는 생각을 할 수 있게 되었으니 그나마 다행이 아닌지 모르겠다.

불가에서는 어머니의 은공은 낳아주기만 한 것으로도 그 은공을 갚을 길이 없다고 했는데, 어머니를 어깨에 메고 수미산을 오르며 어깨뼈가 다 드러나도록 닳아져도 그 은공을 갚을 길이 없다고 했으니, 길러주지 않은 것에만 집착해서 원을 쌓고 한을 생각하며 슬픈 마음으로 삶을 살아온 그 긴 시간이 너무 안타깝다. 내리 사랑은 있어도 치사랑은 없다는 옛말을 생각하면 이제는 그 은공을 갚을 길만 생각해야 하리라. 나를 다른 동생 셋과 바꾸었으니, 어쩌면 어찌할 수 없는 운명으로 받아들였다면 얼마나 더 풍요롭고 행복한 마음으로 살 수 있었을 텐데……. 이제는 돌이킬 수 없는 시간. 내리막길을 달려 내려가는 내 삶의 시계를 조금이라도 멈추게 하는 일은 곧 자식에 대한 티 없는 사랑임을 깨닫는 일이다. 내가 받은 상처를 되갚지 않으면서도 무조건적인 사랑으로 아이들을 너무 뜨겁게 달구지 말 일이다. 어머니에게 다 하지 못한 효를 이성적이고 건실하게 지킬 일이다. 아직도 사랑할 시간은 충분하리라. 그리고 고운 단풍이 지기 전에, 어머니가 이승의 삶을 끝내시기 전에, 그 분의 맺힌 한과 슬픔의 눈물을 닦아 드려야 함을! 시어머님은 떠나시면서 나를 후려치며 깨닫게 하셨으니 부모는 늘 살아 있는 부처의 모습이란 걸 깨닫는다. 시어머님의 영면하신 얼굴 위로 친어머니의 얼굴이 살아서 달려온다. "아가, 한 번만 안아 볼 수 없겠니?"

시작은 작았지만

어제부터 3일간 효도방학에 들어간 학교는 적막에 싸여 있다. 가끔 날아드는 새들이 아니라면 이곳은 어느 깊은 산 산사를 떠올리게 할 만큼 물소리와 바람소리뿐이다. 단풍 축제를 치러낸 뒤라서인지 피아골로 향하는 산길에 안개꽃처럼 피어난 구절초도 피곤한 기색이 역력하다. 그래도 붉게 물들며 내려오는 고운 단풍의 노래를 들으며 가을을 붙잡고 출렁인다. 지금쯤 우리 분교장의 아이들도 바쁜 시간을 보내고 있으리라. 관광객이 몰려들면 부모님의 일손을 거들며 곶감을 파는 아이들, 밤 밭에 나가 마지막 가을걷이를 도울 아이들, 올가을 마지막 녹차 농사를 거들며 단풍처럼 발그레져 있을 아이들의 모습이 떠오른다. 이젠 나도 1년 농사를 수확하는 농부의 마음으로 마음 편하게 단풍을 바라볼 수 있어 느긋한 마음으로 2시간 가까운 출근길을 저속으로 달리며 내 마음에 들어온 단풍나무, 은행나무들과 대화를 해본다.

지난해 겨울 방학, 복식수업장학요원 강습을 받고 부임하게 된 연곡분교장. 30명 이상을 가르치던 교실을 벗어나 전교생 15명이 올망졸망 예쁜 눈망울로 기다리던 3월 첫날의 따스한 감동을 잊을 수 없다. 그 감동이 채 식기도 전에 3월 학기 초부터 전학을 가겠다던 아이들을 붙잡아 놓고 졸업식까지 마쳤던 기쁨. 우리 선생님들은 수년간 폐교 대상 학교로 시설 투자가 멈춘 분교를 살려야 한다는 일념에 불을 지폈었다.

폐교를 찬성하는 학부모를 설득하며 학교를 살려내겠다는 다짐의 모습을 교실에서 보여주기 시작했었던 지난 1년. 선생님들이 어린이날 잔치를 꾸며주며 사랑을 나누기 시작했던 일, 소풍이면 전체 학부모님들이 함께 참석하여 마음을 나누며 학교를 살리는 일에 밑그림을 그리기 시작했었다. 작은 행사를 치를 때마다 그냥 흘려 넘기지 않고 「무등교육신문」에 〈산골 학교에서 온 편지〉로 연 24회에 걸쳐 연재하여 우리 연곡분교장이 살아 있음을 세상에 알렸고, 아이들에게도 그들이 사는 공간이 얼마나 소중한 보금자리인지 자부심을 갖게 했다.

우리 선생님들의 바람은 헛되지 않아서 2004년에는 본교와 교육청의 막대한 지원을 받아 날로 새롭게 변모되어 왔다. 3월의 꽃샘추위에 시작한 건물 도색을 시작한 박정숙 주사님의 페인트칠을 시작으로 운동장 수로 공사, 본관 건물 전체 형광등 교체 및 천정 교체 공사, 급식실 이전 공사, 지하수 수도 배관 공사, 교무실 바닥 공사 등, 교육청이 주관한 공사도 10여 개가 넘었다. 그 동안 폐교될 것이라는 지역민과 학부모의 막연한 불안감을 떨쳐버리게 함으로써 분교장의 모습은 하루가 달라졌다.

거기다 본교의 지원과 배려도 참으로 컸다. 본교 신방우 교장선생님을 하루가 멀다 하고 졸라대며 학교 환경과 시설 개선에 매달린 나의 소신을 아름다운 눈으로 받아주신 감사함을 잊을 수 없다. 교실 환경 개선을 위해 롤스크린 전 교실 배치, 직원실 사물함 교체, 학교 게시판, 현관 게시판 알루미늄 판으로 교체, 각 교실 자료대 구비, 컴퓨터 2대 구입, 임시 양호실 시설, 급식실 노후 시설 교체, 등 셀 수 없이 많은 투자가 이루어진 것이다.

본교와 교육청의 투자에 감사하며 3, 4월 두 달 동안 수업이 끝나면 전 교직원이 모여서 몇 년 째 방치된 과학실, 강당을 정비하고 묵은 살림들을 거두어내며 환경 정비에 힘썼다. 버릴 것을 제때에 버리지 못하는 것도 병이라는 생각을 하며 아이들의 교육의 장을 위해서 과감한 선택을 했었던 우리 선생님들의 노고에 감사한다.

부임 첫날 과학실을 보고 망연자실했던 나의 아픔을 1년 뒤에야 바꾸며 늦은 시작에 부끄러워하면서도 용기를 냈던 우리 모두는 날마다 무엇을 치우고 만들어내며 새 학교 기분을 아이들에게 주고 싶어 했다. 그런 노력 덕분인지 우리 학교를 지원해주고 싶다는 단체(SK텔레콤 서부마케팅본부, 본부장 문맹현)로부터 자매결연 희망이 있어서 받아들였다. 산골 아이들이니 현장체험학습이나 소풍 때도 지방을 벗어나지 못하곤 했는데 자매결연 덕분에 다양한 문화체험을 할 수 있어서 행복한 시간을 보냈다.

1차로 4월에는 광주지하철을 시승하고 상무 불사조 팀과 성남의 축구 경기를 무등 경기장에서 관람했다. 2차로 6월에는 광주패밀리랜드와 야구 경기를 관람하며 도우미로 나온 SK텔레콤 직원들의 사랑을 받으며 아이들의 견문을 넓혔다. 3차로 9월에는 어린이 경제 교육 프로그램을 가지고 학교를 방문하여 전교생과 시간을 함께 했다. 4차로 10월 14일에는 비엔날레 전시관을 찾아서 문화체험 시간을 가질 수 있었다.

시골 학교를 위해서 자원봉사는 물론 경제적, 정신적 도움을 아끼지 않으신 회사와 직원 여러분(특히 황정호 대리님)의 노고를 보며 우리 아이들은 어울려 살아가며 남을 돕는 아름다움을 배우고 자신들도 훗날 그렇게 나누고 싶다는 다짐을 마음 깊이 체험하는 계기가 되었음을 진심으로 감사하게 생각한다.

우리 분교의 장점은 순박하고 아름다운 감성, 개별지도 덕분에 부진아가 없다는 점, 아이들 상호간의 사랑과 신뢰감이 충만하다는 점이다. 취약점이라면 예능 교육이나, 소인수 학급으로 인한 토론 수업의 곤란함이다. 특기·적성 교육을 보완하기 위하여 생각한 것이 전교생 바이올린 배우기였다. 읍내로 피아노 교습을 하러 가려면 왕복 차비에다 배차 시간이 멀어서 거의 불가능하기 때문이다.

학기 초 교육장님 순방 시에 특기적성 사업(바이올린)을 건의 드리고 본교 교장 선생님께 진언을 드려서 전교생의 바이올린과 보면대를 구입하게 된 것이다. 주당 2시간이지만 점심시간에 선생님들이 추가로 지도하기 때문에 그 기능이 눈에 띄게 좋아졌다. 1학년부터 6학년 전교생이 바이올린을 연습하고 그 곁에서 같이 연주하며 지도하시는 우리 선생님들의 모습은 한 폭의 그림이다.

그리하여 배운지 3개월도 안된 우리 아이들은 지난 10월 25일 구례군 예술제에 나가서 솜씨를 자랑했다. 똑같은 옷을 값싸게 구입하느라 발이 아프게 시장을 돌기도 하고 아이들의 옷을 다림질해 입히는 임명희 유치원 선생님의 모습은 엄마와 다름없었다. 계곡의 물소리, 나무들의 속삭임에 반주를 하듯 점심시간마다 울려 퍼지는 바이올린 소리는 영혼까지 맑게 해준다.

토론 수업을 보충하기 위하여 매주 토요일이면 전교생이 자치활동 시간을 갖는다. 전교생이 학교의 주인이 되어 의견을 나누고 계획을 세워 실천하며 서로의 잘잘못도 따진다. 아이들이 낸 의견이나 의제를 지킬 수 있도록 곁에서 지도하며 그들의 무한한 가능성에 늘 감동하곤 한다.

또한 우리들은 작은 일도 유치원생 9명과 전교생 14명이 함께하는 전통을 세우고 있다. 바쁜 추수철에 송편을 빚지 않는다는 사실을 알고 추석맞이 송편 빚기를 전교생이 함께하기도 했다. 깨끗한 급식실에서 전교생 음식남기지 않기, 주 1시간 전교생 놀이마당, 점심시간 바이올린 연주하기, 여름날의 계곡에서 전교생 수영 수업하기, 나무 그늘에서 전교생 김밥 파티 등을 통해 협동심과 애교심을 기르며 '사랑의 공동체'를 이루는 데 힘쓰고 있다.

이 아이들과 함께 사랑을 나누며 아름다운 시간을 보냈던 지난 2년이 이제 한 잎 단풍의 모습으로 물들어 가며 내년을 약속하고 있다. 그리고 지난해 읍내 학교로 전학을 가지 않고도 졸업한 제자들이 중학교에서 학력이 우수하여 분교장의 실력을 과시하고 있어 후배들의 어깨를 으쓱하게 한다.

우리들의 시작은 작았지만 먼 후일 이 아이들이 세상에 나아가 뿌릴 씨앗은 결코 작지 않으리라는 믿음으로 이 겨울도 잘 이겨내리라 다짐해 본다. 더불어 내년 농사를 위해 부지런한 농부로 연장을 다듬고자 한다.

(2004. 11. 2. 구례토지초 연곡분교장에서)

기록물을 찾아서

<이 원고는 2005년 전라남도교육연수원 강의 자료임>

창의적인 복식학급 경영 사례

토지초등학교연곡분교장

교 사   장 옥 순

I. 들어가는 말

"훌륭한 교사에게는 두 개의 H가 필요하다.

냉철한 머리(Cool Head)와 따뜻한 심장(Warm Heart)이 그것이다."

- 알프레드 마샬

어느덧 복식학급을 맡은 지 3년째. 2003년 처음 접한 복식학급의 생소함은 커다란 부담감으로 다가왔었다. 복식수업 장학요원 강습을 받고 나름대로 마음의 준비는 되어 있었지만……. 첫날 아이들의 맑은 모습과 아름다운 자연이 주는 안도감으로 인해 '아름다운 만남'으로 다가왔던 연곡분교장! 그렇다! 교육은 만남이다. 그것도 단순한 만남이 아닌 '아름다운 만남'이어야 한다. '교육'이라는 이름으로 만나는 교실에서 아이들과 선생님의 만남은 지극히 아름다운 만남일 때 빛을 발하기 때문이다.

특히 복식학급은 아이들의 숨소리를 지척에서 들으며 살아야 함을 생각할 때, 일반 학급보다 더 세심한 배려가 필요하다. 자칫하면 소외되기 쉬운 아이들, 환경의 느슨함에서 선생님의 늦은 대응이 맞물리면 아이들에게 오는 학습의 결손은 심각하기 때문이다.

피터 드러커는 『프로패셔널의 조건』에서 '미래를 예측하는 가장 좋은 방법은 미래를 결정하는 것이다. 오늘날의 정보 혁명은 곧 지식 혁명을 가리킨다.'라고 말했다. 이는 곧 지식의 산실인 학교와 교실의 중요성, 나아가서 지식근로자인 교사가 미래를 결정하는 인재를 육성하는 일의 중심에 서 있음을 암시하는 말이기도 하다.

이 글에서는 개괄적이나마 2년 반 동안 복식수업을 해 온 작은 실천을 소개하고 선후배 선생님들께서 저보다 더 좋은 복식 학급을 운영하시기를 바라는 간절한 심정으로 글을 전개하고자 한다. 그러므로 본인이 특별히 뭔가를 잘 했다거나 가르치기 위함이 아님을 전제로 한다.

II. 바람직한 교직 생활

1. 교육의 정의

동서고금을 막론하고 교직 윤리와 철학을 다룬 위대한 사상과 선각자들은 넘쳐난다. 대학에서 배운 이론적 지식과 정보의 바다에서 언제든지 건져 올릴 수 있는 지식의 양은 방대하지만, 실천적 윤리로 몸으로 나타나는 '육화된 지식', '행동하는 지혜'의 모습으로 교실에서 아동들의 마음 밭에, 뿌려져서 감동의 싹이 트는 데는 시간이 걸린다. 뜨거운 열정만으로 사랑의 싹을 틔울 수 없다고 생각한다. 나는 개인적으로 교육을 정의하는 단어를 '사랑(LOVE)'으로 정의하고 싶다.

Listen : 사랑은 귀 기울임이다. 어떤 어린이를 사랑한다는 것은 아무런 편견 없이 그의 가치와 필요에 무조건적으로 귀를 기울이는 것이다.

Over : 사랑은 눈감아 주는 것이다. 어떤 어린이를 사랑한다는 것은 장점을 찾기 위해 어떤 결점과 오점을 덮어 주는 것이다.

Voice : 사랑은 목소리이다. 어떤 어린이를 사랑한다는 것은 그를 승인해 주는 목소리이다. 정직한 격려와 칭찬, 그리고 지속적인 손길을 대신할 수 있는 것은 없다.

Exercise : 사랑은 노력이며 끊임없는 연습이다. 어떤 어린이를 사랑한다는 것은 선생님의 관심을 보여주기 위해 시간을 늘리고 희생을 쏟는 노력이다.

2. 아이들을 사랑하면 교육이 보인다.

사랑은 이해에서 비롯되며 이해는 어린이에 대한 지식, 그의 가정환경, 성장 배경, 교우 관계, 그의 희망, 학업의지, 학습의 곤란도, 그가 지닌 개인적 고민 등, 모든 것에 대한 '앎'이 그 바탕이 된다. 그 '앎'의 단계를 거치기 위해서는 무엇보다도 그 어린이와 친숙한 관계(래포) 형성이 기본이다. 학생 수가 아무리 많아도 어린이와 선생님의 관계는 일대일 대응의 관계가 될 수 있어야 한다. 얼굴만, 이름만 익힌 채 피상적인 관계로 220일을 때우는 교실에서는 인격적인 만남이 어렵다고 생각한다.

래포가 형성되면 줄탁동시의 관계로 나아갈 수 있는 밑거름이 뿌려진다. 요즈음 일선 학교에서 문제가 되고 있는 학교 폭력이나 소외 문제 등은 어찌 보면 어미 닭이 병아리를 다 품을 수 없는 다인수 학급으로 인한 익명성, 다양한 가치관이 내재해 있는 가정 문제, 교사의 업무량 과다, 학부모의 무관심이나 과보호 등이 겹쳐서 일어나는 일종의 사회 문제이다. 실제로 아이들은 교과 학습 문제보다 교우 관계나 선생님과의 관계에서 갈등을 느끼는 경우가 많다고 한다.

어린이는 성인의 축소판이 아니라 인격체이다. 작은 실수와 잘못을 포용해 주고 격려해 주는 끝없는 인내로 그들을 안내해 주는 선생님에게서 '사랑'을 느끼는 '절정적 체험'의 순간을 겪게 되면 선생님의 눈빛 하나만으로도 한 사람의 인격체로서 먼 길을 갈 수 있는 용기를 얻게 되는 것이다. 뜨거운 태양이 내리쬐는 땅은 사막이 되지만, 4월의 훈풍은 수 만 가지 식물의 싹을 틔우고 꽃을 피우는 것이다. 선생님과 아이들 사이가 '45㎝' 이내로 들어오도록(가족 관계에서 존재하는 이상적인 거리라고 함) 만들자. 교육은 사랑의 또 다른 이름이다.

3. 멀고 먼 교사의 길, 그러나 멋있는 길

인간적이고 인격적인 교사, 뚜렷한 윤리 의식의 소유자, 바람직한 교직관의 소유자, 전문적 자질의 소유자, 역사의식의 소유자, 사명감의 소유자, 개혁적 자질의 소유자, 등 교사에게 거는 기대와 윤리 의식은 참으로 방대하고 어려운 주문인 것이 사실이다. 그러나 교사도 한 사람의 인격체이기에 완벽할 수도 없으며, 완벽을 바라서도 안 된다고 생각한다. 다만 절차탁마의 자세로 완성되어가는 존재라고 생각한다.

그렇다 하더라도 자신의 실수나 과오를 솔직히 인정하고 고치는 자세가 아닌, 핑계와 변명이 앞서는 자세로는 오히려 문제를 악화시키는 경우를 본다. 학교와 교실에서 일어나는 문제를 보면 사소한 잘못을 인정하지 않고 자존심을 지키려다 감정의 골이 깊어져서 돌이킬 수 없는 상황으로 치닫는 안타까운 경우를 본다. 따스한 말 한 마디, 솔직한 사과, 역지사지의 심정으로 학부모와 아이들을 대하면 다소 문제가 있다 하더라도 쉽게 진화되기도 하는 곳이 교실이다.

세상의 모든 직업 가운데서 살아있는 생명체를 다루는 직업, 특히 가소성이 많은 순진무구한 초등학생을 기르는 초등교사는 어버이의 길처럼 어려움도 많지만 일생을 바쳐도 좋을 만큼 멋있는 길이라고 생각한다. 그러기에 아무나 할 수 있는 직업이 아니며 특별한 윤리 의식과 소명의식이 요구 되는 것이다.

Ⅲ. 교직의 보람(작은 실천)

복식학급 담임으로서, 분교장 주임교사로서 폐교의 위기를 넘기기 위해 학부모를 설득하고 수업을 공개하던 일, 전학 가는 아이들을 하나라도 붙잡기 마음으로 다가섰던 시간들, 보다 확실한 주춧돌을 쌓기 위해 벌였던 작은 사업들이 열매가 하나씩 여물어 가는 모습을 보게 되었다. 힘들 때도 많았지만 나름대로 열심히 앞만 보고 달리며 진심으로 한 마음이 되어 노력해 준 동료 교직원들께 감사하며 이제 분교장의 일상을 정리하며 수확의 재미를 쏠쏠하게 느끼며 '아름다운 직업'에 감사하고 있다.

1. 특기 적성 교육을 시작하다

시골 분교장에 다니는 장점(인성 교육, 독서 교육, 환경 친화적 교육 등)에 만족하면서도 학부모의 요구 사항과 불만의 일치점을 결국 '특기 적성 교육' 활동이었다. 읍내까지 다니려면 왕복 차비만 한 달에 5만원이 드는 실정이어서 읍내 학교로 전학을 가는 가장 큰 이유였다. 그래서 선택한 것이 '바이올린 지도'였다. 학부모의 의견을 수렴하고 본교의 지원을 받아 악기를 구입하여 2004년 5월부터 현재까지 전교생 16명과 유치원생 2명, 담임교사들까지 강습비를 내고 같이 배우고 있다.

열심히 배운 결과, 군 예술제 2회 출연, 방송국 취재 4회를 비롯하여 일간 신문과 인터넷 신문에 분교이야기를 올려 사랑받게 되었다. 이는 학부모와 아이들의 자부심과 긍지를 높이는 계기가 되어 매년 학생수가 불어나고 있어서 안정된 학교의 면모를 보이게 되었다.

2. 자매결연 사업으로 체험 학습 기회 확대

시골 아이들의 교육상 문제점이라면 '문화실조 현상'을 빼놓을 수 없다. 생업에 바쁜 부모들이 많고 결손 가정이 대부분인 학교 실정을 감안하면 경비를 들여 원거리 체험 학습을 꿈꾸는 일은 참 어려운 일이었다. 이에 학교를 지속적으로, 교육적으로 도와줄 수 있는 기회를 물색한 바, 2004년부터 SK텔레콤 서부마케팅본부(광주)와 자매결연 활동을 펼쳐서 좋은 성과를 올리고 있다.

- 실업 축구팀 경기 관람, 실업 야구 경기 관람(2004년)
- 패밀리 랜드 견학(2004년)
- 광주 지하철 시승 행사 참여(2004년)
- 에버랜드, 용인민속박물관 1박 2일 견학(2005년 4월 21~22일)
- 고창 갯벌 체험 학습(2005년 6월 15일)
- 경제 체험 학습(2004년)
- 장애우와 만남의 날 '작은 음악회 공연'(2005년 7월 16일)
- 햇살 도서실을 만들다(250만원 상당 투자, 2005년 8월 5일~6일)

3. 교육 홍보에 힘쓰다

현대는 산소와 수소, 광고로 이루어진다는 어느 작가의 말처럼 홍보의 시대이다. 열 가지를 실천하고도 하나도 홍보가 안되는가 하면, 사소한 잘못은 백으로 과장되어 진실 여부도 밝혀지기 전에 대서특필되는 교단의 현실이 안타까웠다. 그래서 일상적인 작은 실천이지만 교직의 일상을 「오마이뉴스」, 「무등일보」, 「한국교육신문」에 싣고 있으며 홍보의 결과로 2005년도에만 토지초등학교연곡분교장의 교육 실천

내용이 텔레비전에 4회 방영되어 학부모와 아이들의 자부심과 긍지를 높이는 데 기여하였다.

이제 연곡분교장의 아이들은 자신감에 차 있다. 시골에 살아도 뭐든지 열심히 노력하면 된다는 삶의 규칙을 발견한 아이들은 인성, 학력, 예능, 취미 활동 등 어느 것 하나도 빠짐없는 전인적인 성장을 하고 있다. 더욱이 다인수 학급에서 볼 수 있는 '학교 폭력'이나 집단 따돌림은 구경조차 할 수 없으며 비싼 사교육비에 의존하지 않고도 공부를 잘 할 수 있다는 사실을 증명하고 있다.

4. 자기계발에 힘쓰는 교직원

어떤 조직이든 가장 중요한 것은 인적 구성 요인이 아닌가 한다. 처음부터 잘 짜여진 구성원이란 없다고 생각한다. 각자가 자기 위치에서 열심히 노력하고 서로 이해하고 배려하며 아껴주는 풍토 속에서 일하고 싶은 의욕이 충만해진다고 생각한다.

우리 연곡분교장의 자랑거리는 그 무엇보다도 교직원들이다. 선배님이면서도 가장 힘든 5, 6학년 복식학급을 담당하시면서 날마다 4~6학년 전체 아이들에게 사물놀이를 열심히 가르치시는 김점쇠 선생님의 열정, 복식수업 장학요원과 과학과 수업장학요원으로 수업 공개를 잘하여 1, 2등급 표창을 연이어 수상한 학구파 정태훈 선생님, 유치원 아동들을 3년 동안 실어 나르며 학생 수 증가를 위해 애쓰시며 핸드벨과 바이올린 지도 합창 지도에 열의를 보여주신 임명희 선생님, 학교 환경 개선에 신지식의 면모를 보이시는 투철한 직업 정신으로 학교를 가꾸시는 이재춘 주사님, 아이들의 영양 보급에서부터 예산 절감으로 부식의 질적 향상을 위해 열심히 수고해 주시는 홍맹례 조리사님.

열심히 일하는 선생님들을 위해 어떠한 애로 사항도 귀 기울여 들

어주시는 학부모님들의 애교심이 우리를 더욱 힘이 나게 한다.(2005년 3
월에는 분교자모회장 한선임 씨가 급식실에 대형 냉장고까지 구입해서 기증해 주심.)

IV. 어떤 사람으로 기억되기를 바라는가

"밖에서 뭔가를 찾는다고 자신을 향상시킬 수는 없다.

성장의 영역은 안에 있다."

- 마하트마 간디

1. 교실 CEO가 되자

"강한 지도자들이란 한결같이 뛰어난 지성과 엄격한 자제력과 열화
와 같은 정열에, 지나칠 정도의 자신감과 그리고 항상 높은 꿈을 좇으
며, 주위의 사람들을 몰아칠 줄 아는 사람들이었다."

- 『지도자들(을지서적)』

교사는 교실의 리더이다. 교사는 아이들이 어른들의 세계를 보는 창
이기도 하다. 이제 교실은 고객이 존재하는 조직이다. 교사의 리더십으
로 여러분의 아이들을 새로운 세계로 인도하는 원동력이 되어야 한다.

2. 기록을 남기는 교사가 되자

우리는 거의 매일 아이들에게 일기를 쓰라고, 독후감을 쓰라고, 책
을 읽으라고 숙제를 하라고 반복한다. 선생님이 쓴 일기를 보는 아이
들은 100% 일기를 잘 쓴다. 선생님이 아이들 앞에서 같이 책을 보면
아이들은 더 많이 책을 본다. 그들은 감수성이 예민한 스펀지이기 때
문이다.

교사는 말보다 행동이 앞서야 한다. 말로만 하는 잔소리만으로는 그들을 감동시킬 수 없으며 감동이 없으며 변화를 기대하기 어렵다.

3. 존칭을 쓰자

우리의 언어문화가 권위 의식과 계급 문화를 낳았다는 주장이 있다. 수업 시간뿐만 아니라 일상에서도 할 수 만 있다면 반말보다는 존칭을 써 보자. 자기를 우대해 주는 선생님을 존경하지 않을 어린이는 없다. 웃어주는 선생님, 친절한 한 마디만으로도 아이들은 힘을 얻고 자존감을 높이며 자신감이 생긴다고 한다.

아이들의 별명이나 비하하는 말은 상처를 준다. 아이들을 변화시키는 것은 꾸지람이 아닌 진심어린 충고이며, 존칭을 쓰는 것으로 교사의 권위가 낮아지는 것이 아니며, 사랑과 관심의 표현임을 아이들을 잘 안다. 우대받고 사랑받고 자란 아이들이 다른 사람을 위할 줄 안다. 농담이라도 아이들에게 상처 주는 말을 삼가자. 자신의 세 치 혀를 자유자재로 통제할 수 있다면 당신은 이미 성공한 교사이다.

4. 자신의 성장에 책임지는 교사가 되자

적어도 한 가지 분야에 전문가가 되자. 그것은 자신의 강점을 키워서 자신감을 불러온다. 못 하는 여러 가지를 고치려고 애쓰기 보다는 자신 있고 관심 있는 분야를 키워서 전문가의 수준까지 끌어올려라. 누구에게나 한 가지 재주는 있다. 망설이지 말고 덤벼보자. 시작해 보자.

5. 스스로 변신을 꾀하자

"사람의 됨됨이는 혼자 있는 시간을 어떻게 보내는가를 보면 된다."
세상이 매우 빠르게 변하고 있다. 아이들은 더 빠르게 변하고 있다.

기능적인 재주나 정보는 수명이 짧다. 변신은 나이, 경력과 무관하다고 생각한다. 할 수만 있다면 수업 공개나 발표를 나서서 하라. 승진을 목적으로 하지 않더라도 문제의식을 지니고 현장연구에 적극 참여하라. 열심히, 올바른 방법으로 올바르게 노력하면 결과는 저절로 따라오는 게 세상의 이치이다. 열심히 사는 사람, 동료, 선배들과 동아리 활동에 적극 참여하자.

行有不得者 皆反求諸己(행유부득자 개반구저기)
행위의 결과를 얻지 못하거든 돌이켜 자신에게서 그 원인을 찾는다.

- 맹자

〈참고문헌〉

1. 『프로패셔널의 조건』 : 2002, 피터 드러커 저. 이재규 역, 청림출판

2. 『지금 알고 있는 걸 그때도 알았더라면』 : 1988, 류시화 저, 열림원

3. 「석세스 파트너」 2004년 10월호 : 공병호 경영연구소

4. 〈아름다운 만남, 따뜻한 손길〉 : 2004 복식교육 연찬자료, 전라남도교육청

5. 〈초등 교실 수업 개선 직무연수 Ⅱ〉 : 2004, 전라남도교육연수원

* 이 원고는 분실했다가 찾은 나의 소중한 기록물이다. 잃어버리지 않기 위해 이 책에 싣는다.

썩은 고구마,
나를 가르치다

　부부가 함께 살면 식성도 따라가는 모양이다. 유난히 고구마를 좋아하는 남편 덕분에 내 식성이 변했기 때문이다. 생각만 나면 고구마를 쪄달라고 주문하다가 반응이 없으면 스스로 씻어서 쪄 먹곤 하는 남편이다. 나는 고구마에 대한 좋지 않은 추억 때문에 고구마를 싫어하곤 했다. 초등학교 시절, 점심시간이면 가난한 친구들은 밥 대신에 고구마를 먹던 시절. 어떤 친구는 거의 날마다 점심 도시락 대신 고구마를 먹었으며 그나마 없을 때는 수돗가로 달려가 물을 마시기도 했었다. 그 친구는 한 겨울에도 양말을 신고 온 적이 거의 없었고 헤진 바지에 길이마저 짧아진 옷을 입고 학교에 오곤 했다. 한 반 친구 50명 중에 제대로 점심을 가져오는 친구는 70% 정도 되었으리라. 나눠 먹는 경우도 있었지만 대부분은 식사 시간이 되면 운동장에 나가 놀거나 어디로 가버려서 교실은 빈자리가 많았었다.

　내 기억 속의 고구마는 가난의 상징이었던 것이다. 우리 집도 넉넉한 편은 아니었지만 다른 집들처럼 자식들이 많지 않으니 점심을 고구마로 때울 만큼 형편이 나쁘지는 않았다. 그럼에도 불구하고 아버지와 새 살림을 차린 새 어머니는 쌀을 아낀다며 호박 밥이나 콩나물밥, 김치밥, 고구마 밥을 즐겨 하셨다. 하얀 쌀밥은 명절에나 먹을 수 있는 귀한 음식이었으니 요즈음 아이들이 들으면 정말이냐고 반문하리라. 어렸을 때 길들여진 입맛 때문에 특정한 음식을 먹지 않거나 싫어하는 경우가 참 많다. 나에게는 호박이나 고구마가 좋아하지 않는 음식이 된 것은 바로 밥 속에 자주 등장한 탓이었다. 지금 생각하면 어머니의 살림 지혜가 돋보인 선택이었으니, 쌀을 아낀다는 명분보다 건강에 참 좋다는 말씀을 하셨더라면 더 설득력이 있었을 것 같다.

시장에 나가 보면 고구마 값이 비싼 과일 값을 능가함을 본다. 참살이 식품(웰빙식품)으로, 건강식품으로 자리 잡고 있기 때문이다. 그래도 고구마를 사기 위해 돈을 지불하는 경우는 거의 없었다. 내가 싫어하는 식품이다 보니 혹시 친척집에서 선물로 받아도 오로지 남편 몫이었다. 아내가 스스로 챙겨 주지 않으니 남편은 일요일 아침이면 양푼을 들고 고구마를 씻어서 쪄 먹는다며 아끼는 냄비를 태우곤 해서 타박을 듣곤 했다. 생각다 못해 지난 주말에는 할인매장에 가서 직화구이 냄비를 사들였다. 순전히 고구마를 구워 먹기 위해서, 아끼는 냄비들을 보호하기 위해서. 오늘은 삼일절, 쉬는 날이니 남편은 어김없이 고구마를 들여다보더니,

"여보, 썩은 고구마가 있네. 아까워서 어떡해!"

"알았어요. 날씨가 이렇게 따뜻하니 그런가 봐요. 내가 갈무리해서 챙길게요. 아니면 좋은 걸로 골라 사무실 식구들에게 나눠주세요."

"내가 워낙 좋아하는 거라서 다 나눠주려다가 조금 남겨 둔 것이 화근이었네. 에이 욕심이 탈이야."

내가 안 좋아하니 자주 들여다보고 관심을 주지 않아 생긴 일이라서 고구마들에게, 저것들을 길러낸 사람들에게 미안한 마음이 들었다. 더구나 다른 사람들에게, 고구마를 좋아하는 사람들에게 주었더라면 얼마나 좋은 일이었을 터인데 썩혔다며 내내 속상해 하는 남편에게도 미안하여 아침부터 부랴부랴 고구마를 씻어 불에 올렸다.

썩은 고구마들을 골라내보니 겉모습은 멀쩡한데 만지면 물렁물렁

했다. 아직 싹도 트지 않아서 얼른 봐서는 성한 것들과 똑같다. 게으른 주인 때문에 제 할 일을 다 하지 못하고 버려지는 고구마들은 이제 흙으로 돌아가리라. 모든 고구마들이 싹을 틔우지는 않는 모양이다. 그대로 썩어버리는 것도 있는 걸 보니 생명의 신비감마저 느껴졌다. 어떤 것들은 땅에 심겨져 열배 백배의 수확을 올리는가 하면, 어떤 고구마는 한 끼 식사로 없어지며 어떤 것들은 썩어서 흙으로 돌아가니, 사람의 삶과 같지 아니한가?

썩은 고구마는 땅으로 돌아가 흙을 비옥하게 할 테니 크게 보아서 잘못된 것은 아니라고 고구마를 위로해본다. 신이 창조한 세상의 사물들은 모두 이렇게 흙으로 돌아가는 시간이 길지 않은데, 인간이 만들어낸 물건들은 흙으로 돌아가는 시간이 너무 길거나 오염 물질들을 많이 뿜어내서 세상이 살기 어려워지고 질병이 창궐한다는 생각까지 들었다. 썩는 데 수백 년이 걸리는 플라스틱이나 비닐 종류는 인류의 삶을 윤택하게 해주었지만 쉽게 썩지 않아 땅을 오염시키는 물질이다.

생각이 거기까지 미치니, 인간이 창조한 물질의 대부분은 썩지 않음을 기본으로 하니 쉽게 버릴 수 없는 것들이 아닌가? 유리로 만들어진 물건들, 일용품들도 대부분 플라스틱이거나 합성수지 제품들이니 쓰레기봉투에 넣을 것들이 못 된다.

신의 창조물인 인간과 동물, 모든 식물들은 한결같이 썩음을 전제로 한다. 그것이 우주 질서의 기본이라고 생각하니, 신의 창조 원리를 넘어선 인간의 오만함으로 생긴 환경파괴의 재앙은 곧 인간의 몫인 것이다. 발전을 거듭하고 있는 과학기술의 숙제는 이제 잘 썩는 물질이면서도 오염시키지 않는 것이어야 한다고 생각한다. 다가오는 세기의 문제점은 환경 문제이기 때문이다.

나는 오늘 썩은 고구마를 버리면서, 아니 땅으로 돌려보내면서 나도

한 개의 고구마로 살고 있으니 제대로 살고 있는지, 겉모습은 멀쩡한
데 속이 폭삭 썩고 있지는 않은지 돌아보게 되었다. 아마 오늘 이후로
나는 결코 고구마를 푸대접하지는 않을 것 같다. 모든 것이 다 연결되
어 있음을 보았으니 뒤늦은 깨달음 한 조각에 감사할 뿐이다. 이제 다
시는 고구마를 보며 가난을 연상하지도, 쌀밥을 그리워했던 유년도 떠
올리지 않으리라. 오늘 먹은 고구마 맛은 예전의 그것이 아니었다. 말
없이 땅으로 돌아가는 썩은 고구마가 3월 첫날 나를 가르치는 스승이
되었구나!

나도 엄마가 그립다

1학년 선생님이 쓰는 교실 일기

개구쟁이 1학년 20명과 함께 산 지 19일째이다.

1학년의 발달 단계로 보아 매우 자기중심적이어서 뭐든지 다른 사람의 생각이나 입장은 안중에 없다. 자기 배가 고프면 아무 때나, "선생님, 배고파요. 밥 언제 먹어요?" 하고 외치며 내 눈을 빤히 쳐다본다. 점심을 먹다가도 갑자기 화장실 생각이 나면 바지 위로 고추를 꼭 잡고서는 "선생님, 쉬 마려워요!" 하는 아이들이다.

그럴 때마다 나는 내가 선생이라는 의식보다는 엄마 마음이 되어야 한다는 생각을 하곤 한다. 규칙이나 질서를 앞세워서 아이들의 생리 욕구까지 억제할 수 있을 만큼 야무지지 못한 담임이 분명하다. 감기에 걸렸는지 학교에 오자마자 목소리가 안 나온다며 몇 번이나 나를 붙잡던 우리 반 반장인 시원이는 친구들과 놀 때는 소리도 잘 질러서 목이 잠길까봐 말을 줄이라고 달래 보아도 그 때 뿐이다. 날씨가 좋아서인지 점심을 다 먹고 난 주일이는 갑자기 운동장의 모래 바닥에서 데굴데굴 굴러서 지나가는 형들이 깜짝 놀라 나를 부르기도 했던 오늘. 얼마나 아이들다운지 나 혼자 웃었다. 따스한 봄볕에 뽀송뽀송한 모래 위에서 뒹굴고 싶은 마음은 나도 마찬가지였으니까.

공부 시간에 자기의 장래 희망을 발표하는 시간에도 한바탕 웃었다. 비행기조종사가 꿈이라던 시원이는 자기 친구인 세준이가 축구 선수가 되고 싶다고 하니까 그 자리에서 자기도 축구 선수가 되고 싶다며 말을 바꾸었다. 다른 아이들도 마찬가지였다. 한 아이가 택시기사가 되고 싶다고 하니 3명의 남자 아이들이 자기들도 꿈을 바꾸겠다며 나를 졸랐다. 특이한 건 남자 아이들의 대부분은 경찰관이 되고 싶다고 하고 여자 아이들은 선생님이 되고 싶다는 아이들이 많았다. 설마 안정된 직장을 바라는 어른들에게 강요된 희망이 아니기를 바라본다. 1학년 아이들은 이 봄날에 소리 없는 아우성을 지르며 산과 들에서 고운 자태를 드러낸 봄꽃들처럼 해맑아서 꽃구경을 가지 않아도 좋을 만큼 나를 취하게 만든다. 화가가 되고 싶다던 건후는 서두르는 법이 없다. 자기가 원하는 그림의 색칠하기나 가위질이 다 끝나야만 다음 공부를 시작할 만큼 집중을 잘 한다. 예술을 지향하는 아이라서 그런지 마음이 여려서 아이들의 장난스런 말 한마디에도 곧잘 눈물을 보여서 상처를 받지 않도록 눈을 떼지 못하게 한다. 학교를 마치고 집에 돌아오면 아이들에게 같은 말을 반복하느라 지쳐 버려서 나도 배가 고파진다. 나도 누군가에게 배고프다고 투정을 부리고 싶어진다. 우리 아이들처럼 어렸으면 참 좋겠다. 밥을 해놓고 기다려 줄 사람이 있다면, 찾아가서 어리광 부릴 엄마가 계셨다면 얼마나 좋을까 생각하니 갑자기 그리움이 와르르 몰려온다.

작은 것이 주는 기쁨

아침 8시, 우리 반 꼬맹이들이 하나둘 교실에 들어선다. 참새처럼 쫑 알대기 좋아하는 은지, 앞니 빠진 모습에 큰 목소리를 지닌 건범이, 덜 렁대는 건희, 학교에서 배운 대로 두 손을 배꼽에 대고 공수로 인사하 는 유진이, 시종일관 종알대는 주일이도 이젠 아침 독서 시간이면 조 용히 해야 한다는 것쯤은 다 안다.

그래도 말하고 싶은 보아는 내 눈만 마주치면 말하고 싶은지 자꾸 쳐다본다. 내가 손가락을 입에 대고 '쉿' 하는 표정을 지으면 이내 고개 를 끄덕이며 독서를 한다. 귀여운 요 녀석들의 예쁜 모습을 보며 아침 독서 시간을 위해 우리 카페의 음악까지 곁들이면 환상적인 독서 분위 기가 된다.

요즈음은 우리 학교의 교실에서 우리 카페 음악을 들으며 독서하는

게 유행이다. 이렇게 짧은 시간, 작은 독서 시간이 우리 아이들을 지혜
의 언덕으로 데려가리라는 마음으로 오늘 아침도 열어본다.

작은 풀잎 위에 머무르는 이슬방울처럼
우리들이 살아 숨 쉬는 순간도 우주의 시간에 비추어 보면
참 짧으리라.
그래도 그 짧은 순간을 아름답고 소중하게 꾸리게 하는데
독서클리닉은 친구처럼 해맑은 바람과 고운 음악과
아름다운 그림과 귀한 글들로 다가온다.
우리 1학년 꼬마들이 어른이 되어서도
아침마다 좋은 책을 읽을 수 있기를 간절히 바란다.

터질 듯 뜨겁게 살라 한다

벚꽃이 가고 난 빈 자리를 얼른 채우고 들어선

붉은 꽃들의 향연으로 어지럼증이 나는 계절

나는 개인적으로 붉은 꽃들을 보면 가슴이 아려오곤 한다.

하고픈 말이 얼마나 많으면 타는 듯 붉어졌는지

어쩌면 그렇게 뜨거울 수 있는지, 처절하게 핏빛일 수 있는지,

그 붉은 정열에 시샘이 나다 못해 질투까지 난다.

시나브로 하늘거리며 세상을 향해 이별의 손짓을 보내면서도

하나도 슬프지 않게 깔끔하게 자리를 내주며

제 갈 길로 돌아가던 벚꽃을 가슴팍에 남기지도 못했는데

붉은 꽃들은 심장을 드러낸 채 자기들처럼 뜨겁게 살라고 아우성이다.

뒷모습이 아름다워야 한다며 나를 훈계하던 벚꽃의 가르침을

다 받아 적기도 전에 저 붉은 심장,

핏빛으로 나를 부르는 저 꽃들은

또 내게 달려들어 소리친다.

뜨겁게 살지 않고서는

뒷모습을 곱게 남길 수 없다고.

터질 듯 뜨겁게 살라 한다.

그리움이 된 청보리 풍경

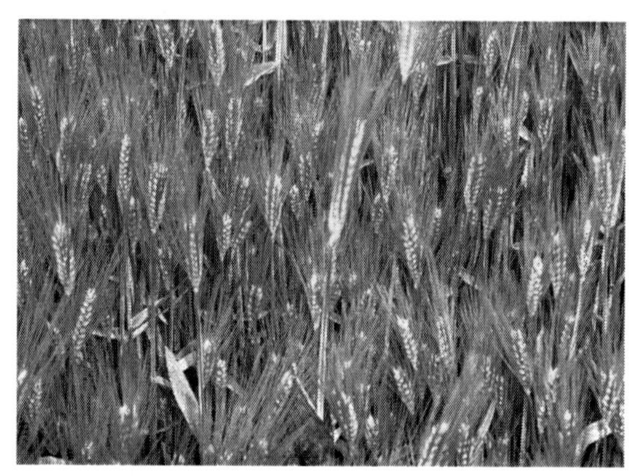

가난의 상징이었던 보리가 이삭을 드러낸 출근 길

가던 길 멈추고 얼른 한 장면을 찍었다.

보리 이삭이 나오기 시작하면 친구들과 함께 보리피리를 불던 기억,

지금 생각하니 참 철없는 행동이었다.

보리농사를 짓는 농부생각은 하지 못하고

재미로 뽑아 불던 보리피리.

춘궁기를 이기지 못해 가난한 사람들이 굶주렸던

1960년대의 우리들은 그래도 씩씩했다.

청보리가 익기가 무섭게 동네 어귀에 모여 누구 허락도 받지 않고

보리를 한 줌씩 베어다가 구워 먹을 만큼 용감했으니까.

입가에 꺼먼 그을음을 묻히면서도 마냥 즐거웠던 철없던 친구들도

이젠 하얀 머리카락이 보리 이삭처럼 패기 시작한 지금.

여전히 보리가 익어가는 4월은 잔인한 계절이라기보다는

그리움이 묻어나는 아름다운 계절이다.

가난했던 그 시절에

우리들의 부모님들은 나눠 먹기에 바빴다.

밀가루 수제비 한 그릇도, 고구마 한 접시도

옆집에서 만든 쑥떡 한 접시도 어김없이 나눔의 대상이었다.

물질의 풍요가 가난해도 나눌 줄 알았던 그 시절만큼 못한 것 같아

푸르른 청보리 이삭에 잠시 그리움을 담아본다.

그동안
많이 놀았어요

"나는 지식보다 상상력이 더 중요함을 믿는다. 신화가 역사보다 더 많은 의미를 담고 있음을 나는 믿는다. 꿈이 현실보다 더 강력하며, 희망이 항상 어려움을 극복해 준다고 믿는다. 그리고 슬픔의 유일한 치료제는 웃음이며, 사랑이 죽음보다 더 강하다는 걸 나는 믿는다. 이것이 내 인생의 여섯 가지 신조이다."

- 류시화의 『지금 알고 있는 걸 그때도 알았더라면』 중에서

상상력, 신화, 꿈, 희망, 웃음, 사랑……. 오늘 〈고도원의 아침 편지〉에서 접한 대목이다. 어쩌면 요즈음의 내 생활에서 이것들이 줄어들고 있다는 불안과 두려움이 나를 짓누른다. 습관적으로 학교에 가고, 퇴근을 하고 집안일을 하며 나는 서서히 가라앉고 있는 듯한 두려움 말이다. 책을 읽으려고 노력하면서도 끝까지 완독하지 못하고 중간에 멈추곤 한다. 그냥 심드렁한 일상이 펼쳐지고 있음에 스스로 놀란다.

날마다 새로움을 추구하고 감동을 원하는 1학년 아이들에게 행여나 죄를 지을까봐 며칠 전부터는 심각하게 명예퇴직까지 생각하는 중이다. 그래도 교실에만 들어가면 아이들과 눈을 맞추며 행복해지고 자료를 준비하고 만들고 복사하며 아이들처럼 방방 대는 내 모습은 퇴근 후에 지쳐있는 내 모습과 너무 다르다. 아이들이 교실에 흘려놓은 한 단어를 생각하며 혼자 실실 웃노라면 아직은 내게 '사랑'이 남아 있음

을 확인하며 안도의 한숨을 내쉬기도 한다.

틈만 나면 교실 구석에 잘 숨는 우리 반 신원이에게 "신원아, 왜 자꾸만 텔레비전 뒤로 가니?" 했더니, "텔레비전 심장을 보려고요."라고 대답해서 얼마나 감탄했는지……. 나도 그렇게 아이들처럼 단순하면 이렇게 머리 아프게 살지 않을 텐데…….그것뿐이 아니다. 오늘 국어 시간에는 〈다른 사람의 말을 귀 기울여 들으면 좋은 점을 말해 봅시다.〉라는 주제로 발표를 시켰는데, "다른 사람의 마음을 읽을 수 있어요.(방건후)", "생각이 좋아져요.(이신원)"라고 말해서 얼마나 기특하던지 칭찬 스티커를 크게 주었다. 아이들에게 나보다 나은 '청출어람'을 보는 즐거움만큼 나를 기쁘게 하는 일은 없다. 나는 지난 한 달 이상 우리 반 아이들과 노느라 독서클리닉의 한 코너를 내 주신 주인장을 실망시켜 드렸다. 이제야 겨우 정신을 차리고 머리를 숙이고 들어와 작은 일상이나마 솔직하게 고백하는 중이다. 글눈을 떠가는 우리 반 꼬마들이 몰래 주고 가는 사랑의 편지를 받는 재미, 까만 눈을 지척에서 들여다보며 속삭이는 소중한 순간을 즐기고 있다. 20명 모두가 날마다 깨끗이 비우는 점심 식판을 보기 위해 점심시간 1시간을 엄마처럼 젓가락을 들고 이 아이, 저 아이에게 먹이는 즐거움, 아침마다 20분 가까이 숙제를 검사하며 아이들 얘기를 듣는 재미에 글 쓰는 숙제는 하나도 하지 않고 놀아버렸다.

콩이 태어나면?

1학년 선생님이 쓰는 교실 일기

선생의 자리에 있지만 나는 개인적으로 무척 소심한 사람이다. 예를 들어 교직원 회의 시간에도 내가 말해야 할 상황이 되면 가슴이 콩닥거리던 일이 멈춘 것은 지천명을 넘기고부터이다. 될 수 있으면 나서지 않고 회람을 돌리거나 전자 우편 등을 많이 활용하는 편이다. 이렇게 남들 앞에 나서서 발표하는데 두려움이 많았던 것은 본인의 기질 탓이기도 하지만, 학교 교육에도 영향이 많았다는 생각이 들곤 한다.

초등학교에 다닐 때에 큰집의 사촌 오빠들이 집에 오면 인사하고 이야기 하는 게 부끄러워서 그 오빠들이 집을 나설 때까지 재래식 화장실에 숨거나 뒤란에 가서는 내내 나오지 않을 만큼 자신감이 없었던 유년 시절. 그러다보니 학교생활에서 손을 들고 발표해 본 기억이 없다. 중학교를 입시로 가던 시절이었으니 학교 공부는 날마다 받아쓰기, 주입식 공부가 대부분이고 발표 학습은 뒷전이었던 시절.

이런 내 경험에 비추어서 나는 내가 맡은 아이들 중에 나처럼 발표를 힘들어하는 아이가 있으면 그냥 놔두지 못하고 늘 귀찮게 한다. 특히 국어 말하기 듣기 시간에는 전체 어린이 20명이 어떤 식으로든지 발표를 해야 자기 포인트를 얻고, 자기 모둠원 4명이 다 발표를 하면 모둠 전체 점수를 올려주는 방법을 쓴다. 기어코 발표를 해야만 놀이 시간이나 쉬는 시간을 주기 때문에 우리 반 아이들은 2/3 정도는 서로 먼저 하려고 아우성이다.

그리고 한 발 더 나아가 다른 친구들과 다른 의견이나 더 보탠 의견, 창의적인 발표에는 칭찬 점수를 몇 배로 주기 때문에 다른 사람의 말을 들으려는 노력도 보인다. 다른 친구의 이야기를 듣지 않고 있다가 같은 내용을 말하면 점수가 없기 때문이다. 욕심이 많은 우리 반의 꼬마인 은지는 손을 제일 먼저 드는 편인데 행여나 친구들이 자기를 늦게 지명하면 삐져서 고개를 숙이고 중얼거린다. '선생님, 나빠!'라고 말이다. 내가 자기를 제일 먼저 시켜 주지 않았다는 뜻이다.

늘 나를 독차지 하려는 아이의 눈망울을 보며 그 생기발랄한 모습이 얼마나 귀여운지 모른다. 아침 8시에 교문 앞에서 만나면 선생님을 부르며 달려와 안기는 분홍색 소녀이다. 그런가 하면 학교생활 내내 온통 나만을 바라보며 해바라기하는 보아는 이름 그대로 나만 보아주는 귀염둥이다.

오늘 국어 시간에는 〈자기가 심고 싶은 꽃씨〉를 말하고 심고 싶은 까닭까지 말하는 시간이었는데, 교과서 삽화로 제시된 분꽃을 아이들이 몰라서 나도 모르게 분꽃에 얽힌 내 어린 날의 이야기를 잠깐 들려주었다. 어린 시절 학교에서 돌아오면 날마다 물지게를 지고 물을 길어 큰 항아리를 가득 채우는 게 내 숙제였다. 동네 우물에 가서 양철통 두 개를 매단 양팔저울 같은 물지게를 지고 물을 길으며 넘어져서 무릎이 까지고 물을 다 엎지르던 이야기를 들으며 신기해하는 아이들 모습에 나도 모르게 진도가 더 나가서 분꽃 이야기까지 했다.

그 흔한 벽시계마저 귀할 만큼 가난했던 시절이었으니 물 긷기를 끝낼 쯤이면 동네 우물가에 분꽃이 활짝 필 시간이 되곤 했다. 그러면 보리쌀을 물에 불려 우물가의 돌확에 보리쌀을 갈아서 씻은 다음 한번 끓여 놓으면 어머니가 저녁밥을 지으시곤 했으니, 내 기억에는 분꽃은 저녁밥 지을 시각을 알려주는 시계였던 이야기를 해주었다. 그랬더

니 수업 시간에 보아는

"선생님, 분꽃을 심을래요. 선생님이 좋아하는 꽃이니까요."

뭐든지 선생님만 바라보는 보아를 보며 나는 요즘 행복에 빠져 산다.

그런데 우리 신원이는

"선생님, 콩이 태어나면 뭐가 되지요?"

"어? 콩이 태어나?"

신원이의 깜찍한 어휘 선택에 내가 또 감전되어 한참을 웃었다. 입에서 나오는 말 그대로 시어가 되는 1학년 아이들의 일상을 기록하며 그들의 어록을 남긴다.

아무래도 오늘의 주인공은 신원이의 명언이 당첨된 것 같지요?

나의 휴식처

주말이면 딸과 함께 지내려고 광주에 있는 집에 간다. 떨어져 지내 온 딸아이와 시간을 함께 하고 두고 온 집안을 정리하기 위해서이다. 더욱 중요한 것은 나의 휴식처인 목욕탕에 가기 위해서이다. 직장에 다니는 딸아이를 놔두고 남편을 따라 내려온 강진에서는 목욕탕에 갈 엄두를 못 낸다. 혹시나 가르치는 아이들에게 곱지도 않은 알몸을 보일까 봐 염려가 되어서이다. 그 쑥스러움을 감당할 자신이 없으니 말이다. 날마다 샤워를 해도 사우나에 들어갔다가 냉탕에 들어가는 그 시원한 맛을 집에서는 누릴 수 없으니 주말에 가는 목욕탕은 필수 코스가 되었다. 마치 땡볕에 내리는 한 줄기 소나기 같은 시원함은 좋은 책을 읽다가 만나는 가슴 먹먹한 감동을 주는 명문장처럼 가슴을 시원하게 하기 때문이다. 감동을 주는 문장을 만나면 손이 아픈 것도 잊은 채 독서 노트에 옮기며 정지된 시간을 느끼곤 한다. 영혼을 위한 다이어트가 독서라면, 건강한 몸을 위해서 일주일에 한 번만이라도 목욕탕의 냉탕 속에서 명상을 즐기는 것이다. 목욕탕에 가면 나는 원시의 나를 만나는 즐거움을 만끽한다. 어머니의 양수 속에서 알몸으로 그렇게 행복한 유영을 즐겼을 태초의 나를 만나는 것이다. 나와는 인연이 먼 어머니라는 이름을 목욕탕에 가면 만날 수 있으니 냉탕 속에서 곧 태초에 내가 헤엄쳤던 그 평화롭고 자유로웠을 나의 생명수를 기억하는 것이다. 어쩌면 휴가철에 바다를 찾아 나서는 사람들의 심리 속에는 그런 내면의 목소리가 잠재되어 있는 것은 아닐까? 어머니의 바다 속에서 알몸으로 우주를 누볐던 그 고향 바다를 그리워하면서.

그렇게 혼자만의 시간을 즐기려면 목욕탕에서 되도록 입을 무겁게 해야 한다. 그러기 위해서는 혼자 가는 것이 최상이다. 원시의 나를 만나기 위해, 명상을 하기 위해 가기 때문이다. 어디서나 들을 수 있는 뻔한 이야기들로 귀를 피곤하게 하는 것은 귀에 대한 도리가 아니다. 마음을 비우며 내가 살아온 시간을 되돌아보게 하고 좋은 생각이 떠오르는 곳도 목욕탕이지만 메모를 할 수 없는 것이 늘 아쉽다. 그것마저도 비워야 한다고 생각하며 면벽 수도하듯 침묵을 즐기는 그 곳은 나의 휴가 장소이다. 내 몸의 70% 이상이 물임을 잊지 않으며 다시 물로 돌아가는 그 날까지 물처럼만 살 수 있다면 얼마나 좋으랴!

익명이 약속된 그 곳에서 모두 원시인이 되어 오로지 자신의 몸에게 최선을 다하는 모습은 숙연하기까지 하다. 날마다 고마운 줄 모르고 부려온 몸을 위해 그렇게 노력하는 것도 아름다운 모습이라고 생각하곤 한다. 고생스럽게 내 몸을 떠받치며 힘들어하는 내 발을 그처럼 소중하게 만져 주며 힘들게 살아가는 사람들도 생각해 보게 되는 곳.

누구나 얼굴이 되고 싶어 하는 세상, 누군가에게 보여 지기 위해 애쓰는 세상에서 얼굴과 발이 그처럼 평등한 대우를 받는 곳이 어디 있을까? 나는 가끔 엉뚱한 상상을 하곤 한다. 세상 모든 사람들이 발가벗고 다닌다면, 자신을 감추지 않고 살아야 하며 옷을 입는 것이 잘못이라 한다면 지금보다 훨씬 인간적이지 않을까 하는 생각. 원죄를 지으면서 자신을 감추기 위해 옷을 입기 시작했다는 인간.

그러나 이미 영혼을 감싸고 있는 몸이라는 옷을 입고 있으면서 그 위에 다시 옷을 입기 시작하고 다시 더 큰 '집'이라는 옷을 갖기 위해 시간과 노력을 바치며 자동차라는 발을 더 소중히 하며 살고 있는 것이다.

가장 큰 행복을 얻으려면 모두 버리라고 했던가. 현세의 삶에서는 모두 버리기가 참으로 어렵다. 그러니 목욕탕에 가서나마 알몸만 남기고 잠시나마 모두 버리며 행복해지는 것이다. 나를 둘러싼 가족도 잠시 버리고 거추장스럽게 몸을 감싸고 있던 옷이라는 껍데기도 버릴 수 있는 그 곳만큼 명상하기에 좋은 곳은 없다.

나는 남들처럼 휴가를 즐기기 위해 산으로 바다로 떠나는 삶을 살지 않았다. 아니, 즐겁게 노는 방법을 모르고 살아 왔다고 해야 더 맞는 표현이다. 살면서 주기적으로 나를 위한 휴식을 찾으며 살기 때문이다. 마음이 허전하거나 삶에 회의가 들 때면 책을 찾아 나서고 몸이 힘들면 대중목욕탕에 가서 명상을 즐기는 것으로 충분했다.

발가벗고 우글거리는 사람들 속에서 느끼는 생동감이 좋고 지극히 원시적인, 그리고 가식이 없는 그 공간에서 자연주의 사상가 루소나 소로우, 간디를 떠올릴 수 있으니 최고의 휴식처인 셈이다. 이제는 기억조차 희미한 모성에 대한 아련한 그리움까지 만날 수 있으니 살아 있는 동안 나는 대중목욕탕을 사랑할 것 같다. 얼굴만큼 발까지 대접받는 그 곳에서 이름 없는 사람들, 힘든 사람들도 함께 행복한 세상을 꿈꾼다면 너무 거창한, 다소 이상한 사람일까?

휴가철이 끝나가건만 일밖에 모르는 남편에게 투정을 부린 게 미안해진다. 멀리 있는 아들 녀석에게 다녀오는 것으로 휴가를 대신하자던 내 말에 얼른 따라나서던 그에게 참 미안하다. 이른 아침 아들과 함께 오르던 고려대학교 뒷산에서 내려다보던 서울. 전방에서 고생하고 제대하여 복학한 아들은 휴가라는 말조차 모르고 혼자서 이 더운 여름을 나고 있으리라. 삼복더위에 삼계탕 한 그릇도 함께 먹지 못한 어미의 아픈 마음도, 자식들을 멀리 두고 보는 이 그리움마저도, 그 곳에 가면 잊을 수 있었으면 좋겠다.

고향,
그 그리운 이름

　초가을 밤 베토벤의 로망스를 듣고 있노라면 엄마의 자장가에 편안한 잠을 자는 아기처럼, 고향을 그리워하는 단잠에 빠진다. 가느다란 선율, 예민한 고음에선 가슴 깊숙이 잠들어 있던 고향의 내음이 코끝을 스치는 것이다. 가난을 빼놓고는 생각할 수 없는 고향이지만 어제 일처럼 또렷한 것을 어찌하랴. 보랏빛이 연초록 손을 펼칠 때쯤이면 어머니 몰래 예쁜 바구니를 숨기고 제봉산 아래 들녘에서 쑥부쟁이, 냉이를 캐던 일, 여름이 되기도 전에 황룡강 철다리 밑으로 다슬기를 잡으러 갔던 초등학교 시절. 가을이면 홍시를 줍고 밤알을 주워 세던 즐거움. 도랑물에 뽀얀 물안개가 피어나는 초겨울엔 물가에 앉아 새우잠을 자던 이른 아침의 게으름. 태산처럼 커 보이던 뒷산 넙적 바위는 조무래기들의 소꿉놀이터였고, 삘기 뽑던 소년은 이름조차 잊혔지만 흑백 사진처럼 가슴속에 찍힌 사진은 빛도 바래지 않나 보다.

　부모님이 계시지 않은 고향은 어느 때부터인지 낯설어졌지만 눈을 감고도 걸을 수 있을 것 같은 내 고향 장성읍. 커 보이던 신작로는 좁게만 보여도 마음속의 고향은 넓기만 하다. 마음이 울적한 날이면 가고 싶은 곳이 바로 그곳인 걸 보면! 논길 따라 물 긷던 우물가. 모내기를 끝낸 벼논에서 까만 각시붕어를 잡아 고무신에 담아가던 소녀는 지금도 소녀인 채로 내 안에 서 있다. 나는 지금도 교정에 핀 분꽃을 보면 가슴이 뛴다. 시계가 귀했던 그때, 초등학교에서 돌아오면 잠시

놀다가도 분꽃이 까만 알몸을 드러낸 채 해맑게 웃을 때쯤이면 부리나케 보리쌀을 갈러 우물가로 달려가던 바쁨이 연상되어서이다.

첫 근무지인 고흥의 가화에서는 마당 앞까지 바닷물이 찰싹대는 해풍 속에서 아이들과 밤늦도록 책을 읽었고, 2시간 걸리는 가정방문을 섬으로 갈 때는 제자를 등에 업고 가다 장난치며 남해 바다를 사랑했었다. 여름방학이면 갯내음 맡으며 연극을, 노래를 불렀던 고흥도 내 고향이다. 11년을 근무한 영광은 내 젊음의 땀이 밴 곳. 500여 명의 제자들과 사랑을 나눈 곳이다. 그 제자들의 크는 소리가 얼마나 자랑스러운지. 지금 있는 담양은 이름처럼 온후한 사람들과 풍물이 잘 어우러진 곳이다. 아이들도 지세를 닮았는지 영민하고 순수하다. 추월산에 가을 소풍을 가면 빼어난 자태에 반해 시를 짓던 지난가을의 행복! 부드러운 능선과 잘 조화된 청죽골의 기상. 관방제림의 고즈넉한 품속에 안기어 재잘대는 문예반 소녀들과 글을 짓노라면 신선이 따로 없는 곳이다. 지금 나는 고향이 많은 부자이다. 나를 길러준 장성이 내 고향의 원조요. 전남의 교사로 발 디뎠던 고흥, 영광, 담양이 모두 다 아끼는 내 고향이다. 내 아이들을 사랑하듯이 내 고장 전남의 자연을 사랑한다. 푸르른 하늘과 까치소리 어우러진 교정에서 가을 아침을 노래하는 심성을 기르고 싶어 한다. 마음속에 고향이 자리 잡힌 아이들, 뿌리가 든든한 나무가 되기를 빌어 주려한다. 아니 욕심 많게도 아이들에게 마음의 고향으로 남고 싶어 하는 지도 모른다. 고향, 그 그리운 이름으로!

- 1997년 10월, 제1회 전남도민의 날 기념문집에 수록

어머니,
살아만 계십시오

　며칠 전, 지난해 군에 간 아들이 상병 휴가를 나왔다. 얼마나 오고 싶어 한 집이었는데 정작 집안 식구들은 모두 일터로, 학교로 가야 하니 혼자 집을 지키며 가족을 기다릴 녀석이 참 안쓰러웠다. 가족 모두 출근한 집에서 컴퓨터와 친구하는 아들을 두고 출근하는 마음이 참 아팠다. 12일간의 휴가가 끝나기 하루 전날, 아들이 "엄마, 사랑해! 엄마 사랑해!" 하고 되뇌며 나를 껴안아서 마음이 찡했다. 평소에 그런 말을 전혀 하지 못하던 무덤덤한 아이였는데, 집을 떠나 다시 먼 길을 가려고 생각하니 마음이 울컥했던 모양이다.

　세상에서 가장 아름다운 단어, 어머니. 그 말 뒤에 붙는 수식어가 새삼스럽게 내 가슴에 파고들었다. 그런 말을 할 대상도, 그런 말을 해 본 적도 없다는 사실이 가슴 아프게 다가와 내 마음을 후비고 지나갔다. 네 살에 어머니와 생이별을 하고 3년 뒤인 일곱 살 때 맞이한 새어머니를 엄마라고 부르는데 참 오랜 시간을 보내야 했다. 유년의 아픈 기억 속에서 어머니는 늘 원망과 그리움의 대상이었고, 때로는 미움의 대상이 되어 말없는 소녀로 자라게 했던 '어머니'라는 이름. 돌이켜 생각해 보면, 어머니의 부재는 세상을 바로 볼 수 없게 하고 어른들을 까닭 없이 믿지 못하게 하고 미워하게 한 출발점이었다. 어머니에 대한 원망과 분노를 삭이며 가난으로 이루지 못한 학업을 독학으로 땜질하면서도 그 밑바닥에는 늘 한이 서려 있었던 젊은 시절의 시간들.

그렇게 세상에 대해 부정적이었던 나를 돌려세워 결혼에 이르기까지 남편은 끝없이 참고 기다려주었다. 남편의 오랜 인내심 덕분에 결혼을 해, 착하고 예쁜 남매를 얻었다. 그래도 어머니에게 버림받았다는 슬픈 기억은 잠재의식 속에 남아 있었다. 행여 어머니처럼 될까봐 늘 깨어 있으려고 몸을 사렸던 결혼 생활 23년. 이제는 어쩌면 나를 버린 어머니가, 나보다 더 아프고 힘들었을 거라는 생각이 들었다. 전방 부대에 아들을 보내고 늘 노심초사하는 나처럼 오랜 세월 동안 나를 그리워하며 눈물로 시간을 보냈을 그리운 어머니! 이제는 당신을 마음속에 담으려 한다. 당신을 만나 단 한번만이라도 "엄마, 사랑해!"를 우리 아들처럼 외치고 싶다.

'어머니, 당신에게 남은 지상의 시계가 몇 시간 몇 분쯤 남아 있는지 이제야 마음이 바빠집니다. 부디 살아만 계십시오. 당신이 계셔서, 자식을 거두지 않았다고 해서 어머니임을 부정한 우둔한 딸을 용서하소서! 부처님 말씀에 어버이는 낳아 주신 것만으로도 그 은혜를 갚을 길이 없다고 하였습니다. 양 어깨에 어버이를 메고서 수미산을 오르고 내리며 어깨가 다 닳아 뼈가 드러나도 그 은혜를 갚을 수 없다고……'

세상에서 가장 하고 싶은 말, "엄마 사랑해!"를 가슴 저미도록 부를 수 있기를 간절히 소망하며, 흰 머리 돋은 당신의 딸이 멀리서 부른다. "엄마! 사랑해!"

스승의 날이 오면

스승의 날이 오면

책장 속에서 잠자는

빛바랜 교육학 책을 다시 읽는다

깨알 같은 글씨, 누런 책이지만

정신만은 말갛게 살아서 나를 두드리는 교육심리학

스승의 날이 오면

그 노래를 듣는 것이 부끄럽다

나의 스승님에게 죄송해서

내가 서 있는 자리를 반성하느라 부끄러운 날이다

스승의 날이 오면

이 땅의 스승이었던 분들의 발뒤꿈치를

한번쯤 따라가고 싶어서 하늘을 올려다본다.

스승의 날이 오면

세상에서 던지는 돌멩이도

불어오는 칼바람도

기꺼이 맞을 수 있기를

그리하여 그 돌멩이를 반석 삼아
아름다운 교실을 꾸밀 수 있기를
스승의 날이 오면
내 마음의 거울을 말갛게 닦는 날이다
아이들의 영혼을 잘 들여다 볼 수 있도록
어디에 두었는지 잊고 살아온
그 처음 마음을 찾아 나서는 날이다.

아들아,
네 문자가 그립구나

"당신은 참 정성스럽게 아침 식사를 하네요."

"내가 건강해야 당신하고 오래오래 행복하게 살 수 있지."

"당신, 지금 한 말 진심이요?"

"그럼 내가 언제 허튼소리 하는 것 보았소?"

참으로 오랜만에 남편에게 들어보는 정에 넘치는 말에 감동한 순간이었다. 입에 붙은 말이라고는 도무지 내놓을 줄 모르는 사람이 표현하는 말이라서 어찌나 고맙고 즐겁던지 오늘 아침 반찬은 어느 날보다 맛이 좋았다. 여자는 귀가 약해서 말에 넘어간다는 사실을 인정하면서도 어쨌든 기분 좋은 아침이었다.

아침이면 밥을 먹는 둥 마는 둥 늘 그렇게 빨리 식사를 끝내는 나에 비해서 남편은 느긋하게 아침 식사를 즐기는(?) 편이다. 몸에 좋다는 보약은 물론이고 과일까지 꼭 챙겨서 먹으면서도 만날 먹는 음식 메뉴가 비슷하고 고기 양도 섭취가 부족하다며 중얼거리는 남편이다. 그런데 언제부턴가 그런 남편이 참 고맙게 느껴진다. 자신의 몸 관리를 철저하게 하는 일, 술 담배를 입에도 안대는 남편. 그렇다고 친구를 많이 사귀거나 특별한 취미 생활에 깊이 빠지지도 않는다.

그의 별명답게 물처럼 사는 사람이다. 나이가 들어갈수록 돌아가신 시아버님을 꼭 닮아가는 모습에 새삼스럽게 놀라곤 한다. 살아계신 동안 아버님과 나눈 대화를 기록한다면 공책 한 장 정도라고 해도 과장된 표현이 아니다.

"아가, 왔냐?" 하시며 반가움을 표시하고 "하루 더 있다 가면 안되겠냐?" 하며 서운함을 표현하시면 그만인 어른이었다. 살아계신 동안 땅과 농사가 인생의 전부이셨던 그 분을 닮은 남편이니 말수가 적은 것도 당연하다.

그런데 요즈음은 남편을 닮은 아들 녀석 때문에 속을 끓이고 산다. 아들 녀석이 얼마나 말이 없는지, 아니면 무심해서인지 휴대폰 문자요금이 달랑 40원인 것만 봐도 안다. 술 담배도 안하고 여자 친구도 없는 녀석에게 휴대폰은 오히려 거추장스러운 물건일지도 모른다. 어쩌다 아들에게서 전화가 오는 경우에는 하루 종일 기분이 좋을 정도이다. 어쩌다 전화가 오더라도 황당한 전화일 경우가 더 많다.

"엄마, 왜 휴대폰으로는 114 전화가 안 되지요?"

"지역 번호 누르고 전화했니?"

"아, 그렇구나. 서울이니까 02를 누르지 않아서 전화가 안 되었나 봐요."

나는 말수 없는 남편과 사는 게 너무 힘들어서 우리 아들이 어렸을 때부터 연습을 시켰다. 주로 "엄마, 사랑해!"와 같이 유치한 단어들을 날마다 내 귀에 속삭이게 했다. 나중에 아들이 커서 자기 안 사람에게 무뚝뚝한 사람이 안 되기를 빌면서 말이다. 그런데 중학교에 가면서부터 말수가 적어지더니 자기 아빠와 똑같이 되었다. 유전인자의 강력한 힘을 통감하며 포기하고 살지만 그래도 가끔은 기대를 한다. 행여나 아들에게서 문자나 전화가 오지는 않는가 하고 말이다.

그렇게 무심하고 말없는 아들이 나를 자주 불러내었던 것은 전방부대에 있을 때였다. 좋은 일보다는 힘든 일이 있을 때 수신자부담 전화로 걸려오던 전화를 받고 나면 며칠씩 마음고생을 했다. 선임들이 힘들게 하거나 자신에게 억울한 일이 생기면 어미에게 하소연이라도 해야 다른 불미한 일이 생기지 않을 것 같아 언제든지 받아주었다. 전방 부대에서 총기사고가 날 때마다 가슴 떨리던 일을 생각하면 지금 이렇게 며칠씩 연락이 없어 보고 싶고 그리워하는 것은 사치라는 생각이 들기도 한다.

'무소식이 희소식'이라고 스스로 위안하면서도 나의 안테나는 늘 서울 쪽을 향하고 있다. 겉절이를 버무리다가도, 아들이 좋아하는 고기를 구워 먹을 때에도 아들의 이름은 늘 내 입안에서 밥과 함께 목으로 넘어간다.

말없는 삼대를 거치며 나의 소원은 단순해졌다.

'제발 꼭 해야 할 말은 표현하고 살자.'고.

一字千金 꿈꾸는
아들에게 보내는 편지

사랑하는 아들아, 계절은 벌써 여름을 향해 달리는구나. 비좁은 하숙방에서 마음대로 욕조에 몸을 담그지도 못하며 서울 생활에 길들여져 가는 네 모습을 생각하니 어미는 아픈 마음이 앞서는구나. 이렇게라도 너를 생각하는 마음을 담아 독서 편지라도 쓰면 어미 마음이 편해질 것 같아 이 글을 쓰노라. 이제는 글씨 쓰는 일이 버겁고 눈도 침침해서 책을 보는 일도 쉽지 않지만 내가 읽은 감동이 너에게까지 전해진다고 생각하니, 편지를 쓰는 동안만이라도 내 마음의 끈이 네게 닿을 것이라는 위안이 되는구나.

오늘은 지난 2월에 일독을 마친 『생각이 힘이 세다』를 다시 읽어보는 중이란다. 처음 읽던 때의 감동을 되살려보며 새롭게 와 닿는 글귀를 메모하다보니 숨겨진 행간이 보여서 참 행복했단다. 요즈음은 그 어느 때보다 '생각'이 절실한 시대가 도래했다는 생각이 든다. 정말로

‘생각의 국제화’가 필요함을 절감하게 된다. 설득과 소통을 위한 전제는 ‘생각의 힘’이 바탕이 되기 때문이지. 어떻게 하면 생각이 깊은 삶을 살 수 있을까를 생각하며 읽은 책이란다.

내 마음 속에서 가장 귀엽던 아이 시절의 모습으로 떠오르는 네 모습이 점점 자라서 이제는 어엿한 성인으로 자리 잡고 자신의 인생을 설계하는 멋진 청년이 된 너를 생각하면 어미는 눈가가 촉촉해지는 그리움으로 잠시 먹먹해지는 가슴을 어찌할 수 없구나. 어미의 이 편지들이 네가 살아가는 서울 하늘 길섶의 작은 풀꽃이라도 될 수 있다면, 이른 아침 귀를 적시는 한 마리 참새라도 될 수 있다면 얼마나 좋으랴!

말수가 적은 너를 불러내기에는 편지가 제 격이라 여겨서 시작한 일이니 부담 갖지 말고 읽어주렴. 자주 전화를 하는 것도, 문자를 보내는 것마저도 형식적인 인사치레로 여기는 너와 소통하는 방법을 책 속에서 찾아냈단다. 그렇다고 답장을 꼬박꼬박 기대하지는 않을 것이니 그저 마음 가는 대로 읽어주기만 하면 된단다. 그저 어미가 아들과 이야기하고 싶어서 선택한 궁여지책일 뿐이다.

어려서부터 생각함이 깊었던 사려 깊은 너를 곁에서 지켜주지 못하고 일하는 여성의 삶을 선택한 결과, 네가 자라는 모습을 기록해 주지도 못했고 때맞추어 네 질문에 응대해 주지도 못했던 시간들이 아프게 찌르는구나. 이제는 어미의 손길보다 그냥 곁에서 지켜 봐주는 눈길만으로 족할 너에게 수다를 떠는 게 아닌지 두려운 생각마저 든다.

읽으면서 담아두고 싶은 구절들을 적어보련다. 책과 함께 8장의 편지도 함께 부쳐주마. 퇴근길에 강진도서관에 들러 2시간씩 책을 읽는 재미에 푹 빠져 있단다. 내가 좋아하는 일에 몰두하는 탓인지 몸은 피곤해도 정신이 행복하니 즐겨하고 있단다. 내가 무엇이 되고자 하거나 뭔가를 이루기 위한 적극적인 독서라기보다는 숨 쉬는 동안 하지 않으면 안 될, 생명이 있는 한 해야 될 필연, 필수라고 인식하기 때문이지. 그럼 어미의 잔소리는 이쯤에서 접고 본문 요약으로 들어갈게.

작가 위기철이 엮은 이 책의 특징은 딱딱한 주제를 알기 쉬운 예화 자료를 곁들여서 읽기 쉽게 접근한 점이 특징이란다. 나이 어린 초등학생부터 일반에 이르기까지 읽힐 수 있도록 배려한 점이 돋보인다. 과학적이고 심리학적인 용어들을 다양한 눈높이에서 바라볼 수 있도록 친절하게 엮은 책이지. 전체적으로 생각에 대하여 공부를 한다고 생각하고 읽어주렴.

11쪽 - 사고의 힘 : 이성적 인식은 사물이나 현상의 보편적인 특성, 내적인 본질, 그것들의 고유한 연관. 법칙성을 반영하는 발전된 형태의 인식이다. ('사고' 의 시작)

16쪽 - 사고의 간접성과 개괄성 : 개괄적 사고 능력이 뛰어날수록 우리는 그만큼 사물의 본질을 더 정확하게 인식할 수 있다. 사람의 두뇌는 사회적 실천 과정을 통해 두뇌에 축적한 경험과 정보를 개괄적으로 사고하여 판단한다는 점에서 전자두뇌와 다르다.

36쪽 - 물질불변의 법칙 : 인공적이거나 천연적인 조작으로 없던 물질을 창조해 낼 수는 없다. 때문에 어떤 조작을 가해도 조작 전후의 물질 총량은 같고 그 요소의 질과 양은 변하지 않으며 오로지 교체되고 변형될 따름이다. (프랑스 화학자, 라부아지에가 물을 100일 동안 끓이는 실험으로 찾아냄)

(이 대목에서 어미는 한참이나 딴 생각에 젖었단다. 나의 사후 세계에 대한 원초적인 질문을 하고 있었어. '육안으로 보이는 내 존재가 사라져도 물 몇 방울, 한 줌의 흙, 형태를 알 수 없는 영혼의 존재까지도 불멸할까' 라는 질문 말이다. 이 것은 어미가 초등학교 5학년 때 잠들기 전에 나를 괴롭힌 질문이었어. 이 물음을 해결하지 못해서 어떤 종교에도 깊이 몰입할 수 없었다고 해야 바른 변명이 될 거야. 종교는 과학이 아니라는, 오로지 믿음 그 자체여야 한다는 가르침이 주입이 안 되었단다. 앞으로도 이 문제는 진지하게 살펴볼까 한다.)

38쪽 - 개념, 판단, 추리 : 가장 기초적인 형태인 개념, 개념들의 결합으로 이루어진 판단, 기존의 판단들로부터 새롭게 다른 판단을 이끌어 내는 추리가 사고의 대표적인 형태이다.

42쪽 - 귀납추리 : 귀납추리를 하지 않는다면, 우리는 수많은 경험 재료를 앞에 쌓아 놓고도 아무런 판단을 끌어 내지 못할 것이다. (개별적인 것에서 일반적인 것을 끌어내는 추리 - 핼리 혜성 이야기)

46쪽 - 연역추리 : 어떤 사물이나 현상의 일반적 속성, 관계, 본질을 추리해 내는 사고 형식으로 오늘날 과학에서 매우 중요한 추리 방법이다.

50쪽 - 가설 : 가설은 기존 지식에서 미지의 지식으로 확장하는 과도기적 이론이기 때문에 가설에는 과거와 현재와 미래의 지식이 한데 결합되어 있다. (예화 : 신화를 역사로 바꾼 소년 슐리만은 일리야드를 읽고 트로이를 찾아낸다.)

59쪽 - 원형 : 창조적 상상에 작용하는 것들은 영감, 감정, 체험, 원형이다. (예화 : 안나 카레니나의 모델은 실존 인물의 외형+사고 기사로 작성함)

- 영감 혹은 직관은 비약적 형태로 일어나는 사고. 이는 지력 수준이 평소의 수준을 뛰어넘어 비약적으로 상승함

- 영감은 조용하고 산뜻하며 마음이 편안할 때

- 산보, 잠시 쉴 때, 대화할 때, 유쾌하고 발랄할 때

- 돌발성, 순간성을 지님

68쪽 - 영감은 저절로 생기는 것이 아니라 노력할 때만 생긴다. 차이코프스키는 "영감은 우아하게 손을 내미는 사람에게 생기는 것이 아니라, 무지막지한 황소처럼 온 힘을 다해 밀어붙이는 사람에게 생긴다."

82쪽 - 탄력적 사고 능력을 지닌 사람은 변화에 민감하고, 임기응변 능력이 강하며 능숙하고 신속하게 문제를 분석하며 민활하고 기동성 있게 문제를 처리한다.

91쪽 - 적극적인 사고는 '탄력적인 사고' 를 전제로 하고, 면밀한 고려는 '폭넓은 사고' 를 전제로 하며, 정확한 판단은 '비판적 사고' 를 전제로 한다. 따라서 민첩한 사고 능력은 다른 사고 능력의 집중적 표현이라고 할 수 있다.

101쪽 - 사람의 대뇌는 왼쪽, 오른쪽에 각각 한 개씩 모두 두개의 반구로 구성되었으며 매초 40억 번의 신경 충돌을 하면서 정보를 전달하는 신경다발로 구성되

어 있다.

107쪽 - 습관에 얽매이지 마라

111쪽 - 많은 정보를 수집하라 : 많은 정보를 획득해서 사고의 비약을 이루려면, 사람들과의 관계를 넓힐 필요가 있다.

117쪽 - 흥미를 가져라 : 흥미 그 자체는 창조적 사고가 아니지만, 창조적 사고를 추진하는 중요한 원동력이 된다.

119쪽 - 정감을 가져라 : 정감은 특히 예술 창조에서 매우 중요한 동기가 된다. 톨스토이는 창작의 동력에 대하여, "창작은 격정 없이는 안 된다. 작품이 잘 써지려면 그것이 작가의 마음 한가운데서 우러나온 것이어야 한다. 아무런 느낌도 없고 말하고 싶지도 않은 사물에 대해서는 서술하고 싶은 욕구도 일어나지 않는다."

124쪽 - 의지를 가져라 : 목적은 아무 근거 없이 생기는 것이 아니라 사람의 요구와 염원에 의하여 생기는 것이다. 발자크는 수십 년 동안 날마다 열여섯 시간씩 일을 해야 했지만 그러면서도 하루에 30~40매 되는 원고의 창작 일정을 거의 하루도 빠짐없이 지켰다고 한다.

129쪽 - 용기를 가져라 : 창조적 사고에 가장 위험한 적은 스스로 겁을 먹는 것이다. 겁을 먹으면 상상력과 독창 정신은 이내 사그라진다. 지나치게 자기비판을 하거나 남의 의견에 신경을 쓰는 일은 종종 창조적 사고를 가로막는 장애가 된다.

140쪽 - 곡선적 사고 : 여러 측면, 규칙, 기준, 결과들을 고려한 방식이다. 여러 갈래의 사고 방법들을 서로 교차하고 보충하고 통일시켜서 대상을 바라볼 수 있다. 자신의 사고를 좁히지 말고 시야를 넓혀서 사고하는 버릇을 들인다. 논리학이나 철학을 학습하여 실천 경험 속에서 적용하려는 노력이 필요하다.

143쪽 - 측향사고법 : 어떤 대상과 직접 관련이 없는 다른 대상으로부터 새로운 생각을 이끌어 내는 사고 방법이다. (문어다리에서 아이디어를 얻은 농구화)

146쪽 - 반향사고법 : 결과를 놓고 원인을 따질 때 풀리지 않던 문제도 사고 순서를 거꾸로 해서 되짚어 보면 뜻밖에 쉽사리 풀리는 경우가 있다.

151쪽 - 합병사고법 : 서로 다른 사물들을 합하여 새로운 사물을 창조해 내는 사고 방법이다. (자동차 + 대포 = 장갑차)

154쪽 - 분리사고법 : 어떤 사물을 구성하는 부분들을 분리시켜서 새로운 사물을 창조하는 사고 방법이다.

157쪽 - 형태를 바꾸는 사고법 : 기존의 사물을 놓고 크게 만들거나 작게 만들기, 색깔 바꾸기. (소니 회사의 성공 사례)

160쪽 - 배열을 바꾸는 사고법 (덧셈식 1+2+3 ---- 100 가우스 이야기)

163쪽 - 사고 과정에서의 긴장과 이완 : 창조적 사고는 계속 깊은 사색에 몰두할 때만 생기는 것이 아니라 도리어 사고를 한 발 늦추었을 때에 생각나기도 한다. (상대성 이론 연구를 하며 피아노를 친 아인슈타인) " 가장 귀중한 사고와 가장 훌륭한 사고방식은 산책할 때 떠오른다.(괴테)"

171쪽 - 오류로부터 발전한다 : 잘못을 즉시 깨닫는 게 바로 총명함이다. "오류를 깨치기만 하면 새로운 힘으로 진리를 향해 나갈 수 있다.(괴테)" 오류를 범할까 봐 지나치게 조심하는 사람은 오류를 적게 범할 수는 있지만, 진리에 다가가기는 어렵다.

이 요약본은 모두 편지지 8장에 이른다. 자판을 두들기는 것이 글씨를 쓰는 것보다 덜 힘이 들지만 편지지에 쓰는 것이 너를 향한 어미의 진심이 더 전해질 거라는 확신으로 독서 편지를 썼단다. 아무쪼록 학문에 정진하는 네 어깨를 다독이고 싶은 어미의 진심을 받아주기 바란다. 글쓰기를 좋아하는 네가 생각의 바다를 넓혀서 '一字千金(일자천김)'의 무게를 지닌 글 힘을 비축하는 데 아낌없이 시간을 투자하기를 빌어마지 않는다.

2008년 6월 17일
『생각은 힘이 세다(위기철 지음)』를 읽고,
사랑하는 아들에게

딸자식보다 나은 백년손님

남편의 깜짝 선물

"여보, 당신은 돌아가신 할아버지, 할머니 존함을 알고 있소?"

"갑자기 한 번도 뵌 적 없는 내 조부모 존함을 왜 물어요? 입에 올려 본 기억이 없어요."

"아이고, 아이들 가르치는 선생님이 되어가지고 자기 조부모님 존함도 잊고 사는 거요? 내가 장인어른 제적등본을 해 왔으니 이제라도 존함을 잊지 말아요. 우리 아이들이 물으면 알고 있어야 하지 않겠소?"

"갑자기 돌아가신 아버지 제적등본을 들고 와서 아픈 데를 건드리는 거예요? 나는 무남독녀라 호적상 문을 닫아버렸으니 그 서류만 봐도 마음이 아파요. 아버지가 마흔다섯 살에 나를 얻으면서 사흘 동안 우셨던 이유가 바로 아버지의 호적을 이어갈 아들이 없다는 것을 알고 내가 아들이 되지 못한 것을 죄송해 했기 때문이에요."

"실은 당신 몰래 장인어른을 고향으로 모실까 해서 준비한 서류요. 금년 3월에 고향인 장성에 납골당을 개장했는데, 시설도 좋고 경치도 아름답고 조용하여 참 보기 좋은 곳이었소. 당신 몰래 내가 가보고 필요한 서류랑 일을 다 준비해 두었소. 객지에 묘를 써 두고 늘 마음 아파하는 당신 모습을 보면서 늘 생각해 온 것을 26년만에야 실천하게 된 거요. 그런데 조건이 매우 까다로웠소. 장성에 본적을 둔 사람이어야 가능하기에 그 서류를 준비하면서. 당신이 조부모님의 존함을 한 번도 말하지 않은 것 같아서 물어본 거요."

딸자식보다 나은 백년손님

남편은 돌아가신 친정 아버지의 유골을 납골당에 안치하기 위해 인부를 사서 파묘하고 화장장으로 운송하는 데 드는 비용 계산은 물론 일할 날짜까지 모두 예약을 마친 상태였다. 20년이 넘어야 유골의 상태가 좋다는 전문가의 의견까지 들어가며 말하는 표정에서 빛이 났다. 딸자식인 나보다 한 발 앞서서 자식 노릇을 하는 남편이 무척이나 고맙고 존경스러웠다.

'사위는 백년손님'이 결코 아니었다. 가난한 처가를 만나 사위 대접도 제대로 받아본 적 없지만, 단 한 번도 친정을 원망하거나 서운해 하지 않았던 남편이었다. 그러나 나는 살기 힘들 때마다 남편에게 함부로 말하고 바가지를 긁는 철없는 아내였다.

내가 너무 가진 것이 없어 결혼조차 포기하고 남편으로부터 도망치려 할 때마다 "결혼 예물도 필요 없고 혼수도 필요 없고 당신 한 사람이면 족하다. 제발 내 곁에만 있어주면 된다."며 결혼을 강행했던 남편이었다. 예단은 꿈도 못 꾸고 결혼 예물만 간단히 해준 초라한 내 위치가 너무 싫어서, 부모님을 책임져야 하는 내 위치가 미안해서 그를 놓아주고 싶어 했다. 일찍 취직하여 돈을 벌고는 있었지만, 가난하고 병든 부모님 생활비로 쓰고 나면 결혼 비용을 모을 엄두를 낼 수 없었다. 결혼을 강행한 그는 장교로 근무하는 동안 받은 월급을 모아 가전제품을 모두 준비하며 내 마음을 잡아주었다.

솔직히 말해서 26년 전에 저 세상으로 떠나신 친정아버지도 살아계신 동안 나에게 조부모님 이야기를 하신 적이 없었다. 부끄럽게도 가문 내력을 차분히 배우기도 전인 초등학생 시절에 우리 집은 파산하다시피 해서, 입에 풀칠하기도 어려운 유년 시절을 보냈다. 무엇보다도 내 집안 내력을 물어봐 준 사람도 없었고 앞만 보고 달려오는 동안 곰곰이 따지지도 않고 살아온 내 잘못이 컸다.

생존을 위해, 살아남기 위해 외줄타기를 하는 동안 가족과 가문이라는 소중한 의미들을 외면하였고 성공하면 지나버린 과거도 찾을 수 있을 거라 생각했다. 하지만 가난의 그늘에 눌려 병고를 치르던 친정 부모님은 내가 결혼하여 안정되기도 전에, 제대로 자식 노릇을 할 시간조차 주시지 않고 돌아가시고 말았다. 살아서는 땅 한 평도 가지지 못하신 채 딸의 직장을 따라 객지 생활을 하시다가 고향 멀리 공동묘지에 누워 계신 내 아버지에게 남편이 마련한 유택이 얼마나 고맙고 감사한 선물인지……. 저 세상에 계신 아버지도 이 글을 쓰는 저처럼 한없이 우실 것 같다. 구천을 떠돌 아버지의 영혼이 이제라도 편안히 쉬실 수 있게 되었으니 이보다 더 큰 선물이 어디 있을까?

'사람 하나면 된다.' 던 믿음직한 남자

어버이날만 되면 혼자서 눈물 훔치며 슬퍼하는 아내, 설날과 추석 등 명절만 되면 마음 아파하며 우울해 하는 제 모습을 남편은 가슴 깊이 간직하고 있었던 것이다. 이 선물을 아내 몰래 준비해 둔 남편은 외로운 내 인생의 반려자로 하느님이 주신 선물이었음을 생각하며 감사의 눈물로 이 글을 쓴다.

아내를 감동시키는 남편, 그는 내 인생 최고의 선물이다. 결혼 예물은 물론 혼수용 가전제품까지 저 몰래 준비해 줄 때부터 나를 감동시켰던 사람임을 잊고 살았다. 아름답고 신성한 결혼이 '조건'이나 예물 혼수 때문에 깨지기도 하고 갈등으로 치닫는 경우가 많다. 감히 결혼할 꿈조차 꿀 수 없는 가난한 집안 출신의 여자와 혼인하기 위해 집안의 반대를 무릅쓰고 용기를 낼 수 있는 젊은이는 흔하지 않은 세상이기 때문이다.

남편을 내놓고 자랑하는 건 팔불출이 분명하겠지만 내가 갚을 수 있는 방법은 글로 남기는 일이라는 생각이 들어 자판 앞에 앉게 되었다. 더 나아가서 오늘의 이 감사함과 감동을 잊고 남편을 서운하게 하거나 내게 서운한 일이 생기면, 이 글을 읽으며 처음 사랑을 회복하고 싶어서이다.

"생전에 우리 아버지는 이발만 좀 늦게 하셔도 답답해하실 만큼 깔끔한 분이었는데 그렇게 풀이 웃자랐으니 얼마나 답답하실까? 얼른 달려가 낫질도 못하면서, 입만 살아서 불평하는 내가 싫어요. 비가 많이 와서 산소에 물이 고이지는 않았나 몰라. 나는 자식도 아니야."

이렇게 푸념을 할 때마다 바쁜 직장인이라 얼른 달려갈 수 없어 안타까워하고 미안해했던 남편이었다. 최근에는 산소를 돌보다 벌에 쏘여 사고를 당하는 사람들의 기사를 접하면서 벌초하는 것조차 말리기도 했다.

한미한 처가에 장가를 들어서 씨암탉조차 제대로 뜯어볼 겨를 없이 처가 어른들과 이별하고 아내 한 사람만 보고 살아온 남편이라는 것을 까맣게 잊고 살았던 철없고 못된 내 모습이 한없이 부끄럽고 미안하다. 이렇게 기사를 쓰지 않았더라면 감동의 눈물까지 쏟아내지는 못했을 남편의 선물을 세상에 공개한다. 이젠 더 이상 명절에 슬퍼하지 않을 것 같다.

돌아가신 장인어른을 위해 고향 산천이 바라보이는 곳에 유택을 마련해 예약까지 해 두었다는 고마운 사람. 아내의 아픔과 좌절이 무엇인지, 슬픔이 뭔지 혼자서 생각하며 조용히 준비해 온 남편의 고운 마음씨에 나는 다시 홀딱 반하고 말았다. 첫눈에 반했던 그때는 겉모습과 생활력이 눈에 들어왔다면 이제는 더 깊고 넓은, 보이지 않는 내면의 아름다움에 반했으니 이 사랑을 오래 가꾸며 후반 인생을 꾸릴 힘을 얻는다.

그리고 무엇보다 자식들에게 더 당당한 모습을 보여줄 수 있을 것 같아서 행복하다. 부모가 하는 모습을 그대로 보고 배우는 게 교육이다. 그 오랜 세월 고향을 떠나 먼 객지의 공동묘지에 누워 계신 친정 아버지의 방이 벌써부터 보고 싶어진다. 이제는 자식들 앞세우고 찾아갈 곳이 생겨서 명절이면 더 이상 슬퍼하지 않을 것 같다. 살아계실 때 집 한 칸 마련해 드리지 못하고 겨우 생활비만 보태드리던 잘못을 하고, 이제야 남편의 손을 빌려 영혼이나마 모시게 된 내 마음은 참으로 오래오래 감동으로 남을 것 같다. 남편은 나에게 몇 천만 원, 몇 억 원, 아니 물질로는 셈할 수 없는 평생 잊지 못할 선물을 안겨 주었다.

"사랑하는 아버지, 눈이 오나 비가 오나 편안한 그곳에서 행복하시길 빕니다. 세상에 하나 뿐인 아버지의 사위가 아버지의 하나뿐인 딸을 위해 평생 동안 감사해도 좋을 선물을 드렸군요. 선물이란 받는 이의 마음을 감동시키는 것일 때 의미가 있지요? 정이 깊으셨던 아버지였지만 표현하는 대신 눈빛만 촉촉하셨던 아버지의 선한 눈매가 보입니다. 아버지는 그동안 땅 속에 계신 것이 아니라 제 가슴에 계셨기 때문에 언제든지 보이니까요. 그리고 세상에 저 하나만 남겨 놓아 늘 마음 아파하셨던 그 걱정도 다 내려놓으세요. 생전에 그토록 소중히 생각하셨던 사위는 아버지가 주고 가신 선물이랍니다. 아버지! 가족사진이랑, 꽃도 가지고 가서 방을 꾸밀 선물로 드릴게요. 오늘 밤은 남편이 준 감동적인 선물로 들떠서 잠을 이룰 수 없을 것 같습니다. 우리 부부와 외손자, 외손녀를 늘 지켜봐 주세요."

2009년 5월 23일

- 출처 : 「오마이뉴스」 26년 동안 준비한 남편의 선물이 저를 울립니다

나의 화두는 '지혜로운 사람'

린네는 최초로 사람을 영장류로 분류한 인물이다. 그는 1758년 『자연의 체계』 제10판에서 원숭이 바로 옆에 인간을 놓았다. 그러고 나서 사람에게 '호모 사피엔스'라는 공식명칭을 부여한다. 호모 사피엔스는 '지혜로운 사람'을 뜻한다. 사람을 동물계의 다른 동물들과 비교해서 정신적, 행동적 특색에 기반을 둔 것이다.

일찍이 공자는 생이지지(生而知之)와 학이지지(學而知之)를 구별했다. 전자는 배우지 않고도 아는 것이고, 후자는 배워서 아는 것이다. 그런데 공자는 전자가 후자보다 더 높은 단계라고 말했다. 내가 생각하는 초등교육은 배워서 알게 한 다음 스스로 배우게 하는 '자기 주도적 학습'으로 '지혜로운 사람' 기르기다. 기초 기본 학습에 충실하고 정직하고 예의 바른 태도로 남을 배려하는 어린이를 강조하곤 한다.

학이지지로 생이지지할 수 있는 지혜로운 인간을 추구하는 것이다. 바꾸어 말하면 자기 주도적으로 학습할 수 있는 사람, 스스로 물고기를 잡으며 살아갈 수 있는 사람으로 기르고 싶어 한다. 그런데 오늘날 우리 교육의 모습은 배움[學]은 넘쳐나지만 스스로 살아갈 힘[生]은 나약한 젊은이들이 많은 게 현실이다.

머리는 크고 몸통은 작은 ET처럼 손과 발을 쓰기 싫어하고 잔머리를 잘 굴리는 아이들이 많은 것도 현실이다. 이는 곧 정신노동이 육체노동보다 더 값지고 대접받는 현상까지 불러와서 일자리는 있어도 일할 사람을 구하지 못해 해외 인력으로 충당하는 현상까지 가져 온 게 사실이다.

미셸 세르는 『인간이란 무엇인가』에서 '인간은 체험시간을 조작할 수 있는 힘을 지닌 존재다. 엄청나게 긴 시간을 자신에게 굴복시킬 힘을 가진 존재이며 인간은 그 자신이 원인이다!'로 결론짓는다. 진화를 거듭하고 있는 존재로서, 인간의 무한한 가능성은 인간 그 자신이 모든 원인의 제공자라는 뜻이니, 책임도 인간 그 자신이라는 뜻으로 해석된다.

이제 나는 200일에 가까운 1년 농사를 마무리하고 내 나무에서 생명의 물줄기를 마시며 호흡하며 새 봄을 향해 한 송이 꽃을 잉태한 우리 반 잎사귀들을 떠나보낸 겨울나무로 서 있다. 내 나무에 앉았던 그 새들이 잘 익은 열매로 건강하게 행복한 시간을 보냈기를 빌면서 혼자서 조용히 2010년의 시무식을 한다.

12명의 제자들이 모두 다 다른 모습으로 잘 자라준 2009년에 감사한다. 그리고 더 넓고 높은 하늘을 향해 날 수 있도록 마지막 열매를 갈무리하여 호모 사피엔스로, 생이지지하는 마음으로 살아갈 수 있도록 끝맺음을 잘 해 주고 싶다.

2010년에도 푸르른 꿈을 안고 나의 둥지에 찾아들 종달새 손님들을 맞이할 둥지를 청소하고 좋은 책으로 영혼을 씻으며 교육의 모든 원인이 '나'에게 있음을 다시 한 번 다짐해 본다. '나부터 지혜로운 사람이 되자!'

쉽게 살까, 오래 살까

노자는 '죽어도 잊혀 지지 않는 사람이 오래 사는 것이다[死而不忘者壽].'라고 했고 『논어』에는 '인자수(仁者壽)'라는 말이 나온다. '어진 사람은 오래 산다.'는 뜻이다. 내가 생각하는 오래 산다는 뜻은 마음에 남는 사람이라는 뜻이다. 육신만 오래 살고 이름은 오명을 썼다면 살아도 산 것이 아니라고 해석하고 싶다.

형용사로 살펴본 '어질다'는 '마음이 너그럽고 착하며 슬기롭고 덕행이 높다.'는 뜻이다. 교직 경력 30년 동안 나를 거쳐 간 제자들이 참 많다. 그런데 그 중에서 가장 기억에 남는 아이들은 바로 '어진' 아이들이었다.

지난해에도 나는 12명의 아이들을 가르치며 1년 동안 가장 강조한 교육이 바로 어진 사람, 즉 아이들 말로 옮기면 '착한 사람'이었다. 똑같은 교실에서 같은 책으로 공부하고 같은 시간을 보내는 아이들이지만 그 중에는 분명히 다른 아이들보다 착한 아이가 있었다. 바른생활 시간이나 착한 어린이 상을 추천할 때 반드시 아이들의 의견을 묻곤 하는데, 그 때마다 아이들이 생각하는 착한 어린이와 내가 생각하는 착한 어린이의 기준이 똑같음을 본다.

그러나 교과 공부를 잘 하는 아이들이 아이들과 나의 착한 어린이 선발 기준에 드는 경우는 매우 드물다. 어떤 아이는 영악함이 지나쳐 매우 이기적이고 다른 아이가 칭찬을 받거나 자기보다 잘 하는 것조차 심술을 부리고 은근히 괴롭히기까지 한다. 이제 겨우 2학년짜리 아이가 그럴 때 담임인 나는 그 상황을 결코 지나치지 않고 타이르거나 충고를 하고 상대방의 입장을 바꿔 생각하게 하며 아무도 몰래 꾸지람을 하기도 한다.

그러나 그런 아이가 그 행동을 고쳐서 친구들에게 착한 행동을 하는 경우는 매우 드물다. 한 마디로 정이 안 가는 아이이다. 어떤 경우에도 양보를 하거나 자기 짝에게 친절하게 하는 일이 드문 아이, 선생님이 안 보면, 언제든지 친구를 따돌리거나 말을 함부로 해서 친구를 울리는 아이인데 학과 성적만큼은 타의 추종을 불허할 정도로 집착한다. 나는 그런 아이를 볼 때면 소름이 돋는다.

성적 올리기에는 물불을 가리지 않으면서도 정작 친구들과 어울려 살거나 배려하는 마음은 말 그대로 꽝인 아이가 자라서 사회에 나가면 어떤 사람이 될지, 목적 앞에서는 수단과 방법을 가리지 않고 다른 사람을 짓밟고 올라서서 상처를 주는 사람이 될까봐 겁이 나기 때문이다.

그런 아이의 생활통지표를 쓰는 일은 다른 아이들보다 몇 배의 신경이 쓰인다. 있는 그대로 곧이곧대로 쓸 수는 없고 그렇다고 미화하여 써도 안 되기 때문이다. 솔직하게 써서 경각심을 가지고 고치도록 노력하게 하면서도 상처가 되지 않도록 배려해야 하기 때문이다.

부모님 눈에는 보이지 않는 옥에 티가 담임선생님 눈에는 보인다. 아직은 내면의 자기를 숨기기에는 순진한 아이들이라서 그런지 마음이 투명하게 보이는 어린 시절은 인간의 본성이 나타나는 셈이다. 그래서 심리학에서는 도덕성이나 양심의 발달은 어린 시절에 완성된다고 보는 견해가 지배적이다.

유치원이나 초등학교 저학년 시절이 중요한 이유가 여기에 있다. 공부는 나중에도 잘할 수 있지만 착한 마음에서 우러나오는 착한 행동은 노력으로 한계가 있다는 사실이다. 마음은 그 사람의 근본이나 씨앗을 말하는 것이니 일시적으로, 착한 행동을 인위적으로 하는 것은 금방 드러난다는 것이다. 그래서 요즈음은 '감성 교육'을 강조하는지도 모른다.

'착한 아이' 교육은 바로 인성 교육의 핵심이다. 공부를 열심히 하는 것도, 좋은 책을 읽는 것도 일기를 쓰는 것도 모두 착한 사람이 되기 위한 것이라고 귀가 따갑게 듣지만 막상 착한 행동을 해야 할 상황에서는 자기의 이익 앞에서 무너지고 손해 보기 싫어하는 이기심이 작동하기 때문이다.

집에서부터 자기만이 최고라는 칭찬에 익숙한 아이, 공부만 잘하면 뭐든 괜찮다고 관대한 부모님의 훈육을 받은 아이들은 다른 친구들과 어울려 살거나 친구를 받아들이거나 나보다 못한 아이들을 무시하지 않아야 한다는 것에 익숙하지 않다.

적어도 예전에는 착한 아이들이 대부분이었다. 요즈음 아이들은 너무 영악해서 정이 안 가고 두렵기조차 하다. 경쟁 일변도로 나가는 사회 현상에서 살아남기 위해 오로지 자신만이 최고여야 한다는 '이기적 유전자'가 너무 강해진 탓이 아닐까 한다.

인간이 살아남기 위해 함부로 자연을 파괴하는 이기심, 더 높은 이익을 얻기 위해 음식조차 농약과 살충제로 범벅인 세상, 용돈이나 재산을 주지 않는다고 존속을 해치는 일, 부당한 방법으로 상대를 누르기 위해 뇌물과 금품으로 얼룩진 세상의 모습은 우리 아이들의 뇌 속에 자리 잡게 되어 선한 목적을 위해 선한 방법을 사용해야 한다는 것을 잊게 한다.

　그럼에도 불구하고 오래 가는 것은 결국 착한 마음에서 비롯된 착한 행동이어야 함을 변함없이 가르치며 본을 보여야 하는 것이 부모와 선생님이 해야 할 책무임을 무겁게 깨닫는다. 날만 새면 어둡고 부정적인 소식이 넘쳐나서 눈과 귀를 막고 싶은 요즈음이다. 깊은 상처가 드러나고 어둠이 깊을수록 더 희망을 품고 새 살이 나오도록 채근하며 자녀 교육, 제자 교육에 힘쓸 때라고 생각한다.

　세상을 흉보기보다는 그것을 반면교사로 삼아 가르치기에 더 심혈을 기울여야 함을 생각한다. "너는 저런 사람이 되면 안 된다. 네가 가진 귀한 재능을 한 순간의 판단 착오와 옳지 못한 이익에 눈을 팔지 않아야 한단다. 부당한 욕심과 다른 사람을 아프게 하는 일, 마음의 소리에 민감해야만 이 자기를 이길 수 있단다."라고 가르쳐야 한다.

　어진 사람이 오래 산다는 노자나 공자의 철학은 요즘 같은 물질만능 시대, 학벌과 경쟁사회에서도 기본 덕목이 되기에 충분하다. 아니, 더 빛을 발하는 덕목이다. 어떤 조직에서건 결국에 남는 것은 그 사람의 인간적인 매력이기 때문이다. 매서운 눈보라 속에서도 청정함을 잃지 않는 소나무가 돋보이고 질긴 기다림과 맹추위 속에서 향을 잃지 않는 매화의 향기를 지닌 사람이 그리운 세상이다.

　나의 자녀들에게, 나의 제자들에게 오래 가는 향기를 지닌 사람이 되는 길은 바로 착한 마음씨와 선한 동기라는 것을, 올해에는 더 많이 가르치고 본을 보여야겠다. 정정당당하게 사는 인생은 힘들다고 했지만 그래도 힘들게 사는 길을 당당하게 가는 비장함을 가르치고 싶다.

『법구경』 중에서

낯짝이 두꺼워 수치를 모르고
뻔뻔스럽고 어리석고 무모하고
마음이 때 묻은 사람에게
인생은 살아가기 쉽다.
수치를 알고 항상 깨끗함을 생각하고
집착을 떠나 조심성이 많고
진리를 보고 조촐히 지내는 사람에게
인생은 살아가기 힘들다.

최고의 선물은
바로 너야!

"엄마, 어디쯤 오고 계세요?"

"주말이라 차들이 많이 밀려서 도로가 완전히 주차장이구나. 시간이 많이 걸릴 것 같으니 차분히 쉬고 있으렴."

지난 5월 8일 수원에서 조카 결혼식에 참석하는 길에 서울까지 가서 고시촌에 있는 아들을 찾아보기로 했다. 벌써 석 달이나 얼굴을 보지 못한 아들의 근황이 걱정되어서 올라간 김에 찾아보고 싶었다. 그런데 생각과 달리 그 날이 바로 어버이날이라 서울로 가는 길은 주차장을 방불케 했다. 그러지 않아도 어버이날에 부모님을 찾아뵙지 못하고 올라오시게 해서 죄송하다는 아들이라 몇 시간이나 지체되니 미안해하며 자꾸 전화를 했다. 다행히 서울에 사는 조카가 차를 가져 와서 노량진까지 같이 가게 되었지만 워낙 교통체증이 심해서 시간이 멈춘 것만 같았다. 힘들게 수색중대 근무를 마치고 복학하여 공부하더니 자신의 진로 때문에 졸업도 잠시 미룬 아들이다. 이제 한창 젊음을 구가하며 멋진 시간을 보내야 할 아들이 선택한 마지막 도전을 위해 고시촌을 선택할 때에도 부모로서 해 줄 수 있는 게 별반 없어서 안타까웠다.

그나마 생활비를 대주는 것만으로 부모 노릇을 대신하면서도 끝이 보이지 않는 취업의 문을 향해 밤낮을 잊고 활자 속에 자신을 가두고 사는 아들의 시간 속에 내가 설 자리는 없어 보였다. 어쩌다 들리는 목소리만으로도 감사하게 생각하며 살아가는 부모라는 자리가 아프지만 아들의 인생은 그의 손 안에 있으니, 현실을 인정하고 받아들이고 사는 지금. 까닭 없이 한숨이 나오고 지천으로 핀 봄꽃도 마음 놓고 구경하기 미안한 봄을 보내는 어미의 심정이다.

아들을 만난다는 반가움에 피곤함을 이기고 해질녘이 되어서야 만날 수 있었다. 그렇게나 많은 사람들 속에서도 한눈에 알아볼 수 있는 아들의 모습을 발견하는 기쁨! 이발할 시기를 한참이나 넘긴 어설픈 긴 머리, 여드름 자국으로 벌건 왼쪽 뺨, 운동복 차림으로 반기던 눈가에는 언뜻 물기가 번졌다. 반가워서 자기도 모르게 번져 나온 눈가의 물기를 발견하며 가슴이 아려왔다. 나이는 들었지만 녀석도 어쩔 수 없는 자식이었나 보다. 그리움을 달래며 참아온 긴 시간이 아들의 촉촉한 눈가에 녹아내리던 순간. "어버이날인데 이렇게 고생하시게 해서 죄송합니다."라며 머리를 조아리는 모습에 차를 타고 오며 느낀 피로감도 사라졌다. 고시촌 쪽방에 들어서니 퀴퀴한 냄새와 색깔조차 분명하지 않은 이불을 보는 순간 하마터면 울 뻔 했다. 그 동안 하숙도 하고 자취도 해보며 스스로 결정해서 살 곳을 옮기며 짐을 정리한 탓인지 책 살림이 전부인 가난한 아들의 방이 내 마음을 심란하게 했다. 새삼스럽게 산다는 것이 무엇인가 스스로에게 묻고 있었다. 취업을 위해 따로 자격증을 얻거나 영어 등의 스펙 조건을 갖추지 못한 아들이 갈 길은 공부밖에 없어 보였기에 선택한 길. 그럼에도 불구하고 제대로 된 방에서 사람다운 생활은 꿈도 꾸지 못하고 최소한의 소유로 절제된 공간에서 꽃처럼 아름다운 젊은 시간을 보내며 언제가 될지 모르는 블랙홀 같은 경계선에 서 있는 아들이 너무 가련해서 내 마음은 자꾸만 가라앉고 있었다.

최전방 수색중대에서 복무하는 동안 다른 부대에서 일어났던 총기

난사 사건 등을 보며 가슴이 철렁했던 기억, 힘들어하는 전화를 받으며 무작정 들어주기밖에 할 수 없었던 어미 노릇에 한숨쉬며 보낸 2년이었다. 대학에 복학하면 그의 고생이 끝날 줄 알았는데 현실은 그때보다 더 암담해서 마음이 아팠다. 나는 따뜻한 방에서 편히 잠잘 때 아들은 찬바람 들락거리는 고시촌 한 구석에서 활자들과 벗하며 외로운 투쟁을 벌이고 있는 아들에게 꼭 말해 주고 싶었다.

"사랑하는 아들아! 네가 바로 최고의 선물이란다. 네가 거기 있는 그 자체만으로도, 열심히 자신의 진로를 개척하려고 노력하는 모습이야말로 어버이날 받고 싶은 선물이야. 물질로 뭔가를 내놓지 못했다고 자책하지 말거라."

스티브 잡스를 추모하며

죽어서도 희망으로 남은 스티브 잡스

2011년 10월 6일, 한 미국인의 사망 소식으로 지구촌이 들끓었다. 그런데 이상한 것은 그의 죽음을 애도하면서도 사람들은 희망을 이야기했다. 열정적인 삶을 살다간 스티브 잡스! 그는 죽어서도 희망의 메시지를 남기며 현실에서뿐만 아니라 가상공간까지 도배를 하고 있다.

21세기의 불사조, 스티브 잡스!₩ 그의 삶은 한 편의 장편소설보다 더 소설적이고 실험적이며 장엄하기에 감동하는 것이리라. 그에겐 사생아로 태어난 불우한 어린 시절이 아무런 제약이 될 수 없었고 젊어서 저지른 실수에도 넘어지지 않았으며 학창 시절마저 모범생과는 거리가 멀었다. 모든 상황이 보통 사람의 잣대로 보면 불행 덩어리였지만 그는 그것을 모퉁이 돌로 삼아 철저하게 일어섰다. 특히 죽음의 문턱조차 철저히 즐기며 자신과 싸워 이겼으니 그는 이제 인간이 보여줄 수 있는 모든 한계를 뛰어넘은 '불사조'라 불려도 되리라.

17세에 접한 "만일 당신이 매일을 삶의 마지막 날처럼 산다면 언젠가 당신은 대부분 옳은 삶을 살았을 것이다."라는 구절을 생각하며 33년 동안 매일 아침 거울을 보며 그날이 인생의 마지막 날인 것처럼 살기 위해 스스로를 늘 채찍하며 살았다는 잡스. 자아정체성이 확립되는 청소년기에 자신을 무장하는 금언 한 줄의 힘을 느끼게 하는 대목이다.

교실에서 버린 모퉁이 돌, 세상의 돌기둥으로

필자는 특히 그의 학창 시절 이야기에 놀랐다. 어린 시절 호기심이 강해 늘 말썽을 부린 스티브 잡스. 집 구석에 놓인 바퀴벌레 약을 먹고 거의 죽을 뻔 한 이야기도 그렇고 정학과 무단결석을 밥 먹듯 하면서도 새로운 기술에 대한 열정을 버리지 않았다고 한다. 학교 공부는 싫어했지만 자신이 좋아하는 일을 찾아 그 일을 사랑했다는 스티브 잡스.

그러니 내가 가르치는 아이들이 교실에서 말썽을 부리고 공부하기를 싫어하더라도, 내 마음에 들지 않은 행동을 하더라도 그가 잘하는 일, 좋아하는 일만은 확실하게 파악하여 도움을 주는 선생이 되어야 함을 다시금 깨닫게 했다. 학교 현장은 흔히 첫인상이 나쁜 아이나 사사건건 순종적이지 못한 학생은 그가 가진 장점에도 불구하고 부정적으로 평가하는 경향이 많음을 반성하게 된다.

'어느 구름에 비 올지 모른다.'는 옛 어른들 말씀을 생각하면 세상의 모든 아이는 누구를 막론하고 각기 다른 가능성의 세계를 지닌 위대한 존재들임을 스티브 잡스는 보여주었다. 학교는 보통교육이 근간을 이루는 곳이니 매우 특출한 아이나 그 반대에 속한 아이들에게는 충분히 재미없는 공간임을 부정할 수 없다.

그의 학창 시절이 순탄하지 못했기에 오히려 스스로 자신이 좋아하는 일을 사랑하며 몰입하며 다양한 공부를 하며 자신의 재능을 꽃 피웠으니, 공교육에 몸담고 있는 자로서 부끄러움마저 든다. 날마다 떠들고 까불며 친구를 귀찮게 하면서도 창의성과 호기심이 남다른 우리 반 아이가 생각났기 때문이다. 그러니 앞으로는 교실의 모퉁이 돌이 세상을 떠받치는 돌기둥이 될지도 모른다는 생각을 하며 훈계를 할 일이다.

실패자도 일어설 수 있는 사회 문화적 풍토

그의 성공 뒤에는 실수하고 실패해도 다시 일어설 도약의 발판을 제공해주는 학벌보다 능력을 중시하는 사회 문화적 배경도 한몫을 했을 것이라고 생각한다. 스티브 잡스처럼 불우한 어린 시절에다 공교육에서 도태된 학생이 우리나라에서 태어났다면 그처럼 성공할 수 있었을까? 아마도 편견과 사회적 냉대로 철저하게 망가지거나 울분을 삭이지 못해 힘든 삶을 사는 사람이 될 가능성이 농후하다. 혈연, 지연, 학연으로 연대해야 살아남는 이 나라에서 가난이라는 무거운 짐까지 지고 있다면 그가 잡스처럼 성공할 수 있을까?

사생아로 태어난 불행도, 대학을 자퇴하고도, 젊은 시절을 방황하면서도 일어설 수 있는 토양을 가진 사회적 저력이 부럽다. 돈이 없어도 그가 가진 아이디어를 담보로 창업할 수 있는 나라, 사생아라는 편견으로 왕따를 당하지 않고 살아남을 수 있는 인권 존중 사회, 실수한 것을 두고두고 헤집어서 인격 모독으로 생매장 시키지 않는 인간적인 사회였기에 가능하진 않았을까?

자존감을 기르는 교육이 중요하다

그는 자신의 일을 철저하게 사랑한 사람이다. 자기가 좋아하는 일을 사랑한 것이다. 마치 일과 연애하듯 살다 갔으니 굵고 짧았지만 결코 후회가 없었으리라. 일을 연인처럼 사랑했으니 그의 머리에는 늘 아이디어가 넘쳤으리라. 월급을 받기 위한 일이 아니라, 누군가를 기쁘게 하는 일을 꿈꾸며 현실로 만든 것이다. 자신의 적성과 소질을 스스로 발견하여 끝없이 그 길로 매진하며 죽음에 직면하고도 "죽음은 삶이 만든 최고의 발명"이라 했다. 그에겐 죽음도 특허품이었던 셈이다.

그러니 어버이나 선생님은 자녀들의 소질과 재능을 발견하여 부단히 격려하며 그 일을 사랑하는 직업으로 가질 수 있도록 이끌어야 할 사명이 있다. 특정한 직업으로 내몰거나 재능과 상관없이 밀어붙이는 일을 서슴지 않는 우리나라와 같은 사회 분위기에서는 스티브 잡스 같은 인재를 보는 일은 거의 불가능에 가깝다.

그는 자신을 철저히 사랑 했기에 위기와 절망 속에서도 생명의 끈을 놓지 않았고 죽음마저도 달려들지 못하게 했다. 가정과 학교에서 가장 먼저 할 일이 바로 자존감을 길러 주는 일이다. 한 번뿐인 삶이 얼마나 소중한지, 사춘기나 자아정체감이 형성될 때까지 자라도록 도와야 한다. 바꾸어 말하면 영혼이 건강한 사람으로 길러야 한다. 지식은 풍부하되 지혜롭지 못한 사람은 영혼이 가난하다.

자존감이 강한 사람은 현실이 어려워도 부정적이거나 포기하는 일이 드물다. 자신을 믿으니 시련도 지나갈 뿐이며 날마다 새로운 태양이 뜬다고 확신한다. 한 개의 가능성만 있어도 아흔아홉 개의 난관을 뚫는다. 그러나 자존감이 약하거나 부족한 사람은 그 반대다. 모든 것이 부정적이니 손쉽게 자기를 놓아버린다.

치열한 삶의 태도를 존경한다

그의 삶이 감동을 주는 것은 슬프도록 불우한 여정을 온몸으로 살아낸 치열한 삶의 태도 때문이다. 인간적인 애잔함과 연민을 느끼게 하면서도 죽음의 순간까지 숙연한 삶의 자세를 견지한 한 인간의 수도승 같은 모습은 차라리 아름답다. 처절하게 시간을 쪼개 쓰면서 '뛰어난 예술가는 모방하고, 위대한 예술가는 훔친다.'는 피카소의 격언을 모토로 삼아 혁신과 창의성의 전범을 보인 그를 진심으로 존경하며 서툰 졸시를 바친다.

긍정의 달인을 추모하며

아름다운 가을 날, 굵고 짧은 삶을 마감한 당신
지구 반대쪽에 있으나 내 마음은 당신이 누운 그 곳에
당신을 애도하는 꽃 한 송이 당신의 영전에 바치노라!
나도 당신처럼
내가 서 있는 교실을, 아이들을
지금보다 더 뜨겁게 사랑하리라!
지구라는 같은 집에서
당신과 함께 숨 쉬며 살고 있었다는 기쁨에 감사하고
당신처럼 불우한 이 땅의 젊은이들도
당신의 뜨거운 열정을 닮아 긍정의 달인이 되기를!

- 출처 : 「오마이뉴스」 스티브 잡스가 한국에서 태어났다면?

내 인생의 전환점이었던 산골분교

"교감선생님, ○○분교 근무를 희망합니다."

몇 년 전 2월 말, 나는 돌발적인 선택을 했다. 학교 측 만류가 심했지만 내 뜻을 관철했다. 학교라는 조직에도 결국은 인간관계의 도로망이 촘촘하게 얽혀 있다. 그 해 여름 그 도로 위에서 세련되지 못한 처세술로 마음은 곪을 대로 곪아 있었다. 퇴직과 휴직 사이에서 내린 결론은 숨 쉴 배경만을 바꾸는 '일탈'이었다. 3년 동안 가족을 떠나서 가장 단순하게, 느리게 살기를 원하며 자연과 아이들이 사랑을 나누는 지리산 아래 분교로 숨어들었다. 아내를 멀리 두고 살아야 하는 남편의 불편함도, 어미의 손길이 필요했던 자식들보다도 내 영혼의 치유가 더 절실하다고 생각했다. 아니, 나는 나를 더 사랑했는지도 모른다. 돌이켜 생각하면 내 인생에서 가장 아름다운 '일탈'이었으며 가장 훌륭한 선택이었다고 자부한다. 새 소리를 들으며 잠에서 깨어나 시냇물 소리를 들으며 잠이 들었고, 산을 닮아 깨끗하고 아름다운 아이들과 나눈 3년 동안의 속삭임을 글로 남기며 면벽 수도하는 수도승의 청빈한 삶을 흉내 내며 살았다.

자연 속 아이들과 나눈 사랑, 영원한 그리움으로

틈만 나면 아이들과 작은 이벤트를 만들어 즐거운 공부를 꿈꾸었고, 사진을 찍어 전송하며 밤을 새워 기사를 썼다. 3년 동안 2권의 교단 에세이를 출간하여 아이들과 나누었다. 아이들과 자연 속에 온전히 빠져서 살았던 그 일탈의 시간은 내 후반인생의 자양분이 되기에 충분했다. 이제 그 곳을 떠나온 지 여러 해가 지났음에도 불구하고 어릴 적 고향의 언덕처럼, 아버지의 비음 섞인 음성처럼 그리운 곳이 되어 나를 불러낸다. 아이들과 함께 다슬기를 잡던 계곡, 크리스마스 이브에 눈 덮인 시골 교회에서 전교생이 바이올린 공연을 하며 행복했던 일, 장애우들을 초대하여 산골분교 작은 음악회를 열었던 일 등, 행복하고 아름다웠던 이야기들은 아이들의 기억 속에, 그리고 내 마음 속에 살아 있다. 도망가듯 찾아 들어간 산골 분교에서 아이들과 나눈 그 사랑의 마시멜로를 한 조각씩 음미하면서 이제는 조용히 내려서는 그날을 조심스럽게 준비한다. 내 그리움의 원천이 된 피아골 계곡의 분교에서 꿈꾼 일탈이 있었기에 오늘도 더 아름다운 교실을 꿈꾸며 살아간다.

눈물나게 그리운 그곳처럼 나를 만난 아이들이 행복한 교실을 가꾸려고 노력하며 살고 있다. 내 인생의 아름다운 진주조개로 영롱한 빛을 발하는 피아골 연곡분교가 언제나 그 자리에 남아서 세상으로 날아간 아이들의 날갯짓을 응원해 주기를 비는 마음 간절하다.

"내 인생의 전환점이었던 산골 분교야! 너 지금도 잘 있는 거지?"

- 출처 : 「오마이뉴스」 퇴직과 휴직 사이, 산골학교를 선택하다

어머니의 손가방

나는 가방을 참 좋아한다. 세상일에 미련이 많아서일까? 저장 본능 같은 것이 마음 속 깊이 내재되어 있어서 그런 걸까. 단골 마트에서 물건을 일정 금액 이상으로 구입하면 가방을 보너스로 얹어주는 행사를 할 때면, 몇 번을 망설이다 기어이 사고 마는 집착을 보인다. 물건 자체보다도 가방에 마음이 끌려서 충동구매를 하는 편이니 고쳐야 할 태도이다. 그렇게 해서 받은 여행용 가방을 아들에게도 주고 딸아이에게도 주었다. 친구들 모임에 가거나 직장의 친목 모임에서 여행을 갈 때에도 가장 먼저 챙기는 물건이 가방이다.

제자의 주례 부탁을 받고 제일 먼저 준비한 것도 가방이었다. 심지어 딸아이가 색다른 손가방을 가지고 다니면 자꾸 예쁘다며 아이들처럼 귀찮게 하곤 한다. 그렇다고 쓰지 않고 둔 가방을 버리거나 쉽게 처분하지도 못한다. 그 가방에 얽힌 자잘한 이야깃거리까지 같이 버리는 것 같아서이다. 가방에 대한 이런 집착은 어렸을 때 제대로 된 책가방을 가져보지 못한 탓이라고 스스로 진단을 내렸다. 마치 모유를 제대로 먹지 못한 아이가 손가락을 빨거나 특정한 물건에 강한 집착을 보이는 것처럼 나도 그런 거라고 생각한다.

가방에 대한 나의 이런 애착은 오래 전에 사라져 버린 어머니의 가방에서부터 시작되었다. 어느 날 시야에서 사라져버린 30년이 넘은 어머니의 작은 옷가방. 그것은 새어머니가 우리 아버지와 재혼하면서 가져오신 참 작은 가방이었다. 그 어머니는 3년 동안 홀아버지와 삶을 이어가던 우리 집에 찾아온 파랑새였다. 쉰을 넘긴 아버지가 일터에서 돌아오면 철없는 딸아이 대신에 따스한 저녁밥을 지어놓고 아버지의 지친 어깨를 보듬어 준 여인이었으니 우리 집의 희망이었던 새어머니는 파랑새가 분명했다. 다만 어린 나에게는 그것이 늘 서럽고 불만이었지만 적어도 아버지에게는 인생의 마지막 등불이었던 어머니.

그 어머니는 가로 세로 50㎝에 깊이는 10㎝쯤 되는 연하늘색 작은 손가방 하나를 가지고 우리 집에 오셨다. 45년이나 지난 그 가방의 모양과 색깔, 심지어 지퍼의 위치까지 장기기억의 저장고에 정확하게 기억되어 있으니 놀라울 뿐이다. 그 날은 칠월칠석이었는데 비가 참 많이 왔었다. 동네 아주머니들이 우리 집에 와서 우리 아버지와 어머니를 놀려댔다. 견우와 직녀가 만나는 날에 결혼을 한다면서. 나는 그날 샘통을 부리면서 방 아랫목에 누워서 일어나지도 않은 채 어른들의 농담을 들으며 괜히 슬퍼했다. 사람들이 나의 친엄마라고 했지만 아무래도 아닌 것 같아서 어린 마음에 슬펐던 것이다.

어머니는 그 손가방을 무척 소중히 하셨다. 내 손이 닿지 않을 만큼 높은 시렁에 올려놓으셔서 그 속에 뭐가 들어 있는지 몰랐다. 어머니가 그렇게 애지중지하는 손가방을 갖고 싶어서 욕심을 부리곤 했지만 어머니는 늘 높이 올려놓고 구경조차 시켜주지 않으셨다. 가난한 아버지를 따라 두 번째 시집을 온 어머니. 내 어머니와 헤어지고 3년 동안 홀로 나를 기르시던 아버지와의 만남은 동네 사람들의 입에 오르내릴 만큼 금슬이 좋으셨다.

아버지보다 열네 살이나 어린 어머니는 아버지 마음 하나보고 사신다며 아버지의 얼굴 때문에 싸우거나 탓하는 소리를 듣지 않고 자랐다. 하얀 피부에 곱상한 얼굴을 가진 어머니는 손재주가 좋으셔서 뭐든지 잘 만드셨고 음식 솜씨도 일품이어서 얌전하다고 소문이 날 정도였다. 그렇게 솜씨가 좋으신 어머니는 나를 가르치는 데도 엄격하셨다. 그 때 겨우 초등학교 3학년 시절부터 음식를 하실 때면 곁에 세워놓고 설명을 하시며 요리법을 가르치고 솜씨를 가르치셨던 어머니였다.

"옥순아, 아직 어린 너에게 일을 가르치고 음식 만드는 법까지 배우게 하는 엄마가 원망스러울지 모르지만 네가 커서 성공하여 다른 사람을 부릴 때에도 네가 알고 시키는 것과 모르고 시키는 것은 하늘과 땅 차이가 난단다. 그리고 여자가 부지런해야 살림이 모이는 법이다. 밥태기 하나라도 구정물에 버리면 죄 받는다. 음식이 귀한 줄 모르고 함부로 하는 것은 아주 나쁜 짓이지. 너희 아버지가 일터에서 얼마나 힘들게 일해서 벌어온 돈으로 사들인 쌀인데 한 톨이라도 버리면 되겠냐? 자고로 여자는 엉덩이가 가벼워야 하는 법이다. 어디 가서 놀면서 해 넘는 줄도 모르면 안 되지. 시집을 가더라도 시댁에 가면 제일 먼저 설거지통을 가까이 해야 한다."

열 살 남짓한 어린 내가 알아듣지도 못할 말씀을 귀에 못이 박히게 읊으시던 어머니의 신부수업(?)은 그렇게 초등학생 때부터 시작되었다. 그 어머니는 야박하리만큼 나에게 일을 가르치셨다. 설거지를 해놓으면 밥 그릇 둘레를 손가락으로 만져 보시며 행여나 덜 씻어졌나 확인하시곤 했다. 어머니 맘에 들 리가 없던 어린 소녀는 그런 엄마가 팥쥐 엄마 같았고 나는 콩쥐라고 생각해서 늘 몰래 울고 다녔다. 그런데 어머니에게 듣던 잔소리를 내 딸아이에게 그대로 반복하는 내 모습이 튀어나올 때면 나도 모르게 웃곤 한다. 오히려 딸아이를 아낀다며 잔소리 대신 내가 다 해주는 바람에 자식 교육을 제대로 못하는 것 같아 부끄러운 생각이 들곤 한다.

그 당시에는 시집올 때 혼수품목으로 재봉틀이 손꼽혔지만 가난한 신부였던 어머니는 재봉틀 대신 손으로 옷을 잘 지으셔서 옷도 잘 만들어 입으셨고 내 옷도 잘 지어주셨다. 바느질 솜씨와 요리 솜씨가 뛰어난 어머니는 얌전하셔서 살림 밖에 모르셨으니 아버지의 기쁨이 얼마나 컸을까? 그런데 그 어머니는 성질이 급하셔서 느려 터지고 고집도 센 나와 정반대라서 그게 문제였다. 그래도 어머니께 느리고 고집부린다고 매라도 맞으면 아버지가 돌아오시기 전에 눈물을 감추는 지혜로움으로 어머니의 사랑을 얻곤 했다. 내가 울고 있으면 아버지와 어머니가 부부싸움을 할 것 같은 생각이 들었던 것이다. 어머니는 나더러 영리한 것 같지는 않은데 그런 걸 보면 미련퉁이는 아니라며 동네 사람들 앞에서 나를 추켜세워 주시곤 했다.

이제 생각하니 우리 부모님은 '미녀와 야수' 커플이었던 것 같다. 마술이 풀리지 않고도 보이지 않는 내면의 아름다움을 소중히 하며 가난하고 볼품없는 외모를 가진 쉰을 넘긴 한 남자를 극진하게 사랑한 어머니. 가난한 남편의 수입을 쪼개어 쓰던 어머니는 살림의 지혜가 빛났던 분이었다. 어쩌다 소고기 한 근을 사오면 그것을 볶아서 시원하게 갈무리하여 일주일 동안 아버지의 조반상에 조금씩 국으로 끓여 내놓는 현명한 부인이었다. 아끼고 모으는 전형적인 아내의 모습을 내게 보여주셨던 어머니의 모습을 은연중에 나도 배우고 있었다.

외모로 보아서는 여자들의 관심이 없을 것 같은 아버지의 외모는, 젊어서 병치레로 얼굴 중에서 외모를 결정짓는 코 모양이 정상인들과 판이하게 달랐던 것이다. 미남이셨던 아버지가 젊어서 병을 얻어 코를 상하신 후 인생을 포기하려고까지 하실 만큼 치명적이었다. 철없는 나도 초등학교에 다닐 때 학부형 총회 때 아버지 얼굴을 보고 친구들이 놀려대는 게 싫어서 늘 숨어버리곤 했었다. 다른 친구들은 모두 엄마들이 학교에 나오는데 우리 집에서는 다른 집 아버지들보다 훨씬 나이

들고 코 모양까지 보통 사람들과 달랐던 아버지가 학교에 오시는 날은 복도 쪽을 내다보느라 공부에 집중하지 못했던 철없는 딸이었다. 오직 친구들의 놀림이 부끄럽고 싫었던 초등학생이었던 나에게 아버지의 자상함은 너무나 큰 것이었다.

학교에서 회의가 있거나 선생님의 가정방문이 있는 날은 일도 나가시지 않고 꼬박꼬박 챙겨주신 아버지의 교육열은 박수를 받아 마땅했지만 나는 그런 아버지를 부끄러워한 불효자식이었다. 선생님이 가정방문을 오신다고 하면 어머니에게 부탁하여 잉어튀김을 하여 술상을 차리게 하셨고 소풍을 가는 날에는 아버지가 즐겨 피우시던 아리랑 두 갑을 꼭 싸서 갖다 드리라 시던 아버지. 아버지가 가장 많이 고개를 숙이던 유일한 분은 나의 담임 선생님이셨다. 어렸을 때 나는 세상에서 가장 높은 사람이 우리 선생님인 줄 알았다. 내가 가장 무서워하는 아버지도 꼼짝 못하고 인사를 공손히 하는 분이 선생님이었기 때문이다.

요즈음은 교직이나 선생님을 우습게보거나 자식들 앞에서까지 선생님을 험담하는 경우가 있지만 우리 아버지는 그런 모습을 보이신 적이 없었다. 심지어 중학교를 시험을 쳐서 가던 그 시절에 아버지가 원하는 중학교에 원서를 내야 진학시킬 수가 있으니 도시로 원서를 내면 좋은 중학교에 합격이 되더라도 집안 형편상 학교를 보낼 수 없다며 발이 닳도록 담임선생님을 찾아가 설득을 하시면서도 내 앞에서 선생님을 원망하는 말씀을 하지 않으셨던 아버지. 이제 생각하니 아버지는 자식의 교육을 위해서 선생님을 그처럼 위하고 존경했던 것이리라.

결국 나는 아버지의 간절한 부탁에도 불구하고 도시 학교로 원서를 낸 선생님의 뜻대로 입학시험을 보았고 합격했으나 진학하지 못한 채 가방끈이 짧은 인생을 시작해야 했다. 초등학교(그때는 국민학교) 시절에는 책가방이라기보다는 책보자기가 전부였다. 친구들의 멋진 빨간 책가방이 부러웠던 초등학교 시절, 그리고 멋진 교복을 입은 여중학생이었던 친구들이 가지고 다녔던 의젓한 책가방은 부러움을 넘어 집착으로 변질되었으니, 사춘기를 지나던 소녀의 가슴 속에는 '나도 배우고 싶다.'는 간절함이 나를 지탱해주는 원동력이 되어 주었다.

주경야독의 길을 찾아 서울 길을 떠날 때 어머니는 가장 아끼는 물건인 그 손가방을 선물로 주셨다. 어머니의 손때 묻은 손가방 속에는 책 몇 권과 성경, 속옷 한 벌이 전부였다. 어머니는 나를 집안을 일으키는 기둥으로 여기셨고 서울로 돈을 벌러 떠나는 나를 보내시며 하염없이 우셨던 1974년 5월 8일. 20개월 동안 식모살이를 하며 월급을 모아 세 식구가 살 전세방을 얻어 고향으로 내려오던 날, 나는 어머니의 손가방을 몇 배나 큰 가방 속에 담아서 귀향했다. 그 어머니가 가르치신 대로 주인집의 살림을 잘 해냈고 알뜰히 모은 월급으로 강의록을 사서 독학하면서도 희망의 끈을 놓지 않았던 젊은 날의 내 가슴 속에는 늘 어머니의 손가방과 내가 갖고 싶었던 책가방이 있었다.

비록 친구들처럼 당당하게 정규 중학교를 다니지 못했지만 주경야독의 길로 돌아와 검정고시로 중학교와 고등학교 졸업자격을 얻었다. 그렇게 공부한 결과 공무원 시험을 합격하였고 한 발 더 나아가 통신대학 학사 과정을 마치고 교사 자격증을 획득하였으며 순위고사를 치르고 초등학교 교사로 재직 중이다. 나는 아직도 책가방을 소중히 하며 살아가고 있다. 퇴근 후에는 도서관에 들러 독서 활동을 하곤 한다. 서점에다 주문해 둔 새 책을 책가방에 넣고 다니며 어린 시절 부족했던 책가방에 대한 포만감을 느껴보는 것이다.

이제 어머니는 이승의 문을 지나 먼저 가신 저 세상에서 가난했던 내 어린 시절의 추억을 가슴에 안으신 채, 언젠가 만나게 될 추억의 손가방을 들고 나를 기다려 주시리라. 나를 낳아주신 친어머니가 내 육신의 어머니라면 길러주신 어머니는 나를 가슴으로 낳아주신 분이다. 친어머니를 생각하면 눈물이 나지 않지만 새어머니는 늘 내 눈물샘을 자극하는 분이다. 그 어머니가 가신 음력 3월 보름에는 어머니가 그토록 소중히 하셨던 그 손가방과 꼭 닮은 가방을 하나 사야겠다.

공부하기를 좋아했던 나에게 인생의 희망을 걸고 지극히 믿어주셨던 어머니의 비원을 담아주셨던 그 손가방 덕분에 나는 아직도 살아 있는 동안 생각을 갈고 닦는 일에 목말라 하는 지도 모른다. 늘 채웠다가 비우는 연습을 하며 주인의 의지에 따라 용도가 바뀌는 손가방. 어머니는 비록 나를 몸으로 낳아주시지는 못 했지만 돌아가시는 그날까지 나를 끔찍이 아끼신 분이었다. 그 마음을 담아 슬픈 서울 길에 당신을 대신하여 딸려 보낸 손가방에 마음을 담아 나를 지켜 주셨던 내 어머니!

먼 후일 어머니를 다시 만나는 그 날, 지상에서 제대로 하지 못한 딸 노릇을 다하렵니다. 그 때는 어머니, 당신의 손가방에 제 마음과 영혼, 가슴까지 가득 담아 어머니의 딸로 태어나겠습니다. 그리운 어머니여!

- 출처 : 「좋은 생각」 2012년 8월호 62쪽 '잃은 것과 얻은 것' 의 원본임

내 곁에
단 한 사람만 있어도

1971년 7월 어느 날, 선생님께서 보내신 편지 한 통을 지금도 기억한다. 가난한 학생들이 힘에 겨운 삶의 지게를 지고 오르내리던 고등공민학교가 있었기에 마음 붙일 곳 없는 우리들은 시멘트 자국에 슬레이트 지붕만 얹은 교실에서도 배움의 갈증을 풀었다.

나의 선생님은 가난한 학생들을 위해 시골에 오셔서 봉사활동에 가까운 가르침을 선물해 주셨다. 봉급이랄 것도 없는 적은 보수로는 생활도 힘드셨을 선생님은 책과 칠판이 교수 자료의 전부였던 우리들을 위해 사회 시간마다 신문 스크랩 자료를 보여주시며 열심히 강의하시곤 했다. 반듯한 선생님의 글씨를 배우고 연습한 덕분에 지금의 내 글씨는 선생님의 글씨체를 닮았다. 김선배 선생님! 잘 생긴 외모만큼이나 완벽한 교수법과 정갈한 말솜씨로 사춘기를 지나던 우리 여학생들의 선망의 대상이셨다. 그런 선생님을 특별히 기억하는 건 중학교 3학년이었던 여름날의 한 조각 추억 때문이다.

방황하던 그때 온 선생님의 편지 한 통

그때 나는 가난한 가족 사정으로 세 식구가 뿔뿔이 흩어진 채 고등공민학교 중학교 졸업마저 힘든 상황이었다. 검정고시를 치러서 전 과목 합격을 해야 3년 동안 공부한 과정을 중학교 졸업 자격으로 얻을 수 있었던 우리들. 그때 나는 흩어진 가족을 뒤로 하고 혼자서 고향에 남아 친척집에 얹혀살았다.

고등학교 진학은 꿈조차 꿀 수 없었기에 시작된 방황으로 학교 공부를 놓아버리고 절망하며 슬픈 시간을 보내던 때였다. 그런데 학교를 떠나신 선생님께서는 내 소식을 알고 장문의 편지를 보내셨다. 그 편지의 내용을 다 기억할 수는 없지만, 분명한 것은 선생님의 간곡한 말씀과 진정성이 담긴 편지를 읽고 나는 한없이 울었고 방황을 끝내고 검정고시를 위해 다시 공부를 했다.

그때는 비록 고등학교를 갈 수 없을지라도 후일을 위해서 준비하는 마음으로 포기하지 말고 운명에 맞서서 당당하게 도전하라는, 절실한 충고의 말씀이 가득했다. 언제 없어진 지도 몰랐던 그 귀한 편지는 지금은 내 가슴에 남아 있다. 가난하고 아픈 부모님을 위해 돈을 버는 일이 더 급했던 나는 검정고시를 위해 3년 동안 공부한 것을 한순간에 포기하고 일터로 나가려 했던 그때. 선생님의 편지 한 통은 운명의 지침을 돌려놓으셨다. 누군가 단 한 사람만이라도 믿어주고 격려해 주며 바라보며 나를 위해 염려하고 있다는 사실이, 그것도 서울로 떠나신 선생님께서 그렇게 챙겨주셨다는 따스함이 얼어붙은 가슴을 녹인 것이다.

김선배 선생님! 중학교 3학년짜리, 가난한 소녀를 위해 마음을 다해 정성 들여 쓰신 편지 한 통은 내 인생을 이끄는 희망의 등불이 됐던 것을 세상에 내놓고 자랑하고 싶다. 그 편지는 오래도록 힘들 때마다 꺼내보며 나를 다독이며 주경야독의 길로 가게하며 용기를 줬다.

사모의 마음을 가을바람에 담아 보냅니다

40년도 넘은 시간들이 지워지지 않는 영상으로 가슴에 남아 아직도 따스하게 나를 감싸줍니다.

존경하는 선생님!

선생님을 다시 만나 뵙게 된지 벌써 몇 년이 지나고 말았습니다. 아직도 멋진 모자를 쓰시고 예술인의 향기를 지니신 모습이 눈에 선합니다. 불쌍한 아이들과 부모들을 울리는 소식이 슬픔을 넘어 분노를 일으키게 할수록 선생님의 배려와 사랑이 넘쳤던 그 편지를 생각하며 위로를 받습니다. 열여섯 살 소녀가 가난의 무게에 짓눌려 숨조차 쉴 수 없어 삶의 끈을 놓고 슬픔과 좌절로 공부 대신 일터에 가고자 할 때, 멀리서 비춰주신 그 희망의 불빛 한 가닥에 저는 입술을 깨물며 달리기 시작했습니다. 선생님 말씀을 듣고 다시 공부를 해 검정고시를 합격했고 고등학교를 가지 못했지만 주경야독을 하며 고등학교 졸업자격 검정고시도 합격했습니다.

절실한 시기에 한 땀의 바느질로 제 인생의 옷을 기워주신 선생님을 생각하며 저도 그렇게 살고자 노력했습니다. 이제 먼 길 돌아와 내 인생의 선생님을 다시 생각하며 감사의 눈물로 큰 절을 올립니다. 올가을엔 선생님을 꼭 뵈어야만 할 것 같습니다. 마음속에만 남은 삼동고등공민학교와 김선배 선생님은 내 인생의 샘물이자 보물입니다. 영원히 마르지 않는 사랑의 샘물입니다. 선생님! 부디 강건하셔서 제 자식들과 같이 올리는 큰절을 받아주소서! 이제야 철든 부끄러운 제자가 스승을 사모하는 마음을, 가을바람 우체부에게 그리움을 실어 보냅니다.

가을로 가는
내 인생의 교육열차

가을이 주는 선물

한국인의 평균 수명을 80세로 보았을 때 물리적인 나의 생명카드는 30%쯤 남아 있을 것 같다. 그것도 병원의 신세를 지지 않고 인간적인 삶을 영위할 수 있음을 전제로 할 때 이야기이다. 하루 24시간을 80세의 시간대에 견주어 본다면 내 생명의 시계는 오후 6시를 향해 가는 중이다. 기대수명을 더 낮춰서 70세로 본다면 벌써 80%를 쓴 셈이다. 앞으로 남은 교직 생활도 딱 그만큼 남았다. 20%인 7년! 몇 시간 뒤면 영원한 잠을 자야 될 취침 시간이 기다린다. 내 인생의 생명카드에 잔고가 남아서 아이들을 더 사랑하고 가르칠 수 있는 시간이 얼마나 남았는지 가늠해 보는 버릇이 생겼다. 가족과 친구들, 제자들, 이웃들과 정을 나누며 사람 냄새를 맡는 저녁 시간의 행복한 여유도 그리 길지 않음을 발견하니 마음이 급해진다. 지구라는 초록별에 찾아와 여행자로 살아온 인생을 마치고 나그네처럼 돌아갈 날이 멀지 않음을 생각하게 하는 것도 가을이 주는 선물이다. 만물의 영장이라고 하지만 아무도 멈춤의 순간을 알고 사는 사람은 없다. 어쩌면 인간만큼 불완전한 존재는 없다는 생각이 드는 요즈음이다. 평생을 공부하고 책을 보며 가르치는 일을 해 왔건만 지지의 순간을 가늠조차 할 수 없다는 깨달음에 이르면 눈앞이 캄캄해지기 때문이다. 그러기에 말년의 소크라테스는 '아무것도 모른다는 사실을 알 뿐'이라고 했나보다. '지지(止

止)'란 능히 멈춰야 할 곳을 알아 멈추는 것을 말한다. 『주역』의 "그칠 곳에 그치니 속이 밝아 허물이 없다.[止于止 內明無咎]"에 나오는 말이다. 한 그루의 과일나무도 꼭 수확해야 할 적정 시기가 있듯, 우리 인간의 삶도 과일의 그것과 다를 바 없으니 인생의 서리가 내리기 전, 꼭지가 떨어지기 전을 정확히 알아 멈추려면 늘 깨어 있어야 함을 생각하니 자주 잠에서 깨기도 하는 계절이 가을이다.

인간, 정말 지혜로운가?

세상의 벌레들은 알에서 깨어 애벌레가 되는 순간부터 홀로서기의 달인이 되어 생로병사의 모든 과정을 홀로 살아낸다. 오직 인간만이 오랜 시간을 거쳐 탄생과 육아, 교육의 시기를 지나 어른이 되고서도 홀로서지 못하는 모습을 보면, 지구상에서 가장 나쁜 생명체가 인간이라고 질타했던 어느 철학자의 외침에 갸우뚱하지 않고 고개를 끄덕이게 된다. 이 우주 속에 유일한 생명체를 품고 살아갈 수 있는 지구를 파괴하는 건 오직 탐욕적인 인간뿐이라는 생명과학자나 철학자, 종교 사상가들의 경고를 부인하고 반격할 수 없는 것도 사실이다. 더욱이 지식을 가르치고 지혜롭기를 바라며 성공하는 삶을 살기 위해 어떻게 살아야 하는지 30년 넘게 교단을 지켜온 내가 이제 와서 새삼스럽게 인생을 고민하며 가을 앞에 서서 정신적 방황을 하다니! 좀 더 거창하게 변명을 한다면, 인간은 '사색하는 동물'이니 마지막 순간까지 사색함이 기본일지도 모른다. 그러기에 지혜의 임금으로 불리는 솔로몬마저도 모든 것이 헛되고 헛되다는 외마디를 질렀을 것이다. 그럼에도 불구하고 인간의 위대함은 바로 그 사색함에 있고 지지를 향한 마지막 순간까지 인간적인 면모를 잃지 않고 의연함에 있다고 생각한다. 주어진 환경에 굴하지 않고 창조하며 사는 것은 인간의 특권이며 인간다움을 표현하는 잣대가 된다. 교육은 바로 그 인간다움을 향한 최선의 선택이니 가르침의 기쁨은 거기에 있다. 배움의 기쁨도 사색과 창조를 향한 열정에서 비롯된다고 본다. 내가 누구인지 아는 것, 내가 무엇을 할 수 있는지, 역경을 극복하고 자신을 이겨내며 새로운 가치를 창조하는 사색하고 행동으로 실천하는 능력을 발휘하는 일은 인간만이 지닌 위대한 모습이다. 다른 동물과 비교하여 겨우 1.8%의 다른 DNA가 그토록 엄청난 동물과 인간의 차이를 만들어냈다. 그러기에 사색하지 않는 삶, 동물적이고 즉흥적인 행동으로 세상을 어지럽히거나 슬프게 하는 사람을 가리켜 동물에 비유하는지도 모른다. 그러나 대부분의 동물들이 인간을 괴롭히지 않는다는 것을 알면 동물에 비유하는 것조차 부끄러운 일임을 알아야한다.

지지(止止)를 알기 위해 사색하고 창조하는 인간

올가을 내 인생의 교육 열차에는 "지지를 알기 위해 사색하고 창조하는 인간"이라는 화두를 싣고 달릴 생각이다. 제자들을 가르치고 바른 길로 인도하려면 나부터 먼저 사색하고 선택하여 새로운 길을 알아야 나아가고 멈추는 지지가 가능할 것이다. 가르침의 어려움이 본보기임을 생각하면 선생에게는 시행착오만큼 무서운 단어는 없다. 아이들은 기계가 아니니 잘못되었다고 뜯어 고칠 수 없음이요, 같은 물에 두 번 발을 담글 수 없는 매순간 전문적인 몰입 자세가 필수이기 때문이다. 본을 보일 수 없다면 말로 가르치기를 줄일 것이요, 아픔에 눈물을 흘리며 공감할 수 없다면 함부로 위로하기보다 손을 잡아주고 눈을 들여다보며 가슴으로 아픔의 진동수를 찾고 싶다. 그리하여 자신을 들여다보는 눈으로 자신의 문제를 사색하고 자신만의 길을 찾아 집을 지을 벽돌을 만들도록 돕고 싶다. 이제 몇 개월 남은 학습연구년

연수활동의 추수 기간이 다가온다. 교직 평생에 단 한 번 부여받을 수 있는 연구년을 마무리하는 내 인생의 교육 열차에는 칸칸마다 제자들의 사색과 창조를 돕기 위한 거푸집들을 채우고 있다. 마지막 목적지에서 지지의 순간에 나의 교직 인생이 '헛되고 헛되도다!' 가 아닌, 마지막에 웃을 수 있도록 선택과 몰입의 열정 에너지를 담아 삶의 기차바퀴를 힘차게 돌리고 있다. 다시 태어나도 아름다운 교육열차의 기관사임에 자부심을 가득 담아 제자들이 기다리는 교실로 가는 그날을 손꼽아 기다린다.

지식노동자의 필독서
『부의 미래』

금세기 최고 학자 앨빈 토플러의 『미래 쇼크』, 『제3의 물결』, 『권력 이동』은 미래학 도서로 세계적인 베스트셀러가 되었다. 그의 책들은 다양한 분야를 섭렵하여 전 세계적인 문제를 분석하고 예측하여 조망해 주곤 했다. 『부의 미래』는 책의 두께가 656쪽에 달해서 얼른 읽어볼 엄두가 나지 않았다. 사 놓고 군데군데 읽어보곤 했지만 끝까지 읽는데 는 인내심이 필요한 책이다.

그가 펴낸 다른 미래학 서적들에 비해 전문 용어와 조어가 많으며 정치, 경제, 의학, 정보, 지식, 문화 등 광범위한 주제들을 한꺼번에 펼쳐 놓고 읽지 않으면 뭔가 불안할 것 같은, 숙제처럼 읽지 않으면 안 될 것 같은 압박감을 주었다. 그는 이 책을 내놓기 까지 12년의 시간이 필요했다고 말한다. 나는 그의 책을 읽으면 불확실한 미래를 대비하는데 도움이 될 것 같은 예감으로 책이 출간되자마자 사들였다.

'제1부 혁명'부터 '제10부 지각 변동'까지 모두 10부로 이루어진 세계적인 석학인 토플러가 펼치는 『부의 미래』는 '미지의 세계로 들어온 것을 뜨거운 가슴으로 환영한다.'는 메시지로 긍정적이며 희망적인 미래를 그렸다. 난해한 주제를 좀 더 쉽게 접근하기 위해서 읽는 순서를 바꾸었다. 프롤로그와 에필로그, 역자 후기를 먼저 읽고 전체를 읽어 나가며 연필을 들고 읽는 것이 도움이 된다.

그의 책은 워낙 두껍고 전문적이어서 학위 논문을 준비하듯 진지하게 따라가지 않으면 행간을 놓치거나 먼저 읽던 곳으로 다시 돌아가 읽어야 한다. 먼저 '부'에 대한 의미를 '돈'으로 한정하여 읽지 말 것을 당부하고 싶다. 부와 돈은 동의어가 아니라고, 왜냐하면 때로는 부는 돈으로 살 수 없는 것을 살 수 있기 때문이다. 보이는 부(돈)과 보이지 않는 부(지식, 정보 등)를 지칭한다는 뜻이다. 오히려 후자의 의미에 가깝다고 보면 이 책을 읽어내는데 도움이 되리라.

솔직히 이 책은 한 번 읽고 서평을 올리기에는 무리가 따르는 책이다. 『다빈치 코드』와 같이 흥미진진한 스토리 구성이나 실감나는 묘사가 주를 이루는 소설과 달리 시종일관 무겁거나 생소한 주제를 다루며 전 세계를 한 손에 올려놓고 각국의 이슈나 문제점, 부의 동향을 해박한 해석을 곁들여 백화점에 물건을 진열하듯 펼쳐놓아서 각 코너마다 독립적으로 존재하므로 흥미진진하게 읽기를 원하는 독자라면 상당히 인내심이 필요한 책이다. 한 마디로 이 책을 읽는 순간 독자 여러분은 미래 학자나 경제학자가 된 듯한 포만감을 느낄 것이다.

일단 '부'의 정의를 '갈망을 만족시키는 그 무엇'으로 입력시켜 놓기를 바란다. 이 책에서 가장 인상적이고 재미있는 부분은, 63쪽에 등장하는 '선두와 느림보'라는 대목이었다. 변화를 추구하며 발전하는 각각의 주체들을 고속도로에서 시속 100마일로 달리는 자동차에 비유한 것이 매우 흥미롭다.

1등은 시속 100마일 - 기업과 사업체/ 2등은 시속 90마일 - NGO 시민단체/ 3등은 시속 60마일 - 미국의 가족/ 4등은 시속 30마일 - 노동조합/ 5등은 시속 25마일 - 정부 관료조직과 규제기관/ 6등은 시속10마일 - 학교/ 7등은 시속 5마일 - UN, IMF, WTO/ 8등은 시속 3마일 - 정치조직/ 9등은 시속 1마일 - 법

법은 살아 있되 간신히 목숨만 부지하고 있다고 진단한 그의 표현이

인상적이다. 속도가 느린 주체일수록 변화의 속도가 느리고 안일하다는 뜻이니 생각할수록 의미심장하다.

특히 학교 조직에 주는 점수에 관심이 컸다. "10마일로 기어가는 교육체계가 100마일로 달리는 기업에 취업하려는 학생들을 준비시킬 수 있겠느냐"고 일갈하는 대목에서는 한참 동안 머물러 있었다. 그보다 더 정확한 표현이 없기 때문이다. 더 나아가 눈만 뜨면 정치 이야기와 법에 관한 화두가 판을 치는 이 나라의 정치가들이 꼭 읽었으면 하는 대목도 눈에 들어왔다. "가장 느리게 변화하는 곳이 정치 집단이며 느림보 중에서 가장 느리게 변화하는 것이 법"이니 가장 빠른 기업의 발목을 잡고 각종 규제로 진저리를 치게 하는 거라는 생각이 들었다.

〈5부 지식에 대한 신뢰〉의 장에서 "지식은 미래의 석유다. 석유는 쓸수록 줄어들지만, 지식은 더 많이 쓸수록 더 많이 창조된다."라는 대목이 인상 깊었다. 나의 미래의 석유는 얼마나 존재할까? 내가 알고 있는 지식도 어느 시점이 되면 무용지물이 되고 마는 급변하는 시대에 세상의 흐름을 예견하지는 못하더라도 따라갈 준비는 되었는지 되돌아보게 되었다.

이 책에서 불확실한 미래를 확실하게 사는 방법을 어렴풋이나마 붙잡을 수 있었다. 세계 도처에서 일어나고 있는 우울하고 부정적인 소식에도 불구하고 매우 긍정적인 진단으로 인류의 미래를 예견하고 지식노동자로 살아갈 신발 끈을 단단히 매고 준비하기를 종용하는 석학의 목소리에는 힘이 실려 있었다. 두 번 세 번 복습하듯 읽고 되새김이 필요한 책을 짧은 글로 올리니 저자에게 무척 죄송함을 느낀다. 그리고 나는 지금 '미래의 부'를 향하여 얼마의 속도로 달리고 있는지 속도측정기가 필요할 때마다 앨빈 토플러의 목소리를 즐겨찾기에 추가하고자 한다.

이 여름에 읽는 『그 해 여름밤』

아침독서 시간에 아이들과 함께 읽은 시집이 인상 깊어서 글 속으로 초대한다. 사라져 가는 농촌의 향수를 그림 같이 그려낸 작품이 참 좋아서 추천하고 싶어서 쓴 글이다.

그 해 여름밤

- 김홍표

반딧불 하나 둘
별이 되려고 사락사락
살찌는 들녘에서 피어나면
철둑길 따라 흐르는 봇물에
개구리 한바탕 울어댔지
코끝에 실리는 오이꽃 향
머리 푼 연기만 너울너울
담 밑에 함박꽃 함박웃음
박꽃은 달빛에 수줍은데
덕석에 누운 누나의 꿈은
오붓한 가슴에 소록소록
무섭던 아버지도 정다웠지
엄마의 몸에선 흙냄새가
뒤뜰에 돋아나는 감꽃 향기
단 수수 잎사귀 사각사각

힘없이 부채마저 잠이 들면

시름시름 여위는 모깃불

어머니 무릎에 잠든 동생은

봇물에 첨벙첨벙 뛰어드나 봐

처녀들 노랫소리 잦아들면

달은 새벽으로 기울어

풀벌레 찌르르르 코 고는 소리

뱃속에선 쪼르르르 시냇물 소리

아버지 엄마는 단잠이나 드셨을까?

긴 긴 여름밤 쓰르르르

아득한 가슴에 사무쳐라

김홍표 님의 시집 『뒤란에 서다』에 실린 〈그 해 여름밤〉을 음미하며 아침 사제독서 시간에 우리 반 아이들과 함께 독서를 하다가 베껴 본 시이다.

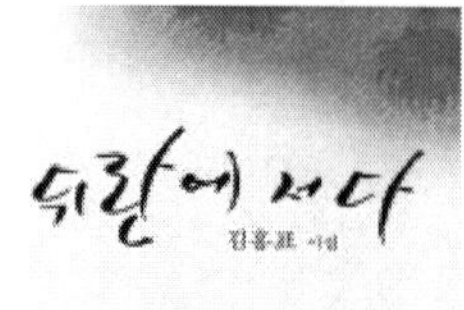

나는 오늘 아침 이 시집을 읽으며 40여 년 전으로 돌아가는 행복을 누렸다. 초등학교 시절 여름밤에 모기장 속에서 아버지가 사 오신 수박 한 통, 참외 몇 개를 먹으며 행복했던 시간들을 반추해 냈다. 이제 그 아버지는 그리움 저편, 내 삶의 뒤란에 서 계신다. 시 한 편이 주는 아득한 그리움에 작가의 시선을 따라나섰다.

언제부턴가 우리네 삶의 터전이었던 농촌은 아픔과 좌절의 그림자를 드리운 채, 살아남기 위해 몸부림치는 모습으로 비친 현실이 안타깝다. 그럼에도 시인의 눈에는 그리움으로 점철된 그날들이 새록새록 그려져 있어서 향수에 젖게 하는 시들이 즐비했다.

세간에 유행하는 말로 '누가 시집을 돈 주고 사서 보는가?' 할 정도로 시집을 사는데 인색한 우리들의 주머니는 유난히 책값에 인색한 것 같아 서글프다. 나도 이 시집을 선물 받고 내 수필집을 보낼 생각이다. 자식을 잉태했으니 낳아야 하는 것은 당연하지만 그 자식으로 인하여 덕을 보고자 하는 부모는 드문 것처럼, 마음으로 낳은 시집이나 산문집을 출간하는 것만으로도 행복한 부모 마음을 갖곤 한다.

오늘 문예반 아이들과 함께 낭송하며 시 감상 수업까지 했다. 시골 아이들이라 작가의 시선을 금방 따라가서 참 기특하고 즐거웠다. 덕분에 즉석에서 시를 짓는 시간까지 곁들였으니 좋은 수업 자료로 활용한 셈이다.

풍성한 의태어와 의성어는 초등학교 학생들에게도 좋은 글감이 되기에 충분했던 『그 해 여름밤』은 이 여름이 다가도록 나를 불러내어 그리움의 편지를 쓰게 할 것 같다. 잔잔한 서정을 불러일으키는 시들로 가득 찬 김홍표 님의 시집 『뒤란에 서다(북랜드)』 속에는 농촌의 아픔보다 그리움이 잔뜩 묻어나게 하는 예민한 감성의 노래들이 잊혀진 시간들을 불러내준다.

사라져 가는 농촌의 문화와 언어를 기록하고 남기는 일이 작가들의 몫이라면 그 언어와 문화를 재발견하여 자라나는 아이들에게 농촌의 아름다운 서정을 다시 찾게 하는 일은 우리 어른들과 선생님들의 몫이 아닐까?

그리워 할 '그 무엇'을 어린 시절에 많이 쌓게 하는 일은 평생을 살아가는 힘과 사랑의 원천이 되리라 확신한다. 할 수만 있다면 감성을 일깨우는 서정적인 시집도 늘 읽을 수 있었으면 한다.

독자 여러분의 시원한 여름밤을 위해 내일이나 모레쯤, 아니면 오늘 밤 당장 시집을 읽으며 마음의 고향으로 달려가지 않으실래요?

- 출처 : 2007년 6월 27일 「오마이뉴스」 책동네

내 안의 갈매기를 찾아서

"인생은 초콜릿 상자에 있는 초콜릿과 같다. 어떤 초콜릿을 선택하느냐에 따라 맛이 틀려지듯이, 우리의 인생도 어떻게 선택하느냐에 따라 인생의 결과도 달라질 수 있다."

- 영화 〈포레스트 검프〉 중에서

여름방학이 중반을 향해 달려가고 있다. 이번 여름방학은 나 자신을 위한 시간으로 채우기 위해 책과 열애하는 중이다. 눈이 더 나빠지기 전에, 영혼을 채우는 독서시간으로 꼭 채울 생각으로 교사의 필수 과정인 각종 연수로부터 한발 뒤로 물러서기로 했다.

책이 주는 포만감을 한없이 느껴보고 싶어서 서점에서 책을 고르는 행복도 여름방학이 주는 선물이다. 교직 생활을 하며 방학 때마다 연수 프로그램을 쫓아다니던 목마름을 책으로 해결하기로 한 데에는 나름대로 이유가 있다. 연수장에 가서 보면 젊디젊은 후배 선생님들이 80%를 차지하고 머리가 희끗한 선배 선생님들은 연수에 참가하면서도 뭔가 당당하지 못한 듯 한 인상을 받곤 했었다. 딸이나 아들 같은 후배 선생님들 속에서 당당하게 자신감을 유지하며 배움의 자세를 견지하려면 정신무장이 필요하다. 이번 여름방학 동안 강진 도서관에 출근하여 독서연수를 철저히 하여 재도약을 위한 정신무장의 기간으로 삼으려 한다.

그 첫 번째 책으로 『갈매기의 꿈』을 선택했다. 이 책은 제자들에게도 자주 사주거나 권하는 책이기도 하고 가끔 읽는 책인데 어느 사이엔가 책꽂이에서 사라지고 없어진 책이라서 다시 사들였다. 영문판까지 곁들여진 책이라서 마음먹고 영어 공부도 할 겸 자신 있게 골랐다. 워낙 유명한 책이라서 시중에 나와 있는 번역본도 수십 종에 이른다. 마음을 다잡고 목적의식을 갖게 하기에는 부담 없이 읽을 수 있는 책이다. 작가인 리처드 바크는 조나단 리빙스턴 시걸이라는 특별한 갈매기를 통하여 작가의 내적언어를 들려준다.

"대부분의 갈매기들은 해안으로부터 먹이를 찾으러 갔다가 되돌아오는 가장 단순한 비행법 이외에는 애써 배우려 하지 않았다. 그들에게 중요한 것은 나는 것이 아니라 먹는 것이었다. 하지만 조나단 시걸에게는 먹는 것보다 나는 것이 더 중요했다."

요즈음 유명인들의 학력위조로 지식인들을 보는 눈빛이 따갑다. 아니 근본적으로 도덕적 불감증을 치유하기 위해 고민하지 않으면 안 된다. 갈매기 조나단은 바로 그 배움을 위해 끝없이 자신을 갈고 닦으며 사색하는 모습을 보여준다. 불완전한 인간이 한 사람의 완벽한 인격체로 거듭나기 위해 얼마나 노력해야 하는지, 전 생애를 걸쳐 높이 나는 법을 연마해야 하는지 잘 보여준다.

배움에는 끝이 없다. 그러면서도 갈매기 조나단은 배움의 끝에서조차 겸허함을 보여준다. 완벽한 비행을 하며 자신이 원하는 삶의 목적을 달성한 조나단은 가르침을 몸으로 보여주는 스승의 모습까지 말없이 수행한다. 어느 날 갑자기 자신의 임무를 마치고 홀연히 무대 뒤로 사라지는 그의 모습을 보며 한 사람의 인간으로 태어나 가르침의 자리에 머무는 동안 제자들의 성숙을 위해 어떻게 바르게 날아야 하는지 생각하게 한다.

"그는 나는 것을 배웠고 자신이 지불한 대가에 대해서 안타깝게 생각하지 않았다. 조나단 시걸은 지루함과 공포와 분노 때문에 갈매기들의 수명이 짧아졌다는 것을 알아내고, 그것들을 생각에서 몰아냄으로써 참으로 길고 멋진 삶을 살았다."라는 대목에 이르면 인간이 길고 멋진 삶을 살기 위해서는 일상 지루함과 걱정과 공포, 미움과 분노를 날마다 지우개로 지워내는 연습을 일상적으로 샤워하듯이 씻어내야 함을 깨닫게 된다. 발은 대지에 두었으되 이성은 늘 깨어 있어서 높이 나는 방법을, 한발 더 나아가 진실과 정직으로 최선을 향해 끝없이 해바라기를 하며 자신과의 선한 싸움에서 지지 않아야 함을 깨닫게 한다.

내 안의 갈매기는 그동안 얼마나 높이 날았을까? 아니 먹는 것에 눈이 팔려 날아보려는 생각조차 잊은 것은 아닐까 하는 생각에 조바심이 났다. 날아오르기에는 너무 늦은 것은 아닌지, 날개를 퍼덕일 힘이 남아 있는 것일까 자신에게 물어보며 내 삶 속에서 나를 얽어맨 일상의 지루함과 공포, 분노의 찌꺼기를 이제부터 하나씩 청소를 해나가야겠다.

무뎌진 내면의 날개를 꺼내어 털 고르기를 시작한 이 여름의 땡볕은 젖은 내 날개를 말리기에는 안성맞춤이다. 냉방 시설이 잘 된 강진 도서관에서 젊은이들과 학생들처럼 읽고 싶은 책을 읽고 감명 깊은 대목을 기록으로 남길 때마다 내 날개는 하나씩 길들여질 것이다. 책 속에서 걸어 나온 작가의 분신들은 마음 밭에 뿌려져서 열 배 스무 배의 알곡을 선사하리라.

아이들에게 돌아가는 날, 나는 예전의 내가 아님을 조나단은 내게 속삭여준다. 생각을 바꾸면 세상이 달라진다는 말처럼 이제 나는 조나단을 내 안의 갈매기에게 소개시켜 주었다. 그에게 날마다 나는 법을 배워야 하기 때문이다. 내일은 내 인생의 초콜릿 상자에서 어떤 초콜릿을 고를 지 지금부터 설렌다.

세너지 시대의 핸드북

『나를 혁명하는 13가지 황금률』

제목이 주는 섬뜩함! 혁명이라는 단어에 끌린 책이었다. 혁명이란 '이전의 관습이나 제도, 방식 따위를 단번에 깨뜨리고 질적으로 새로운 것은 급격하게 세우는 일'이란 뜻이다. 어쩌면 나에게 꼭 필요한 책이라는 생각이 들어 고른 책이다.

교직 27년차, 전문직 도전 3회 실패, 50을 넘긴 나이 등을 생각하면 지금 나에게 필요한 것은 자기 연수나 개선과 같은 소극적인 방법으로는 그 동안 체화된 무사 안일한 의식을 송두리째 뿌리 뽑을 대안이 되지 못한다는 생각으로 맞은 여름방학. 마치 독수리가 거듭나기 위해서 5개월 동안 모진 고통을 감내하며 새로운 부리와 발톱을 얻고서 거듭난 삶을 살아가는 것처럼, 살아온 방식에 안주하여 흘러가는 시간에 몸을 맡겨서는 안 된다는 의식이 나를 지배하고 있었다.

150일 동안 환골탈태를 하기 위해, 산꼭대기에 올라가서 절벽 끝에 둥지를 틀고 전혀 날지 않으며 둥지 안에서 자신의 부리가 없어질 때까지 돌에 친 다음 새 부리가 날 때까지 기다려 그 부리로 발톱을 다 뽑아낸다는 독수리. 새로운 발톱이 나면 그 발톱으로 깃털을 다시 뽑아내어 새 깃털이 날 때까지 오랜 기다림과 인내로 자기혁신을 해야만 나머지 30년의 생명을 자기 것으로 만든다는 독수리처럼 되어야 한다는 의식이 나를 지배하고 있었다. 내게 있어서 방학은 환골탈태의 시간이다. 일상적인 삶으로부터 돌아와 내 자의식의 둥지에 들어 앉아 고정관념과 편견, 무사안일로 무장된 낡은 부리와 무디어진 영혼의 발톱을 뽑아내고 2학기를 시작하는 새로운 비행을 위해 마음의 깃털을 골라 두어야 하는 생존의 시간이어야만 하는 것이다.

단순히 1학기 동안 소모된 건전지를 재충전하는 소극적인 시간이 되어서는 다시 100여 일을 달려갈 힘이 부족하다. 방학은 재충전이 아니라 건전지를 새로 사는 자기혁신의 시간이어야만 한다고 생각한다. 그런 의미에서 『나를 혁명하는 13가지 황금률』은 여름방학 동안 꼭 읽지 않으면 안 된다는 의식으로 준비했던 책이다. '13'이라는 숫자가 이처럼 크게 느껴진 적은 없었다. 나를 뜯어 고치기 위해서는 13가지나 해야 한다는 무거움 앞에서 1학기에 준비해 둔 이 책을 마음 편하게 읽어내지 못한 게 사실이었다. 3가지 정도라면 무리 없이 해 볼만 했을 텐데. 경제학자 공병호가 말하는 자기 혁신 목록 13가지를 요약하면,

1장 절박함과 절실함으로 스스로를 무장하라.

2장 업(業)의 원리와 가치를 정확히 찾아내라.

3장 100년 인생을 대비하라.

4장 삶의 철학을 다시 한 번 뚜렷이 점검하라.

5장 일일목표 관리를 생활화하라.

6장 매일매일 일지를 남겨라.

7장 완벽은 없다. 행동하면서 배워 나가라.

8장 현재에 만족하지 말고 혁명을 꿈꾸라.

9장 자본주의에서 '자본' 의 의미를 재정립하라.

10장 머리를 써서 상품을 연구하라.

11장 매일 '나' 라는 1인 기업을 혁신하라.

12장 신화를 창조하라.

13장 책과 운동이라는 링거액을 투입하라.

　모두 13개의 소주제로 143쪽에 담았지만 책의 두께에 비하여 다양한 사례와 실천지침으로 핸드북처럼 자주 쓰기에 좋은 책이다. 인문학 서적보다 자기계발서가 넘쳐나는 출판 시장에서 '공병호'라는 이름만큼 상품 가치를 지닌 학자도 흔치 않다. 이 책은 주식회사 경영전략으로 나온 책이지만 '교육혁신'을 부르짖고 있는 교육계에도 통하는 책이라고 생각한다. 고부가가치를 창출해야 하는 숙제는 학교 교육의 책무이기 때문에 기업인이나 경제인 못지않게 교육자에게도 필독서라고 생각한다. 더 나아가 학생들에게도 살림을 하는 분에게도 이 책은 정신적인 다이어트를 하기에 충분한 목적의식을 안겨 주리라 확신한다. 보이는 육체의 다이어트에 들이는 노력만큼 정신과 영혼을 위한 다이어트인 독서에도 정성을 기울인다면 삶의 질을 높일 수 있기 때문이다. 책상 앞에 앉으면 읽은 책의 높이가 1m에서 1.5m에 이르렀다는 에디슨까지는 못 되어도, 만 권의 책을 읽으니 글이 술술 나왔다는 두보의 발끝에는 닿지 못하더라도 내 삶의 눈높이를 들어 올리게 하는 데는 책만큼 위대한 스승이 어디 있으랴!

　미국 심리학자 윌리엄 윌리 박사에 의하면 인간의 고도 집중 시간은 25분이라고 한다. 작가는 새벽 시간을 장악하여 아침 독서 25분을 권장한다. 새벽 시간 25분의 고도집중으로 1년이면 70권의 책을 무난히 읽어낼 수 있다는 것이다. 맞는 말이다. 영혼이 가장 맑은 시간에 자신의 내면을 깨우는 25분의 위력으로 많은 번역서와 자기계발서를 내고 있는 저자가 그 본보기이다. 그 뿐이 아니다. 저자는 경제학자답게 젊은 시절의 1시간은 노년의 10시간의 가치가 있고 하루 1분은 1년에 4시간이 쌓이며 하루 1시간을 절약하면 일생에 6년을 더 얻는다는 셈법까지 소개한다. 시간을 소중히 하는 열정적인 스펀지가 되라는 충고는 유한한 인생을 무한하게 살게 하는 마법처럼 보인다.

　이제는 시너지 시대가 가고 '세너지'(senergy)시대라고들 한다. 단체나 직장보다 자기 자신의 힘을 더 믿는 시대이니, 독창적인 핵심 인재를 꿈꾼다면 당신이 바로 세너지(Senergy : separate+energy)를 가진 사람이다. 이 책은 시너지 시대를 넘어 세너지 인간을 꿈꾸는 1인 기업 시대에 걸맞은 책이라는 점을 강조하고 싶다. 오늘도 자기 혁신을 꿈꾸는 당신이라면 『나를 혁명하는 13가지 황금률』을 핸드북으로 만들기를 권하고 싶다. 이 책을 드는 순간 행운의 여신은 당신을 향해 웃을 것이다. 왜냐하면 행운은 준비된 자에게만 미소를 보내니까.

세상을 이기고 싶으세요?

무더운 이 여름에 만난 한 권의 책, 『이기는 습관』은 가히 충격적이었다. 개학이 코앞으로 다가와서 강진도서관에서 차분하게 책을 읽을 수 있는 시간이 아쉬워서 한 권이라도 더 읽을 욕심을 포기하게 만든 책이었다. 워낙 메모할 것이 많아서 쓰는 시간이 걸리니 도대체 진도가 나가지 않았다.

적어도 일주일에 두 권은 읽어야 내가 세운 독서 계획에 차질이 생기지 않을 텐데, 책 한 권당 대학노트 2장 정도의 메모를 하려고 구획을 정해 놓았건만 7장을 쓰고도 군데군데 포스트잇까지 동원하게 한 책이다.

한마디로 말하면 영업 일선이 아닌 교단에서조차 꼭 필요한 책이었다. '고객'이라는 단어를 제자나 학생으로 바꾸면 학교라는 조직과 선생이라는 영업맨이 어떻게 고객(학생과 학부모)을 만족시켜야 하는지 분명한 답을 제시하고 있다.

이 책은 한 달 전쯤 남편이 사온 책인데 제목에서부터 자기계발서 냄새가 나서 얼른 손이 안가 읽어야 할 책으로 쌓아만 두었었다. 이 나이에 나를 더 계발해서 뭘 어쩌자는 건가, 지천명을 알아야 할 나이에 무엇을 더 이기자고 내 습관을 바꾸라는 건지, 책 제목만 보고 중얼거린 책이었다. 그건 내가 영업을 하는 분야가 아니라고 생각했고 이제껏 살아온 내 인생이 그리 나쁘지만은 않았다는 교만함에서 비롯되었음을 첫 장을 펼치며 반성해야 했다.

이기는 습관 22가지를 여섯 개의 파트 속에 용해 시켜 놓은 이 책의 주요 내용은,

1. 총알처럼 움직인다, ‘동사형 조직’

2. 창조적 고통을 즐긴다, ‘프로사관학교’

3. 쪼개고 분석하고 구조화한다, ‘지독한 프로세스’

4. 마케팅에 올인한다, ‘체화된 마케팅적 사고’

5. 기본을 놓치지 않는다, ‘규범이 있는 조직문화’

6. 끝까지 물고 늘어진다, ‘집요한 실행력’

으로 요약할 수 있다.

저자 전옥표는 마케팅의 현장에서 실천적으로 얻은 생존의 전략을 솔직하고 과감한 필치로, 리더에서부터 신입사원, 어느 직업군에 있는 사람에게라도 적용 가능함을 실례를 들어 절절하게 현장감 넘치는 목소리로 부르짖고 있다. 특히 주제에 맞는 명사들의 멘트는 글 전체를 꿰뚫는 촌철살인의 명언들이라서 감동을 안겨주었다. 마치 경영학 강좌를 듣는 학생처럼 부지런히 따라가지 않으면 요점을 놓치기 일쑤였다. 말하듯이 술술 풀어가는가 하면 실명까지 밝힌 사례들은 글의 신뢰도를 한층 높여준다. 살아남기 어려운 세상이라서 넘치는 것은 자기계발에 관한 책들이다. 지금보다 더 가난하고 어렵던 시대에도 낭만적인 시집을 읽고 문학과 철학 서적이 사랑을 받았는데, 국민소득도 높고 문화적인 생활을 즐기는 현대에 이처럼 자기계발서들이 넘치는 현실이 안타깝다. 다양한 매체의 발달로 간접적인 문화생활이 넘치는 탓인지도 모른다.

아니, 인간 스스로는 달리기를 멈출 수 없게 만든 물질문명을 극복하기에는 사람의 힘이 너무 약한 것일까? 자기계발서를 읽으며 느끼는 약간의 서글픔에도 불구하고 이 책이 주는 메시지는 인간의 심리

적 관계에 바탕에 둔 '마음'을 얻는 경영 서적이라는 점이다. 추상적이지 않고 '동사적'이고 아마추어가 아닌 '프로'여야 하며 재능보다는 '성실'을, 기본에 충실해야 함을, 그 모든 것들을 끈기 있게 물고 늘어지는 '집요한 실행력'으로 무장하게 한다.

각 장마다 행간마다 숨겨놓은 명사들이 금언만 따로 모아도 훌륭한 지침서가 되기에 충분하다. 그리고 22개의 습관마다 붙여놓은 짤막한 에피소드조차도 강의 자료나 인용 자료로 훌륭한 기능을 발휘한다. 이 책은 어른들을 위한 책이지만 짤막한 에피소드들은 초등학생에게도 읽을 가치가 충분하고 명언이나 중간 중간에 인용된 위인들의 일화는 청소년들에게도 유익하리라 단언한다.

특히 이제 막 사회에 발을 딛는 새내기 직장인, 조직의 관리자나 상사들에게도, 심지어 학교장이나 교사들에게까지도 고객만족이라는 본질적 차원에서 권하고 싶은 책이다. 이미 베스트셀러의 대열에서 많은 독자들을 확보한 책이라는 유명세가 아니더라도 아끼는 사람들에게 꼭 추천하고 싶은 책이다.

저자는 직장을 인생을 배우는 '학교'로 칭하고, 월급을 주는 것은 사장이 아니라 '고객'이라고 단언한다. 직장에서 만나는 상사나 동료조차 '고객'의 범주에 넣기를 부탁하고 있다. 그 고객을 향한 진심어린 배려와 발로 뛰는 현장을 목숨처럼 여기며 성공 신화를 이룬 많은 사람들은 소개하며 '이기는 습관'으로 무장하는 방법을 친절하게 가르쳐준다.

훌륭한 선생님은 솔선수범으로 감동을 주는 사람이다. 경영의 일선에서 다루어지는 전문 용어보다 독자 입장에서 쉽게 풀어 쓰면서도 현장에 동행하여 몰래카메라로 영업장을 보고 있는 듯한 착각이 들만큼 실감나게 표현하고 있다.

이 책을 덮으며 가장 인상 깊게 메모해 둔 내용을 복습해본다.

공부한 내용을 즉시 확인하는 것만큼 효과적인 학습 방법은 없으니까.

1. 인간이 성공하기 위한 세 가지 요건 중 가장 중요한 것은 '공부하는 것을 좋 아해야 한다. (일본 후나이 종합연구소)

2. 진정한 공부란 평생 먹고살 수 있는 자기만의 지식을 갖추는 것 (아무도 대신 할 수 없는 나만의 실용지능)

3. 조직이 직원에게 해줄 수 있는 최상의 복지는 '지독한 훈련' 이다. (안 되는 조직일수록 리더의 인심이 후하다)

4. 교토 상인의 33계명

5. 인사도 제대로 못 하는 조직은 '무덤' 이나 다름없다. (예절이 갖는 힘을 체득 하라. 두 배의 가치가 돌아온다. 예절의 기술은 모든 인간관계를 향상시킨다. - 발타자르 그라시안)

6. 칭찬하는 고객은 8명에게 영향을 미치지만 불평하는 고객은 무려 22명에게 부정적인 영향을 끼친다.

7. 30년 이상 망하지 않는 기업의 특성 제 1 요소는 혁신이고 제 2 요소는 고객 만족이다.

나는 이 책을 덮으며 반성을 참 많이 했다. 이 책은 앞으로의 내 삶에 있어서 소금과 같은 구실을 톡톡히 하리라. 나태해질 때마다 어느 곳을 펼쳐 읽어도 싱싱한 활어처럼 질 좋은 단백질을 선물하리라.

나의 꼬마 고객들을 최고로 받드는 정신무장으로 결의를 다지니 8월의 뜨거운 태양마저도 열정적이라서 참 좋다. 도서관을 나서며 이 감동이 사라지기 전에 자판 앞에 앉으니 다시금 감동이 살아 오른다.

역시 배우는 것은 행복한 일이다. 좋은 책만큼 행복한 피서지는 없다. 이제부터 나의 슬로건은 '이기는 습관'이다. 나를 이기는 습관이다.

일하고 싶은 당신, '이기는 습관'으로 무장하시라! 습관은 타고난 천성보다 10배의 힘이 있다. 정상에는 언제나 자리가 있다.

초겨울에 만나는 『다산어록청상』

"변치 않을 마음의 주인이 되어야지, 고작 땅 주인 되는 데 인생을 걸어서야 되겠는가?"

내가 이 책을 고른 것은 순전히 위의 한 문장 때문이었다. 책을 읽기로 작심하고 나선 2학기부터 퇴근 후 나의 발길은 늘 강진도서관이었다. 다산 정약용이 18년 동안 유배된 강진 땅에서 그의 사상을 꽃 피웠던 강진의 땅 냄새는 어느 때부턴가 다산을 알아야 한다는 의무감이 나를 압도했다. 희망이 없는 유배지에서 확실한 목적의식으로 다양한 분야를 섭렵하며 수많은 저술 활동으로 역사의 주인이 된 다산 정약용.

이 책은 다산이 그의 제자와 자식들에게, 가까운 지인들에게 편지 형식을 빌려 쓴 글들을 모은 것이다. 그 분야가 방대하여 경세(정신을 맑게 하는 이야기)에서부터 경제 분야에 이르기까지 크게 10개 분야로 대별하여 글을 싣고 있다. 1독을 마치고 10여일이 지나 다시 들어가 읽어보면 다른 목소리가 들리는 책이다. 옛 사람의 글이로되, 그 생각은 현대에도 딱 들어맞는 말들이 즐비하다. 잠자는 영혼을 깨우는 죽비소리가 겨울바람처럼 차갑다.

정신이 번쩍 드는 글로 일갈하는 다산의 목소리를 들으며 예나 지금이나 사람 사는 세상에서 새롭거나 경이롭기보다는 그 설득력에 깨달음이 번쩍인다. 한문학을 전공한 한양대 국문과 정민 교수가 다산

어록에 해석을 붙이고 풀어 쓴 소개서이다.

"열흘 만에 버리는 것은 누에의 고치다. 여섯 달 뒤에 버리는 것은 제비의 둥지다. 일년 뒤에 버리는 것은 까치의 집이다. 인간의 백년이 길어 보여도 누에의 열흘과 다를 게 없다."

하루살이의 하루와 나의 인생이 결코 다르지 아니하니 슬프다. 그래도 꿈꾸는 자로 살려고, 청복을 누리려고 퇴근 후 도서관에 앉아 다산의 어록을 읽으며 나를 닦다가 일갈하는 그의 목소리 앞에 한없이 작아지는 나를 발견한다. 얕은 내 지식과 지혜의 샘물에 한탄한다.

다산의 목소리는 독서법은 물론이고 시 창작의 정신과 문학 수업, 이자 굴리는 법과 같은 실물 경제론까지 다양하게 다루고 있다. 그러나 그 바탕은 모두 인간됨이 기본이니 무릇 '사람이 먼저'임을 가르치고 있다. 명예와 작위도 그의 인품에서 비롯되고 얼굴 모양까지 직업군에 따라 분류하는 대목에 서면 놀라울 뿐이다.

"공부하는 학생은 그 상이 어여쁘다. 장사치는 상이 시커멓다. 목동은 상이 지저분하다. 노름꾼은 상이 사납고 약삭빠르다. 대개 익힌 것이 오래수록 성품 또한 옮겨간다. 사람은 생긴 대로 노는 것이 아니다. 노는 대로 상이 생긴다." 하였으니 자기 얼굴에 책임을 져야 한다는 현대적 해석과 통하는 면이 있다.

다섯 살만 먹으면 일을 시켜야 하고 근면하고 부지런함을 강조한 다산의 실학사상은 현대의 부모들이 깊이 새겨들을 일이다. 공부만 시키고 집안일에는 등한한 요즘의 가정교육을 경계하는 말이니 한 사람이라도 놀고먹어서는 안 된다는 것이다. 일의 경중이 아니라 협동 정신과 근면함을 강조한 것이다.

가장 눈길이 오래 머문 대목은 '시다운 시'를 논한 다음 글이다.

"임금을 사랑하고 나라를 근심하지 않는 것은 시가 아니다. 시대를 상심하고 시속을 안타까워하지 않는 것은 시가 아니다. 찬미하고 풍자하며 권면하고 징계하는 뜻이 없다면 시가 아니다. 때문에 뜻이 서지 않고 배움이 순수하지 않으며 큰 도를 듣지 못하여, 임금에게 미치고 백성을 윤택하게 할 마음을 지니지 못한 자는 능히 시를 지을 수가 없다."

이 대목에 대하여 정민 교수가 풀어 쓴 글은, 음풍영월은 시가 아니다. 자아도취가 시가 아니다. 시를 쓰려면 먼저 뜻을 세워라. 시를 쓰려면 먼저 배움에 몰두하라. 가슴에 큰 도를 품어 세상일을 제 일처럼 근심하는 마음을 지녀라. 시는 안타까움에서 나온다. 시인이란 명성을 탐하여 개폼이나 잡으려거든 차라리 붓을 꺾어라!

글을 읽고 생각이 차서 뭔가 쌓이면, 세상일에 말하고 싶은 충동이 일면 쏟아내고 싶어 손이 근질거려서 자판 앞에 습관처럼 앉았던 지나온 내 시간을 한 문장으로 때려눕힌 천둥치던 다산의 목소리를 들으며 나는 두 달 이상 아무 것도 쓸 수 없었다.

그러나 책과 함께 살아야 하고 작은 가르침이나마 날마다 전해야 하는 내 자리의 엄정함을 생각하며 부끄러운 글일지라도, 따가운 눈총을 받으면서라도 써야 한다는 결론에 도달할 수 있었던 힘도 다산 어록의 힘이다. 사람이 되고자 고전으로 돌아가 죽비를 달게 맞는 나의 노력을 눈감아 준 것은 역시 책이었으니, 나의 짧은 필력으로 함께 나눔이 부족하신 분은 필히 읽어 보실 것을 권하는 바이다.

하는 일마다 잘 되십시오

'하는 일마다 잘되리라'며 『무지개 원리』를 쓴 저자, 차동엽 씨는 신부이자 인천가톨릭대학교 교수님이다. 텔레비전에서 그분의 강의를 들어본 적이 있어서 더욱 친근했는데 저자의 약력 또한 평범하지 않았다. 서울 공대 졸업을 시작으로 가톨릭대학교, 오스트리아 빈 대학 박사 학위 취득 후 사제로 서품되신 분이다. 평범하지 않은 그분의 이력이 이 책을 집어 들게 했는지도 모른다.

삶의 희망을 잃고 힘들었던 처녀 시절 밤마다 무작정 성당에 가서 기도하고 눈물을 흘리며 절망을 이겨내던 시골 읍의 성당에서 인자한 눈빛으로 어눌한 우리 말 발음으로 위로해 주시던 멕시코 신부님의 모습을 기억해냈다. 수녀님들도 열심히 살려고 노력하는 내 모습을 어여삐 보아주셔서 일자리를 맡겨 주셨던 30여 년 전 성당의 모습을 떠올리며 나는 이 책에 빠져 들었다. 배고픔을 해결하고 인자한 사랑과 자비로움을 선사해 주셨던 그 오랜 기억 속의 외국인 신부님과 중년을 훨씬 넘기셨던 그 수녀님들은 이제 이 세상에는 계시지 않을 이 시각. 나는 이 책을 집어 들며 내 십대의 언덕에 서 계신 그리운 이름들을 불러낼 수 있어서 참 좋았다. 내 기억 속의 신부님들은 세상의 빛이었으며 아름다운 미소를 지닌 성자였기 때문이다. 희망만 이야기해도 부족한 시간에 세상의 이야기들은 절망과 한숨, 사건과 사고를 전하는 아픈 이야기들로 넘쳐나서 뉴스를 보기가 겁나고 신문을 읽기도 두렵다. 황량한 들판, 옷깃을 여미게 하는 초겨울 바람에 마음마저 가라앉기 전에 따스한 온기로 영혼을 덥히고 싶어서 최대한 희망을 노래하는 책을 고르고자 들어선 책방에서 힘들이지 않고 집어든 책이었다.

무지개 색깔처럼 소개된 일곱 가지 목차를 살펴보면,

1. 긍정적으로 생각하라

2. 지혜의 씨앗을 뿌려라

3. 꿈을 품으라

4. 성취를 믿으라

5. 말을 다스려라

6. 습관을 길들이라

7. 절대로 포기하지 말라

로 요약되지만 흔히 볼 수 있는 자기계발서와는 다름을 금방 알게 된다. 희망을 이야기하기 위해 차동엽 신부가 투자한 방대한 독서량과 다양한 출처의 글들을 적재적소에 배치하여 읽는 즐거움을 선사할 뿐만 아니라 깨달음으로 고개를 끄덕이는 일이 자연스럽게 일어난다.

내 안에 숨겨진 가능성의 씨앗과 세상의 이치 속에 오묘하게 숨겨진 보석들을 하나씩 캐는 것 같은 발견의 기쁨을 선사하는 글 이랑에서 만나는 감동의 물결을 놓치지 않으려면 행간을 부지런히 오리내리는 농부가 되는 즐거움으로 마지막 페이지까지 단숨에 이르게 된다. 이 책은 밑줄을 많이 긋게 하므로 반드시 사서 읽어야 하며 사랑하는 가족이나 공부하는 학생들에게 선물하여도 참 좋은 책이다. 욕심을 좀 부린다면 초등학생이 읽어도 좋으며 힘든 시간을 보내는 분에게는 백만 원군이 되어 주리라 확신한다. 이 책 속에는 좌절의 구렁텅이에서 재기의 발판을 다진 많은 사람들이 등장한다. 책 속에 소개된 또 다른 좋은 책을 만나는 기쁨도 빼놓을 수 없다. 나는 좋은 책을 읽을 때마다 저자가 만난 책들을 적어 두었다가 서점에 가서 주문하여 사곤 한다. 서점에 들러 새 책들을 사들고 강진도서관으로 향하는 퇴근길의 행복으로 한 해가 기우는 12월을 열고서도 나이가 들어간다는 서글픔마저 잊고 산다. 어느 사이엔가 내 마음 속에는 일곱 가지 무지개 원리가 장기기억 속에 저장되어 소가 여물을 되새김하듯 아무 때나 끄집어내어 작동시키기 때문이다. 국민소득 3만 불 시대를 기약해 줄 비책으로 경쟁과 견제의 논리를 넘어 공생의 문화를 확산시켜야 한다는, 바야흐로 '컨그레츌레이션' 시대를 열어야 한다는 차 신부님의 통렬한 충언이 곳곳에서 튀어나와 읽은 이의 가슴을 적셔 놓는다.

무지개의 원리는 희망의 원리, 일곱 가지 실천의 원리, 전체가 하나를 이루는 통합의 원리로서 저자는 무지개 원리를 완성하기까지 30년의 세월이 필요했다고 한다. 특히 대한민국의 모든 젊은 부모들, 특히 엄마들이 이 책을 읽어 자녀들을 훌륭하게 교육하기를 바라며 '사촌이 땅을 사도 배 아파하지 말고' 축하해 주는 문화를 위해서는 '마음을 다하고, 목숨을 다하여 거듭거듭' 가르치고 행하는 유대인 교육의 비밀을 상세하게 소개하고 있다. 우수한 두뇌와 훌륭한 교육열을 가진 뛰어난 한국인의 가능성을 열어 보이며 이제 이 나라가 재도약의 문을 활짝 열고 새로운 세상을 향한 희망의 기지개를 켤 때임을 보여준다.

날만 새면 상대방을 깎아내리고 짓이기며 이 나라의 어두운 단면들만 보이는 것 같아 참으로 안타깝고 아쉬운 때이다. 단점보다는 장점을 보는 노력, 절망보다는 희망을 이야기하는 세상을 꿈꾸는 사람들이라면, 자식들에게 그 희망의 증거를 보여주고 싶은 부모라면 이 책의 일독을 진심으로 권한다. 나는 초등학교 1학년인 우리 반 아이들에게도 이 책의 일화를 들려주며 아침을 시작하기도 하는데 아이들이 알아들을 수 있도록 풀어 주면 참 좋아한다.

『무지개 원리』를 손에 든 순간, 당신의 가슴에는 희망의 무지개가
피어난다. 당신의 자녀를 사랑한다면, 그가 아름다운 인생을 살기를
바란다면, 사랑하는 누군가에게 희망을 선물하고 싶다면 망설이지 말
고 이 책을 선택하면 된다. 간접 독서로는 그 맛을 다 누릴 수 없기 때
문이다.

- 2007년 12월 3일, 초겨울을 따스하게 살기 위한 책방 나들이에서 만난 책

맑고 향기로운 책으로 초대합니다

시골 학교인 우리 학교는 좋은 점이 많다. 이른 아침 아이들보다 먼저 등교하면 학교 뒤란의 높다란 소나무 꼭대기에서 노래를 부르는 새들이 있어서 청아한 아침을 시작하는 즐거움이 그 첫째이다. 휘파람새도 살고 찌르레기도 사는 모양입니다.

법정 스님의 『맑고 향기롭게』와 잘 어울리는 아침 풍경이다. 우리 반 아이들이 등교할 시간이면 이루마의 〈Kiss the rain〉과 아루투르 그루미오의 〈모차르트 바이올린 소나타 26번〉을 낮게 들려주며 아침 독서를 유도하곤 한다.

아이들도 나도 창밖의 휘파람새 소리를 들으며 음악을 들으며 아침 독서를 하는 시간이 하루 중에 가장 행복한 시간이다. 아무런 말이 필요 없는 이심전심의 단계를 거쳐 무심의 경지에 이를 무렵이면 수업 시작으로 들어가면서 아쉬운 책과의 이별을 한다. 이젠 더 읽고 싶어 하는 모습이 연출되는 행복한 몰입을 보면서 독서하기에 성공하고 있음을 느끼며 혼자 조용히 웃곤 한다.

오늘은 일독을 마치기 위해 방과 후 학교를 끝내고 아이들이 하교하는 4시를 넘기자마자 돋보기를 꺼냈다. 좀 더 책과 가까워지기 위해서이다. 눈이 참 시원했다. 이제는 멀리 있는 것에 욕심을 부리지 말라고, 내 발끝만 보라고 손끝만 보라고 눈조차 어두워지는 거라고 생각하니 마음이 편해진다. 아니, 내 안의 나에게 더 가까이 가라고, 안을 더 깊고 넓게 바라보라는 뜻이라고 생각한다.

『무소유』와 『텅 빈 충만』, 『서 있는 사람들』을 비롯하여 빛과 소금 같은 언어로 조용한 은둔자로 살면서도 시절에 맞추어 세상을 향해 올곧은 목소리를 내며 청아한 삶을 견지하는 노스님의 말씀을 밑줄 그으며 읽었다. 읽는다기보다는 죽비로 맞았다는 표현이 더 맞다. 더 가지지 못해, 더 높은 곳을 향하여 달려가는 일상을 되돌아보며 나를 질책하고 내려놓음을 생각하게 하는 '스승'의 목소리를 들었다. 목마른 영혼에 생수를 마신 듯 부스스 깨어나며 눈이 밝아옴을 느끼며 퇴근하기조차 싫었다. 외딴 산골에서 산 짐승들과 친구하며 나무들의 목소리를 글로 옮기는 노승의 따스한 목소리는 혼탁한 세상을 향해, 소비로 얼룩진 물질 세상을 향해 질타하고 있었다. 우리의 시선이 밖이 아닌 내면으로 돌아와야 함을 준엄하게 꾸짖고 있었다. 그러면서도 할아버지가 손자에게 조용조용 이야기하듯 다정다감한 언어로 깨달음과 지혜의 선승들이 남긴 주옥같은 언어들을 꿰어서 목걸이로 선사해준다.

나는 이 책을 읽으며 밝아오는 여명 속에 명상에 잠긴 듯 맑고 향기로운 내밀한 충만함으로 몇 날 동안은 피곤함을 모를 것 같다. 혼탁한 시대에 이처럼 맑은 영혼의 소유자가 우리 곁에 있다는 사실이 참으로 감사하고 고마웠다. 불편함과 무소유를 참살이로 인식하며 흙과 나무, 바람과 물을 그처럼 소중하게 찬미하는 아름다운 영혼의 노래를 즐겨 들어야겠다.

이 책은 그 동안 펴낸 산문집 중에서 백미라고 할 수 있는 글만을 다시 뽑아서 출간한 글이다. 아무리 먹어도 질리지 않는 생수처럼, 날마다 먹는 밥처럼 가까운 곳에 두고 눈 맞춤하며 읽어야 할 책이라는 생각이 들었다. 감히 '스승'의 반열에 두어도 좋은 책이었다. 어찌하면 '맑고 향기롭게' 살아갈 수 있을까를 날마다 묵상하며 닳아지도록 읽을 참이다.

백성을 구제하는 글쓰기

"해와 달과 별은 하늘의 문장이고, 산과 내와 풀과 나무는 땅의 문장이며 시와 서와 예와 악은 사람의 문장이다. 하늘의 문장은 기운으로 짓고, 땅의 문장은 형상으로 짓지만 사람의 문장은 올바른 길로 이루어진다. 이 때문에 사람의 문장은 도(道)를 싣는 그릇이라고 한다. 이것이 바로 인문(人文)이다."

- 『정도전 삼봉집』

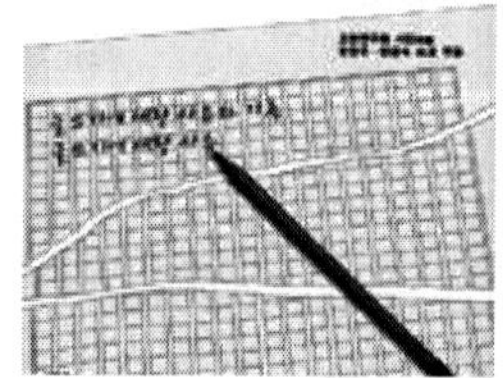

좋은 글을 쓰고 싶은 목마름에 늘 책을 향한 향수와 그리움을 안고 살며 차오르지 못하는 메마른 나의 글 샘에 좌절하면서도 차마 포기하지 못하고 다시금 자판 앞에 앉기를 거듭하는 병을 나을 길은 진정으로 없는 것일까? 눈만 뜨면 천지에 가득한 하늘의 문장과 땅의 문장을 보면서도 그것을 그려낼 내 마음의 문장은 어디에 있는지 마음을 헤집고 다니는 일상의 목마름과 한숨. 그러면서도 다시 돌아와 펜을 들고 돋보기를 끼고 책을 찾아 문장을 찾아 날마다 미로를 헤매며 문장의 도를 구하는 중생인 나의 모습. 그런 미로 찾기에서 한 줄기 서광으로 나를 끌어당긴 책은 바로 우리의 옛 조상의 숨결을 살려서 책으로 선보인 『조선 지식인의 글쓰기 노트』였다. 모두 255개의 목차만으로도 글쓰기의 정형을 보여주기에 충분한 책이다. 특히 사람의 문장은 올바른 길로 이루어지며 도를 실는 그릇이라는 대목에서는 쇠망치로 얻어맞은 듯 한 깨달음 비슷한 것을 얻으며 행복했다. 글쓰기의 첫 단추를 찾았다고나 할까. 나름대로 해석한 뜻은 글쓰기의 기본은 먼저 올바르게 살며 도를 이루어 그릇을 만들어, 하늘의 기운과 땅의 형상을 그 그릇에 담아 마음의 눈으로 그릴 수 있는 눈과 귀를 가지는 일이라는 생각에 이르렀다.

이 책은 글쓰기에 대한 조선 지식인들의 사유와 기록을 살펴서 발췌해 놓은 책이다. 옛 선비들의 문장과 글쓰기에 대한 생각 속에서 글쓰기에 대한 사유와 그 속에서 발견한 깨달음을 소개한 책이다. 엮은 이는 선조들의 글쓰기에 대한 생각을 통해 글쓰기는 하루아침에 배울 수 있는 잔재주가 아니라 머리에, 마음에 쌓인 생각이 저절로 드러나는 것임을 있는 그대로 그려내고 있다. 글쓰기에 대한 책들도 외국의 것들이 더 많은 출판 시장이다. 우리 땅에서 우리들과 비슷한 생활 방식과 언어, 풍속으로 살다간 선인들이 남긴 고전을 연구하여 원전에 충실한 번역으로 그 숨결을 살려낸 〈고전연구회 사암〉의 결실이기도 하다. 한글세대가 대부분인 청소년층을 대상으로 한 책이지만 글쓰기를 향하여 더듬이가 돋는 사람이라면 누구에게라도 두고두고 읽으며 누구에게 빌려주기 아까운 책이 되리라 믿는다. 255가지에 이르는 조선 지식인들은 좋은 글쓰기란 하루아침에 쌓은 잔재주가 아니라 꾸준하게 닦은 공력에서 나온다고 이야기한다. 박지원, 이덕무, 이수광, 이익, 정약용, 홍길주, 홍석주, 허균, 최한기 등 한 시대를 풍미한 문장가들의 글과 이야기가 담겨 있으니 원전을 읽지 못하는 나와 같은 한자에 문맹인 사람들에게는 더없이 좋은 길잡이다.

특히 가슴 저린 대목인 "글을 쓰는 핵심은 백성을 구제하는 것(최한기)"이라고 단언한 대목에서는 글 쓰는 사람의 무거운 책무를 생각하며 나는 글을 쓸 자격조차 없다는 절망감에 휩싸였다. 신변잡화식 글쓰기로 얕은 사려와 사고의 빈곤, 낮은 눈높이, 발밑만 바라보고 사는 근시안적인 경험 세계 속에서 어떻게 누군가를 구제하는 글을 쓸 수 있을 것인가.

그럼에도 불구하고 일단 글쓰기라는 이름으로 내디딘 내 발자국이 여기서부터 더 이상 비뚤어지지 않게 하여 나부터 구제하는 일에 힘쓰다 보면 실오라기 같은 희망 한 줌이나마 건져서 내 가까운 가족과 우리 반 아이들에게 쓸 만한 씨앗 하나쯤 키울 수 있으리라는 소망을 가지게 한 책이기도 하다. 글쓰기를 좋아하고 원하는 사람에게는 분명히 어둔 밤의 등불이 되어주기에 충분한 책이다.

희망을 갖게 한 소동파의 격려를 통해 나처럼 나약한 의지로 가난한 글 샘을 슬퍼하는 이가 있다면 위로받길 바라는 마음 간절하여 여기에 옮겨본다.

"문장은 정교하게 세공되어 있는 금이나 아름다운 옥과 같아서 스스로 정해진 값어치를 지니고 있다. 따라서 사사로운 감정으로 귀하다거나 천하다고 하기가 어렵다."

이는 나처럼 진품 보석 같은 글 한 편 가지지 못하고 모조품에 가까운 글을 껴안고도 고슴도치가 제 자식 아끼듯 가난한 글방에 드는 손님이 없다고 한탄하는 사람에겐 천금과 같이 귀한 격려가 되었다. 이제부터 한 그루 나무를 심듯 새로운 글 이랑을 만들어 자갈을 들어내고 밑거름을 주는 기초공사부터 다시 해보며 도전해 보려 한다. 비록 육성으로 듣지 못하고 원본을 해석해 놓은 간접 독서일지라도 『조선 지식인의 글쓰기 노트』는 내 곁에서 늘 소금 같은 짠맛으로 나를 채찍질하는 스승이 되어 주리라 확신한다. 최소한 255개의 글쓰기 금언들만 가지고 다니며 글쓰기 전에 약을 먹듯 깊은 맛을 느끼며 음미하

노라면 내 생애 언젠가 딱 한 번만이라도 환하게 웃을 그날을 기다릴
수 있을 것 같은 행복한 예감! 마지막으로 글쓰기의 스승으로 삼고 있
는 '다산 정약용'의 『다산시문집』 속에 오는 글로 독자 여러분께 이
책의 일독을 강권하는 바이다.

　"사람이 글을 쓰는 것은 나무에 꽃이 피는 것과 같다. 나무를 심은
사람은 가장 먼저 뿌리를 북돋우고 줄기를 바로잡는 일에 힘을 써야
한다. 그러고 나서 진액이 오르고 가지와 잎이 돋아나면 꽃을 피울 수
있게 된다. 나무를 애써 가꾸지 않고서 갑작스레 꽃을 얻는 일은 절대
일어나지 않는다. 나무의 뿌리를 북돋아주듯 진실한 마음으로 온갖
정성을 쏟고 줄기를 바로잡듯 부지런히 실천하고 수양하고, 진액이 오
르듯 독서에 힘쓰고 가지와 잎이 돋아나듯 널리 보고 들으며 두루 돌
아 다녀야 한다. 그렇게 해서 깨달은 것을 헤아려 표현한다면 그것이
바로 좋은 글이요, 사람들이 칭찬을 아끼지 않는 훌륭한 문장이 된다.
이것이야말로 참다운 문장이라고 할 수 있다. 문장은 성급하게 마음먹
는다고 해서 갑자기 이루어지는 것이 아니다."

인간적인
교육복지국가를 꿈꾸며

- 『핀란드 교육의 성공』을 읽고

"학문의 길이란 다름이 아니라 자신의 흐트러지는 마음을 바로잡는 것일 뿐이다."

- 맹자

얼마 전 미국 내 유명 대학에 재학하는 한국 유학생들 중 절반가량이 중도에 탈락하고 있는 것으로 보도되어 충격을 주었다. 한국에서 유학 붐이 일고 있는 가운데 하버드 대학을 비롯한 미국 내 명문 대학에 다니던 한인 유학생들의 44%가 중도에 탈락하고 있는 것으로 집계됐다는 지적이었다. 어린 시절부터 학업에 대한 과도한 스트레스로 자신감보다는 해내야 한다는 압박감으로부터 자유롭지 못한 한국 학생들의 모습을 단적으로 보여준 것이다. 왜 공부를 해야 하는지, 자아정체감이 성숙되기도 전부터 기계적으로 학력 향상의 틀에 묶여서 너나없이 명문 대학으로, 입시 지옥에 빠져 허우적대며 친구도 인간관계도 사회적 책임과 배려는 뒷전인 채 성적에 대한 갈등은 큰 반면 이를 극복하고 헤쳐 나가는 적응력에서 떨어지면서 탈락률이 높다는 것이었다.

오늘 나는 이 같은 우리 교육의 현주소를 보며 『핀란드 교육의 성공』에 흠뻑 빠졌다. 몇 시간에 다 읽어낼 만큼 우리나라 교육의 모습과 판이하게 달랐다. 부러움을 넘어 경탄하지 않을 수 없게 한 핀란드 교육의 성공 모습에 매료되었다. 가히 충격적인 책이다. 우리 학부모들의 허리를 휘게 만들고 있는 엄청난 교육비, 경쟁과 입시로 점철된 교육 현장의 모습을 핀란드 교육의 모습에 비춰 보며 '진정한 교육'의 모습을 다시금 생각해 보지 않을 수 없었다.

핀란드에서는 의무교육 기간인 16세까지는 학생들끼리 비교되는 시험도 경쟁도 없다고 한다. 그럼에도 불구하고 경제협력개발기구에서 실시하는 국제학력조사(PISA)에서 최상위 성적을 올려, 바야흐로 세계 최고의 학력 국가로 부상하고 있다. 시험과 경쟁이 없음에도 불구하고 삶의 문제와 교육의 본질에 충실한 교육으로 뒤처진 사람을 중시하며 평등과 복지에 힘쓰는 사회적 분위기는 아름답기까지 하다. 자아정체성이 확립되는 16세 전후까지는 '공부란 즐거운 것'이며 흥미와 개별성을 중시한다는 뜻이니 인간적인 교육 방법에 충실하다는 증거다.

핀란드는 1895년에 국가적인 차원에서 학력별 반 편성을 전면 중지하였다. 이는 공부를 잘하는 아이에게 특별히 좋은 영향을 끼치는 것도 아니며 그렇다고 잘 못하는 아이에게 득이 되는 것도 아니라는 분석에서 비롯되었다. 평등을 추진하고 경쟁을 배제하는 교육 방법이 빛을 발하고 있다는 증거이다. 굳이 경쟁을 하지 않아도 아이들 스스로가 알아서 공부하는 모습은 핀란드에서는 흔하게 볼 수 있는 풍경이라고 한다. 우열 방식이 아니라 학생 스스로 하고자 하는 마음을 불러일으키는 교육의 본질적 목적에 충실한 교육 방법과 정책을 오랜 시간 동안 실천하고 있다. '싫어하는 아이에게 억지로 강요하지 않는' 기다림의 교육방법을 실천하기 위해 다양한 노력을 기울인다는 것이다. 학생 개개인의 개별학습을 최우선시 하며 각 학교와 교사에게 권한을 주어 학습동기 형성에 주력하고 있다.

2003년 PISA에서 측정한 학력에서 상위권 1할, 즉 4위까지의 모든 영역에서 두드러진 국가는 한국과 핀란드뿐이다. 그런데도 두 나라의 교육은 매우 대조적이다. 한국 아이들은 정규 학교 수업 이외에도 많

은 공부를 하고 있다, 한국 아이들의 방과 후의 공부 시간은 일본의 2
배 이상이고 핀란드의 3배 가까이나 된다고 한다. 굳이 경쟁을 시키지
않아도 아이들 나름대로 공부를 열심히 한다고 하니 거짓말 같은 이
야기다. 아이들은 '공부하는 것은 나 자신을 위해서'라는 의식이 밑바
닥에 깔려 있다는 뜻이다. 사회가 자신을 받아들여줄 것이라는 안심
과 인권을 소중히 하는 복지 사상이 사회 저변에 깔려 있기 때문이다.

핀란드 사회는 장기적인 안목으로 아이들을 길러내고 있다. 선생님
들도 한 학교에 오래 머무르기 때문에 안정된 상태에서 그 지역 아이
들이 성장하는 데 책임을 다한다고 한다. 이처럼 전 세계의 교육당국
자들로부터 부러움을 한 몸에 받고 있는 핀란드의 교육적 특징을 간
추려보면,

첫째, 학생 한 사람 한 사람을 소중히 하는 평등한 교육이 실시되고
있다. 16세까지는 선별하지 않고 종합 교육이 실시되어 교육의 기본은
등수를 매기는 데 있는 것이 아니라 개개인의 발달을 지원하는 데 있
다는 점을 철저히 한다.

둘째, 학생들은 스스로 배우는 것을 교육의 기본으로 삼고 있다. 학
생들이 수업 중이라도 자유롭게 쉴 수 있되 다른 사람에게 피해를 주
지 않아야 한다는 점을 철저히 지키게 한다. 그룹 학습이나 서로 가르
치고 배우는 것을 소중히 하며 '사회 구성주의적 학습'의 교육학 이론
을 충실히 따른다.

셋째, 학교 교육이 최대의 효과를 올릴 수 있도록 교사를 전문가로
서 신뢰하고 교사가 일하기 쉬운 직장을 만들고 있다. 이를 위해서
국가의 권한을 최소한으로 하고 학력 조사 등은 학생들과 교사를 지
원하기 위한 목적으로 사용하고 있으며 학교나 교사의 잘잘못을 공
표하지 않는다. 사회 전체가 교사를 신뢰하며 교사는 석사 학위가 필

요하며 일단 현직에 들면 제도적인 개인별 교사 평가는 이루어지지 않는다.

교사의 근무 조건이나 어떤 연수를 희망하고 있는가에 초점이 맞추어지며 더욱 흥미로운 것은 현직 교원을 비교하는 사회적인 사정이라든지 인사 고과 제도가 없다는 점이다. 교사의 초봉은 연봉 3천만 원 정도며 교사는 윗사람의 눈치를 보거나 조사를 당하는 일도 없고 정부 관료들에게 잘 보일 필요도 없다. 그들은 자신이 원하는 방법으로 가르칠 자유가 보장된다. 그 대신 자유와 권한이 많은 만큼 무거운 책임을 진다. 교육 개혁 과정에 교사는 적극적으로 참여하고 있으며, 교장은 교사의 의견을 잘 듣고 수렴해 가는 풍토이다. 특기할만한 점으로는 교사들은 같은 학교에서 거의 정년까지 근무한다. 따라서 아이들의 학력 형성이나 인격 형성에 있어서 장기적인 전망을 가지고 신중하게 대처할 수 있다. 사는 곳 가까이에 학교가 있고 늘 한결 같은 선생님이 자리하고 있는 것이다.

"학교 교육의 최종 목적은 학교 밖으로 나가서 효과적으로 기능하도록 학습자가 준비하는 것"을 학교의 핵심 역량으로 규정짓고 있는 핀란드의 교육 정책은 다양한 교육문제를 안고 있는 대한민국의 현실을 비추어 볼 수 있는 훌륭한 거울이 될 수 있을 거라는 확신으로 이 책을 단숨에 읽어냈다.

유럽연합 안에서도 경제 발전의 호조를 누리고 있는 핀란드의 저력은 다름 아닌 '학력'에 있었다. 과외나 학원에 다니지 않고도, 하고 싶은 취미 활동을 즐기며 최상위 성적을 내는 핀란드 아이들은 핀란드의 자율적이고 안정적인 교육, 교육의 본질적인 의미에 충실한 교육 정책에서 비롯되었다는 확신이 들었다. 어떤 아이도 그가 지닌 환경의 지배를 받지 않고 원하는 삶을 살 수 있게 해주는 철저한 교육 평등과 복지 정책은 사람을 중히 여기는 사회적 관심이 사회 전반에 뿌리내린 것이다.

학력 평가 결과는 성적이 나쁜 학교를 찾아내서 지원하기 위한 목적으로 활용된다. 잘 못하는 아이들을 끌어올리는 데 힘쓰고 잘하는 아이들은 그냥 놔둔다고 한다. 단 한 사람의 낙제생도 만들지 않는 학생들 중심의 민주주의를 실천하기 위해 어떤 단계에서도 선별은 하지 않는 것이다. 16세까지는! 대학에 입학기 위한 필기시험이라 해도 지식의 양을 묻는 것이 아니라 책을 한 권 나누어 주고 그것에 대해서 자신의 생각을 한 장의 종이에 기술하는 형식을 취한다.

넷째, 교육받을 권리를 복지 정책으로 보장하고 있다. 초등학교에서 대학까지 수업료는 무료이며 고등학교까지는 교재나 교구, 급식, 통학 요금 등 여러 방면의 학습 환경이 무료이다. 또한 고등학생이나 대학생의 하숙비에도 보조금이 나오며 학력 향상을 제일 목적으로 삼지 않고 아이들이 만족하는 충실한 학교생활을 주요 교육과제로 삼는다.

『핀란드 교육의 성공』은 경쟁에서 벗어나 세계 최고의 학력을 자랑하는 핀란드 교육의 현주소를 생생하게 전하는 책이다. 다양한 보고서와 현장 사진, 인터뷰 기사가 넘쳐나는 책이다. '자기 스스로를 위해 즐겁게 공부를 한다.'는 핀란드 학생들에 비해 너무 일찍부터 너무 많이 공부로 내몰려 공부하는 즐거움보다 공부에 질린 우리나라 아이들의 현실을 비추어 보며 참으로 많이 마음이 아팠다. 정작 공부를 많이 해야 할 시기에 이르러서는 책을 멀리하며 수단으로 전락하고 마는 우리 교육의 현실. 『핀란드 교육의 성공』을 읽으며 공부를 잘하는 아이도 뒤처진 아이도 함께 상처를 받는 악순환의 고리를 풀어낼 근본적인 수술이 필요함을 생각하며 가슴이 답답했다. 언제나 그 자리, 그 지역에 계신 고향 같은 선생님, 학생 한 사람을 소중히 여기는 학생

민주주의, 돈이 없어서 공부를 못하는 아이가 생기지 않는 교육복지 국가, 시험점수로 등수를 매기지 않으며 소중한 인격을 보장받는 인간적인 모습을 바라는 것은 지나친 욕심일까?

학력평가 실시 과정에서 겪는 갈등으로 얼룩진 교육 현장의 안타까운 현실, 수능 성적 공개로 더 깊어진 갈등의 골을 바라보며 착잡해진다. 우리 반 아이들은 이제 겨우 초등학교 2학년이지만 오후 4시, 7교시까지 이어지는 방과 후 학교를 마치고도 태권도 학원이나 피아노 학원에 가는 아이들도 있다.

집에 돌아가서 다시 사이버가정학습까지 마치고 나면 일기쓰기도 벅차다. 가장 기본적인 받아쓰기 숙제조차 힘들게 해온다. 그런 아이들은 벌써부터 학교 교육에 흥미를 잃어가고 있다. '흐트러지는 마음을 다스리기 위한 공부'여야 한다는 맹자의 가르침에 비한다면 너무 많은 공부를 하고 있는 것이다. 동네에서, 운동장에서 노는 아이들을 볼 수 없는 현실이 안타깝다. 평가 자체도 주로 주지 교과에 치우치므로 예능 교과 쪽은 홀대 받을 수밖에 없다. 이래저래 아이들은 괴롭다. 이미 초등학교 교실에도 불어 닥친 서열화, 경쟁의 어두운 모습은 과거로 회귀하고 있다. 다달이 치르는 교내 자체평가, 도 단위로 시행되는 학력평가, 전국 단위로 실시되는 평가로 지필평가 시대가 도래했다. 그러다보니 다른 아이들에 비해 도구 교과의 성적이 뒤지는 아이들은 예능에 뛰어난 소질을 가졌음에도 불구하고 시험 성적이 좋은 아이들만 공부를 잘한다고 생각하는 경향이 있다.

기발한 아이디어로 신체 표현을 잘하는 아이, 다른 아이들보다 뛰어나게 운동을 잘하는 아이들이 국어, 수학 성적이 안 나오면 자신은 공부를 잘하지 못한다고 생각하는 경향이 있다. 그 부모마저도 받아쓰기를 제대로 못하거나 수리 계산이 뒤지면 그림을 잘 그리거나 운동

을 잘해도 국어 시간에 연기력이 뛰어나도 자식의 재능을 인정해 주
지 않으니, 지필평가의 그늘에 묻혀버리는 현실이 되었다.

　한동안 유행했던 '여러 줄 세우기 교육', '특기 적성 교육'과 같은 구호
는 학력평가의 위세에 눌려 오로지 한 줄 세우기 교육으로 전락해 가
고 있다. '보이지 않는 것'이 '보이는 것'보다 더 중요함에도 불구하고 보
이는 것으로 수치화 되지 않은 교육은 설 자리를 잃어가는 현실이 안
타깝다.

　이러한 우리나라 교육 현실에 비추어 볼 때 『핀란드 교육의 성공』
은 시사하는 바가 매우 컸다. 교육은 1년 한해살이 꽃을 피우는 것이
아니라 오랜 시간을 두고 크고 우람하게 자라는 나무를 보고자 하는,
질긴 기다림과 인내심의 끝에 피는 꽃이다. 어떻게든 친구를 밟고 다
른 아이보다 한 발 앞서려고만 하는 교육, 끝없는 경쟁으로 치닫는 메
마른 방법으로는 성공하기 힘들다고 생각한다.

　그런 점에서 이 책은 교육을 걱정하는 모든 사람들의 필독서가 되기
에 충분하다고 생각하여 독자 여러분의 일독을 권하는 바이다.

책 속에서 만나는 유년의 뜰

3일 동안 『그 많던 싱아는 누가 다 먹었을까』를 읽었다. 방학이 주는 행복함은 책을 만나는 기쁨이 단연 최고다. 읽고 싶은 책들, 읽어야할 책 목록들이 기다렸다는 듯이 얼굴을 들이미는 방학의 즐거움은 나를 철없는 어린 아이로 만들기에 충분하다. 새로 만날 아이들을 키우기 위한 자양분을 비축하려면 겨울방학 동안 1년 동안 읽어야 할 책의 절반은 채워 둬야 한다. 아무래도 학기 중에 읽는 책은 갈증만 나서 영혼의 땅을 적시지도 못하기 때문이다.

이 책을 읽어가는 동안 나도 함께 작가를 따라 내 유년의 뜰을 거닐 수 있어서 참 좋았다. 눈을 감고도 선명한 내 고향 뒷산 너럭바위에 가을이면 애호박을 썰어서 말리게 했던 어머니. 가을 오후의 햇볕에 잘 달구어진 그 바위 위를 맨발로 올라서면 따스하던 감촉이 온돌방 아랫목처럼 좋았었다. 바삭하게 잘 마른 호박꼬지를 채반에 담아놓고 석양을 바라보던 어린 날의 기억도 더듬었다.

땡감이 익을 무렵 맨발로 감나무를 타고 오르면 씨가 많던 땡감의 떫은 엉덩이를 한입 베어 물면 입 안에 가득 차던 탄닌 성분으로 오래도록 입이 가득했던 느낌까지.

단감 하나를 얻어먹기 위해 옆집 자예에게 곰살맞게 친절을 다 보였던 가을 날. 광자 언니, 자예, 정숙이, 희자네가 전부였던 이웃집. 우리는 대부분 가난했고 슬픈 가족사를 가슴에 안고 납작하게 엎드려 살았다. 그런데도 울었던 기억이 별로 없으니 내 기억의 한계인지도 모르겠다.

밤알 주우러 다니던 뒤란, 오디가 열리던 낮은 언덕배기, 보리수를 따러 가파른 언덕을 달려 오르던 철없음이 거기 서 있다. 사진 한 장 남지 않은 유년의 집이건만 뇌리 속에 선명하게 찍힌 모습은 사진보다 더 확실한 그날들.

물을 길어다 장독대를 씻어내던 모습, 날마다 쓸어서 맨질맨질한 토방과 마당. 작은 마당에 꽃을 가꾸어 주시던 자상한 아버지의 손길이 멈추었던 꽃밭까지 눈에 밟힌다. 내 아버지는 아직도 그렇게 나를 기르고 계셨나보다.

그 아버지께 한 번도 사랑한다 못 해본 설움이 코끝에 내려앉아 황당한 물줄기를 뿜어낸다. 내 아버지 장재칠 씨는 깔끔하고 기골이 장대한 분이었다. 피부가 너무 매끈하여 한겨울에 로션을 바르지 않아도 손도 트지 않으셨던 아버지. 짙은 황토색을 닮은 가무잡잡한 피부. 그 좋은 피부 결을 내 아들이 닮았다.

녀석은 스물여섯이나 되도록 로션조차 바르지 않는다. 아니 끈적거림이 싫어서 바르기 싫단다. 유전인자가 그렇게 닮을 수 있음이 신기하다. 아들은 그래서 더 예쁘다. 가신 외할아버지를 생각나게 하는 몸짓도 잘해서이다. 양반다리를 하고 앉은 모습, 잔말이 없이 점잖은 모습까지 쏙 빼닮았다. 특히 뒤통수는 빼다 박은 것 같다. 돌이 되기 전에 돌아가신 외할아버지이니 아들은 기억도 못하겠지만 아들에게선 늘 친정아버지의 잔영을 보곤 한다. 아들을 못 가져본 아버지가 그토록 원했던 외손자였으니 당신의 좋은 점만 닮았으면 좋겠다.

영민함도 닮고 조심스러운 심성도 잘 간직했으면 한다. 그 아들은 지금 자신과의 싸움으로 군 생활보다 더 힘들게 살고 있다. 남들 다 쉰다는 연휴에도 크리스마스에 귀향도 하지 않고 이 추운 겨울에 혼자서 이사도 하고 새해를 설계하고 있다.

누구보다 자신이 더 걱정인 아들이다. 그를 믿기로 했다. 독립적인 인격체로 살기 원하는 그의 결정을 바라볼 수밖에 없다. 대학 졸업 한 학기를 남겨두고 취업을 향해 이 눈 속에 돌진하는 아들의 행진에 신의 가호를 빌 뿐이다. 술도 담배도 여자 친구마저도 안중에 없다며 무섭게 삶의 현장으로 달려들어 2010년을 인생 공부에 몰입한다는 그의 선택을 그저 바라만 보고 지지해 주려 한다.

아들은 이제 자신의 인생에서 즐겁게 먹었던 '그 많던 싱아'들을 뒤로 한 채 사회의 일원이 되기 위한 홀로서기의 달음질을 시작했다. 상아탑 속에서 좋아하는 책을 읽고 토론을 즐기며 판타지 소설을 쓰던 취미 생활조차 던지고 어른이 될 준비에 나선 것이다. 최전방 수색 부대에서 잔뼈가 굵어지던 날부터 제대하면 해외여행을 가고 싶다던 낭만까지 뒤로 미룬 채 달려가는 그의 도전을 생각하면, 어미로서 목울대가 뻣뻣해진다.

그가 인생의 도로에서 살아남기 위해 지금은 비록 눈길을 헤매고 있지만 먼 후일 돌아보면 그 시간이 곧 인생의 '싱아'였다고 말할 수 있으리라 확신한다. 비좁은 취업의 문턱에서, 넘치는 경쟁의 틈바구니에서 원칙을 지키며 성실함과 인내심으로 지혜롭게 관문을 통과하도록 신뢰와 지지를 보내는 일만 남았다. 좌절하고 힘들어할 때 어미의 무릎을 빌려주며 다독이고 싶지만 시공이 다른 서울에 혼자 서 있을 아들이 안쓰럽다.

새해 벽두부터 눈 속에 파묻힌 서울 소식을 보니 마음마저 춥다. 유례없는 실업난으로 혹독한 시절을 보내는 이 땅의 젊은이들이 안쓰럽다. 그래도 희망과 용기를 가져야 한다. 이 눈 속에도 끄떡없이 서 있는 겨울나무들을 보면서라도 힘을 내야 한다.

겨울이 아무리 추워도 봄은 오기 마련이다. 아무리 힘들어도 자신을 믿고 다시 힘을 내는 그 곳에 네 인생의 '싱아'는 생각보다 많이 있으니까!

아들아! 지금은 네 인생의 싱아를 만들고 있음을 잊지 말거라.

최고의 교수 8명이
들려주는 가르침

마크 트웨인은 교육에 대하여, "알지 못하는 바를 알도록 가르치는 것을 의미하는 것이 아니다. 교육은 사람들이 행동하지 않을 때 행동하도록 가르치는 것을 의미한다."고 하고, 칼릴 지브란은 "교육은 씨를 뿌릴 뿐 씨 자체가 아니에요. 그렇지만 씨가 자라게 하지요."라고 정의했다. 표현 방법은 각기 다르지만 말하고자 하는 결론은 일맥상통한다.

제2차 세계대전 이후에 독립한 나라 중에서 가장 발전한 나라는 바로 대한민국이라고들 한다. 그 발전의 원동력은 자녀 교육에 몰입하는 위대한 국민성이라고 생각한다. 거기에는 교육에 헌신한 수많은 선생님들의 노고가 밑거름이 되었음을 간과해서는 안 된다.

그럼에도 교육을 바라보는 국민들의 시선은 아직도 불만의 눈초리가 다분한 것 또한 부인할 수 없는 현실이다. 세계적인 교육 강국의 면모를 과시하면서도 공교육을 대하는 시선들은 그리 곱지 않은 것이다. 자식들은 선생님이 되기를 바라면서도 정작 다른 선생님을 보는 시선은 매우 비판적이고 냉정한 이중성까지 보여준다.

교직을 바라보는 시각을 서운하다고 탓하기 이전에 나 자신부터 존경받을만한 선생님의 길을 걸어가고 있는지 돌아보게 하는 책을 만났다. 지난 2008년 EBS 다큐멘터리로 방영된 바 있는 『최고의 교수』는 교직을 원하거나 그 길을 가고 있는 사람들에게 자신을 들여다 볼 수 있는 맑은 거울이 되기에 충분하다고 생각한다. 방송으로 접하지 못한 세밀한 부분까지 음미하며 읽을 수 있어서 좋은 책이다.

감히 이 책을 평하는 글을 쓰기에는 너무 부족한 필력이니, 다만 감명 깊게 읽은 대목들을 베껴 보며 동감하는 분들에게 일독을 권하고 싶어서 이 글을 쓰는 바이다. 특히 이제 막 교직에 입문한 파릇한 새내기 선생님에게도, 오랜 시간 교단에 서서 타성에 젖은 채, 날마다 그날이 그날 같아 설렘 없이 교실에 들어서는 나와 같은 사람에게도 자극제가 되기에 충분한 책이다. 가장 인상적인 글이어서 나의 독서록에 메모한 것들을 소개해 보면 다음과 같다.

첫째, 도널드 골드스타인 교수는

"나의 교육 철학은 간단하다. 학생들이 나를 위해 존재하는 것이 아니라 교수인 내가 학생들을 위해 존재한다는 것이다. 나는 매일 학생들이 나를 이용할 수 있도록 연구실 문을 열어둔다. 학생들은 약속 없이 아무 때나 나를 찾아오고, 나는 그들의 질문에 가능한 한 긴 답장을 쓴다.

진정 중요한 것은 나이가 아니라 개인의 능력이다. 어떤 사람은 90세에도 열정으로 가득 차 가르칠 수 있지만, 40세에 이미 노인이 되어 가르칠 자격이 없는 사람도 있음을 잊지 말아야 한다. 사람은 세월의 숫자만으로 나이를 먹는 것이 아니라 경험과 지혜로 나이를 먹는다. 나이든 이들의 경험이 변화하는 세계에 큰 힘이 될 것이다. 훌륭한 교수가 되는 결정적 비결을 알고 싶다고? 지금 하고 있는 일, 즉 가르치는 일을 즐기면 된다."

둘째, 교수계의 마이클 조던, 조벽 교수는

"교수가 질문하고 스스로 답하는 강의는 최하급 강의, 교수가 질문하고 학생이 답하면 조금 발전한 강의, 학생이 한 질문에 교수가 답하면 바람직한 강의다. 최상급 강의는 학생이 한 질문에 다른 학생이 답하도록 유도하는 것이다.

학생 중심 교육은 학생이 원하는 대로 해주는 것이 아니다. 학생들의 다양성을 인정하고 최선을 다하도록 장려하며 배려하는 교육이 학생 중심 교육이다. 단순히 학생을 채점한다는 시각으로 접근하면 많은 기회를 잃는 것이나 마찬가지다. 학생을 평가함과 동시에 내 수업 자체를 평가한다는 시각으로 접근할 때 더 풍요로운 결실을 거둘 수 있다.

교육은 단순히 지식 전달이 아니다. 학생과 교수의 인간적인 만남이고 커뮤니케이션으로 이루어진다는 사실을 잊지 말아야 한다. 나는 나에게 기쁨을 주는 것에 더 많은 시간을 할애하고 싶고, 더 잘하고 싶다.

그리고 내게 가장 큰 기쁨을 주는 것은 학생들이 성장하는 순간의 모습이다. 강의를 하다가 학생들의 눈빛이 달라질 때, 소위 아하~ 하면서 눈이 반짝거린다든지, 눈이 커진다든지 하는 순간에 나는 큰 기쁨을 느낀다. 물론 행복해지고 싶어서 교수가 된 건 아니지만 그런 모습을 볼 때마다 정말 행복하다."

셋째, D. 허슈바흐 교수는

"자연은 여러 가지 언어로 이야기하는데, 그 언어는 일종의 외국어다. 그리고 바로 그 외국어 가운데 하나를 해독하는 것이 과학자들의 영원한 꿈이다. 그렇기 때문에 어린아이의 마음으로 돌아가야 한다는 것이다. 학습의 열쇠는 흥미이고, 그 열쇠는 교수들이 갖고 있다."

넷째, M. 홉킨스 교수는

"나는 학생들이 모른다고 말할 때 '아뇨, 학생은 알고 있으니 다시 생각해봐요'라고 말한다. 그러고 나서 그림을 그리거나 시청각 자료를 보여주면 학생들은 곧 스스로 답을 찾아낸다. 나는 학생들이 유추 과정에 시간이 걸릴 뿐, 다 알고 있다고 생각한다. 아니, 대다수의 학생들은 자신이 알고 있다고 믿는 것보다 실제로 더 많은 걸 알고 있다. 이 사실은 교수들에게 매우 의미심장하다."

그 밖에도 덜 가르치는 것이 가장 많이 가르치는 것이라고 한 C. 캐넌 교수, 우리가 배우고 가르쳐야 할 것은 '스스로 생각하는 법'이라고 한 R. 섕커 교수의 교육철학도 새겨두어야 할 만큼 소중한 가치관이다.

이 책에는 최고의 교수 8명이 등장한다. 특별한 수업 방식과 교육철학으로 무장한 당대 최고의 교수들이 보여주는 생생한 이야기를 읽으며 '가르침'의 의미를 되새겨보는 계기가 되었고 타성에 젖은 내 일상을 두드리는 죽비소리로 다가왔다.

책 중간에 새겨진 에릭 호퍼의 교육에 대한 일침은 화두에 가까웠다. "교육의 주요 역할은 배우려는 의욕과 능력을 몸에 심어주는 데 있다. '배운 인간'이 아닌 '계속 배워 나가는 인간'을 배출해야 하는 것이다. 진정으로 인간적인 사회란 조부모도, 부모도, 아이도 학생인 배우는 사회이다."라고! 나와 만난 아이들에게 영원한 배움을 향해 나아갈 수 있는 씨앗을 심어줄 책임이 있다는 뜻이다. 그것도 즐거운 마음으로 잘 여문 씨앗을 정성스럽게!

'말이 씨가 된다.'는 말을 많이 한다. 말은 그 사람의 영혼의 울림, 정신을 반영하므로 말이 곧 그 사람이라고 생각한다. 그러므로 부정적인 말보다는 긍정적인 말을 하려면 생각도 그렇게 해야 말도 튀어나온다.

교육을 바라보는 최고의 교수들의 특징은 교육을 바라보는 시선이나 학생을 대하는 태도가 바로 매우 긍정적이고 밝다는 사실에 감동을 받았다. 가르치려고 하지 말고 그들 속에 내재된, 잠들어있는 씨앗을 깨우라는 죽비를 내게 선물하고 갔다.

　마지막으로 가장 감명 깊은 울림을 주었던 골드스타인 교수의 교육철학 12가지가 들어있는 48쪽과 49쪽은 교탁에 올려놓고 경전처럼 새겨 보면 좋은 글귀다. 이 책을 펴낸 정신이 고스란히 담겨 있는 최고의 보너스였다. 『최고의 교수』를 곁에 두고 최고의 선생님들이 넘쳐났으면 하는 바람으로 메모 수준에 가까운 글을 올린다.

- 출처 : 「오마이뉴스」 최고의 교수 8명이 들려주는 가르침

가장 듣고 싶은 말 『고맙습니다, 선생님!』

뜻이 있는 곳에 길이 있다는 말은 독서에도 통한다. 다양한 책을 읽다 보면 그 책이 다른 책을 연결해 주는 고리 역할을 해서 새로운 책을 만나게 된다. 마치 친구를 통해 새로운 친구를 만나는 것처럼.

『내 아이를 책의 바다로 이끄는 법』이 그런 책이었다. 이 책은 세 살 자녀부터 사춘기 자녀에 이르기 까지 책과 벗할 수 있는 다양한 방법과 책을 안내해준다. 부모님과 선생님들에게도 매우 좋은 길잡이가 되는 책이었다.

이 책을 통해 만난 『고맙습니다, 선생님』은 책 속의 책으로 새롭게 다가온 책이다. 우리 반 아이들의 필독서로 정해준 책이지만 아이들 책이라고 생각하여 내가 직접 읽지는 않았던 책이다. 창작동화로 알았던 책이었는데 실화를 바탕으로 한 책이라는 소개가 마음을 끌어서 읽게 되었다.

주인공 트리샤는 곧 이 책의 작가인 패트리샤 폴라코이다. 그녀는 1944년 미시간에서 태어나 예술학(미술학) 박사이기도 하다. 일러스트 레이터로서 남편과 함께 오클랜드에 살며 작품 활동을 하면서 여러 가지 책을 낸 작가이다. 『보바 아저씨의 나무』, 『어떤 생일』, 『할머니

의 조각보』, 『선생님, 우리 선생님』, 『바바야가 할머니』 등을 통해
그녀의 가족사를 바탕으로 한 책들을 많이 펴냈다.

난독증 어린이의 실화로 써낸 자전적 동화

『고맙습니다, 선생님』에는 지독한 난독증으로 5학년이 될 때까지
여전히 글자를 읽지 못한 소녀가 어둠 속에서 겪는 마음고생이 그림처
럼 그려져 있다. 책을 좋아하는 트리샤는 할아버지, 할머니가 살아 계
시는 동안에는 늘 감싸주고 책을 읽어주시며 용기를 북돋워준다. 그러
나 학교에 입학하고서도 책을 못 읽는 트리샤는 자기 스스로를 바보
멍청이라고 단정짓고 아이들과 담을 쌓고 살아가는 모습이 너무나 안
쓰럽다.

헬렌 켈러가 설리번 선생님을 만나듯, 읽기 장애가 있던 트리샤가 운
명적인 선생님을 만나며 어둠과 이별하는 장면은 정말 가슴 뭉클하
다. 친구들로부터 왕따 당하고 놀림을 받으며 소녀는 점점 자기만의
벽을 쌓으며 세상과 멀어져 가던 순간에 폴커 선생님을 만난다.

"진짜 폴커 선생님인 조지 펠커에게 바칩니다. 선생님은 나의 영웅입
니다."

책의 서문에 언급된 바로 그 펠커 선생님이 폴커 선생님으로 등장한
다. 그는 실제로 트리샤를 위해 사비를 털어 독서 선생님과 함께 그녀
에게 과외를 시키면서까지 트리샤를 난독증으로부터 구해냈다고 한다.
그 선생님 덕분에 그녀는 동화작가로서, 예술학 박사로서 자신이 받은
사랑을 세상에 전하며 세상의 선생님들을 향해 조용히 속삭인다.

편애 없이 권위를 가진 폴커 선생님

글을 못 읽는 아이들이 겪는 마음의 고통과 슬픔을 자신이 직접 겪

었기에 그처럼 가슴 아리게, 가슴 먹먹하게 그려낼 수 있었다고 생각한다. 기가 죽은 트리샤를 살려내기 위해 그녀가 가진 장점을 찾아내어 아이들 앞에서 늘 칭찬해 주는 선생님, 조그만 재능으로 잘난 척하며 트리샤를 벙어리라고 구박하는 아이들을 엄하게 꾸짖는다.

"여러분 모두가 다른 사람을 평가할 만큼 완벽해서 지금 트리샤를 흉보고 있는 겁니까?"

그러면서 모범생에게만 시키는 심부름을 트리샤에게 시키면서도 다른 아이들을 편애하거나 매로 다스리지 않으면서도 트리샤를 괴롭히는 아이들까지 감복시켜 더이상 놀리지 않게 보호해준다.

지금 이 순간에도 세상 곳곳의 교실에는 난독증으로 고생하는 아이들이 있다. 그리고 그 아이들 때문에 힘들어하는 부모님과 선생님들이 있다. 트리샤는 숫자나 글자를 다른 사람하고는 다르게 보고 있다고 판단한 폴커 선생님은 마치 퍼즐을 맞추듯, 그림을 그리듯, 블록을 맞추듯 트리샤의 눈높이 맞춰 열심히 지도하는 모습은 성자처럼 다가왔다.

"교사가 지닌 능력의 비밀은 인간을 변모시킬 수 있다는 확신이다."

랄프 왈도 에머슨의 말이 잘 들어맞는 책이다. 사랑으로 기르고 다독이며 제자가 지닌 능력을 꽃 피우게 해야 하는 정원사로서의 선생님, 어두운 밤길을 가며 암흑 속에서 울고 있는 난독증 어린이들을 구해야 하는 책무감. 충고와 질책을 받아들이지 못하고 선생님에게 대들고 손찌검까지 하는 무서운 교실 이야기가 날마다 매체에 등장하는 현실이기에 초등학교 1, 2학년용인 이 책이 주는 무게는 교육학 서적에 버금가는 지도 모른다.

지금 이 순간에도 세상에는 트리샤를 구하듯 어린 생명들에게 희망과 용기의 싹을 심고 있는 수많은 폴커 선생님들이 계신다. 기억하지는 못하더라도 누구에게나 폴커 선생님이 한 분쯤은 게시리라 믿고 싶다. 그러기에 작가는 세상의 선생님과 아이들에게 이 책을 선물한다.

사랑의 선생님, 폴커

동화의 힘은 두꺼운 교육학 책을 덮기에 충분하다. 겨우 19쪽에 불과한 동화 한 편이 주는 울림은 오래도록 가슴에 남아 있다. 아이의 마음속에 들어가서 한 인간으로서, 인생의 도반으로 제자의 아픔에 동참하는 위대한 영혼이 숨쉬는 『고맙습니다, 선생님』은 잔소리를 하고 싶어질 때마다, 손바닥이라도 한 대 때려주고 싶을 때마다 꺼내 볼 생각이다. 폴커 선생님은 잔소리를 하지도 않았고 매 한 대도 때리지 않으면서 트리샤의 영혼을 살려냈기 때문이다.

먼 후일, 사랑하는 나의 제자들에게 가장 듣고 싶은 말은 바로 "고맙습니다, 선생님!"이 될 수 있도록 남은 교직 생활을 하고 싶다는 바람을 안고 내 마음의 거울이 되어준 이 책을 권한다.

- 출처 : 「오마이뉴스」 가장 듣고 싶은 말, "고맙습니다, 선생님"

아프면서 크는
고등학생들의 현주소

다시 3월이다. 학교는 지금 새해를 맞이하고 있다. 아직도 빈 가지로 서 있는 나무들이 추위에 떨고 있는 것처럼, 아이들도 선생님도 꽃샘추위 속에 맞이하는 새로운 출발이 낯설어 허둥대고 힘들어 할 때이다.

어쩌면 1년 중 가장 바쁘고 중요한 시기인지도 모른다. 첫 단추를 끼우는 소중한 출발점이 바로 3월이기 때문이다. 그러기에 현직교사인 내게 어느 때보다 마음의 준비가 더욱 절실한 때이기도 하다.

내 생각의 크기가 나와 인연이 되어 만난 아이들의 1년을 좌우한다고 생각하며 깊은 숨을 들이마시는 숨고르기와 함께 읽어야 할 책의 선택도 매우 신중해지게 된다. 그런 마음가짐으로 도서관에서 고른 책은 바로 이 책 『봄을 앓는 아이들』이었다. 제목부터 아픈 이 책은 아무런 주저함 없이 내 손길을 거부하지 않았다.

어버이의 모습이 투영된 교실 일기

그것도 바쁜 고등학교 3학년 담임선생님이 쓴 교단일기라는 점이 더 마음을 끌었다. 여기에 등장하는 아이들은 하나같이 아프고 지친 아이들, 소외되고 힘든 아이들, 가정이라는 울타리가 망가져서 기댈 곳

없는 제자들이다. 가난의 질곡에서 헤어 나오지 못해 마음대로 공부하고 싶어도 그 길을 갈 수 없어 일터에 내몰려 공부하는 즐거움마저 빼앗겨 버린 슬픈 현실을 있는 그대로 보여준다. 그러면서도 살아남기 위해, 아니 살아남는 방법을 몸으로 가르치고 함께 울어주는 스승의 모습이 어떤 것이어야 하는지 소리 없는 울음으로 제자들 곁을 지켜내는 한 선생님의 모습을 꾸밈없이 보여준다.

그런 선생님의 모습은 거울이 되어 다시 나를 비추어보게 했다. 과연 나는 내 제자들의 눈물을 얼마나 닦아 주었는지, 얼마나 찾아 다녔는지, 아픈 아이들과 함께 눈물 섞인 밥을 함께 먹었는지 돌아보게 한다. 어버이의 마음, 자식을 기르는 마음이 아니고서는 아이들 곁에 결코 서 있어서는 안 되는, 단순히 직업인으로만 살아서는 안 된다는 말 없는 깨우침으로 나를 두드렸다.

특히 현직교사의 실제 경험에서 나온 진솔한 글이기에 더욱 신뢰가 가는 글이다. 가장 설득력 있는 글은 바로 정직함과 진솔함에서 나온다는 게 글에 대한 내 생각이다. 이 책의 작가인 문경보 선생님이 제자들의 아픔과 슬픔에 함께 발을 담그고 그들의 시선으로 세상을 바라보며 희망의 싹을 틔우기 위해 보낸 시간과 절절한 마음의 기도가 이 책을 덮은 지금도 귀에 들린다.

낮은 목소리로 조용하게 시작하는 서문부터 마지막 장에 이르기까지 결코 요란하지 않으면서도 감동을 주는 실화들이 우리 교육의 현실을 돌아보게 만든다. 아픈 가족사를 안고 사는 제자, 가난의 굴레를 벗지 못하고 방황하는 아이들이 즐비한 오늘의 현실을 드러낸, 국민소득 2만 불 시대의 어두운 그늘을 가슴으로 품으며 아파하는 공교육의 현장이 행간마다 튀어나와서 읽는 이의 가슴을 서늘하게 한다.

공교육은 죽었다고, 교실을 때리는 사람들에게 권하고 싶은 책

지금 학교는 세상에서 날아오는 돌팔매를 맞느라 정신이 없다. 공교육은 죽었다고 입만 열면 손가락질을 하는 그들도 자식을 학교에 보낼 것이다. 그럼에도 불구하고 이 나라를 지탱해 온 기둥은 바로 교육의 힘을 부정하지는 못할 것이다. 어찌 보면 우리 문화는 칭찬에 인색하고 작은 잘못에는 돋보기를 들이대고 더 크게 확대 해석하여 소문을 내기 좋아하는 것 같다.

어떤 조직이건 인간이 만들어 낸 곳에는 장점만을 지닌 곳은 없다고 생각한다. 인간인 나 자신부터 그러하니 내가 지닌 단점을 보완하기 위해 죽는 날까지 부단히 노력하며 사는 수밖에 다른 방법이 없다. 하물며 그 인간들이 모여서 만든 모든 조직도 단점을 최소화하기 위해 노력할 뿐이다. 학교라는 조직도 예외일 수 없으니 학교를 구성하는 선생님 역시 그러하다. 그러나 구조적인 단점을 고치는 것은 많은 시간과 혁신이 필요하다.

적어도 평균 이상의 성과를 내고 있다면(내 생각은 그렇지만) 공교육을 바라보는 시선이 좀 더 따스했으면 한다. 학교라는 조직 자체가 정직과 가르침이 수반되는 특성상 어느 조직보다 자정 기능이 우수하다고 믿기 때문이다. 세상에는 드러나지 않는 수많은 선생님들이 튼튼하게 바치고 있는 이 나라의 교실에서 지금 이 순간에도 또 다른 문경보 선생님들이 아픈 상처를 보듬고 고개를 숙인 채 운명과 싸우는 아이들을 위해서 희망의 불씨와 싹을 틔우고 계신다.

그러니 공교육은 죽었다고 소리를 높이는 분들에게 권한다. 『봄을 잃는 아이들』을 단 한 번만이라도 읽어주시기를 부탁한다. 부모조차 도울 수 없는 아이들을 위해, 봄꽃을 피우기 위해 겨울 속에서 헤어나지 못하는 우리 아이들이 얼마나 많은지, 그늘에서 표 나지 않게 그들을 위해 애쓰는 노력이 얼마나 아름다운지 느껴보시길 바란다.

성적 제일주의, 대물림의 고리를 끊을 수 있는 길이 보이지 않는 경제 우선 물신주의, 갈수록 심화되는 양극화 속에 설 자리를 잃은 사람들. 그들은 패배주의에 갇혀 발버둥조차 치기 어려운 거미줄에 걸려 신음한다. 그런 부모를 둔 아이들이 얼마나 애절하게 속울음 울며 납작하게 엎드려 봄을 기다리는지 이 책은 잘 보여준다. 그 속에서 자신의 꿈을 찾아가는 제자들을 뒤에서 응원하며 자랑스러워하고 어울려 살아가는 교실 풍경을 만들어가는 인간적인 부성애가 흘러 감동에 젖게 한다.

공교육은 결코 죽지 않았음을 보여주는 『봄을 앓는 아이들』은 흔한 교단 일기가 아니다. 살아남기 위해 아픈 아이들의 몸부림이 벗은 나무의 상처처럼 훤하게 드러나 있다. 겨울을 지나는 나목이 결코 죽은 나무가 아닌 것처럼, 봄을 잉태하고 있었다. 문경보 선생님의 자상한 건드림에 알 속에서 나올 준비를 하고 기지개를 켜는 줄탁동시의 모습에 힘찬 박수를 보낸다. 교실마다 학교마다 건강하게 봄을 앓고 일어서서 싱싱한 여름이 넘치기를 기원한다.

- 출처 : 「오마이뉴스」 공교육은 죽지 않았습니다

지친 그대를
위로하고 싶습니다

"오늘도 무조건 행복합시다."

아침마다 만나는 지인들에게 일부러라도 쓰려고 노력하는 문장이다. 그 행복을 노래하고 말하는 작품이 넘쳐나고 행복을 추구하는 일상이지만 행복의 가치나 잣대는 사람마다 다르다.

물질을 추구하며 행복을 느끼는 사람, 사랑을 추구하며 행복한 사람, 보이지 않는 정신적 가치나 진리의 세계를 추구하며 행복을 추구하는 사람 등등. 이미 많은 선각자들이 그 행복을 추구하는 길을 제시하고 선도하며 보여 주었음에도 불구하고 정작 "나는 행복하다."고 선언하는 사람들은 별로 없다.

오히려 '행복이란 잘사는 것'이라는 등식을 만들고 잘살기 위해 추구해 온 가치를 앞세우고 달려온 길 위에는 상처 받은 사람들이 더 많다. 이제는 그 상처를 위로하지 않고는 앞으로 나아갈 수 없을 만큼 힘들어하는 사람들이 넘친다.

지금은 위로가 필요한 시대

이 책은 바로 그 행복을 추구하거나 살아남기 위해 무작정 달려온 사람들의 지친 어깨를 어루만지고 다독이는 인자한 목소리가 들어 있다. 각 장마다 상처 받은 사람들이 느끼는 공통점을 보여주고 상처를 치유하기 위해 적절한 시 한 편을 처방전으로 배치한 뒤 작가의 친절한 해설로 위무해준다. 그러기에 어느 장을 펼쳐도 그 이야기가 곧 나의 이야기가 될 수 있으며 내 가족 이야기, 우리 이웃의 이야기들로 부담 없이 읽을 수 있게 한다.

정말 인간은 '만물의 영장' 일까요?

나는 가끔 인간은 만물의 영장이라는 말에 의문을 품곤 한다. 왜냐하면 인간보다 지적인 능력이 떨어지는 동물보다 못한 삶을 사는 사람들을 쉽게 볼 수 있기 때문이다. 인간이 동물보다 문화생활을 하는 것은 의식주 다음의 문제라고 생각한다. 가까운 예를 들자면, 동물들은 배가 부르면 아무리 맛있는 것을 주어도 거들떠보지 않는다. 그런데 사람은 어떤가 생각해 보면 식탐을 억제하지 못하는 모습을 쉽게 볼 수 있기 때문이다.

인간과 가장 비슷하다는 침팬지는 뇌가 완성되는데 6개월이지만 인간은 25년이 걸린다는 뇌 과학 서적을 읽으며 느낀 바가 많았다. 침팬지는 태어난 지 6개월만 되어도 어미 품을 떠나 자립할 수 있을 만큼 자신을 지킬 수 있다는 뜻이다. 그에 비해 인간은 적어도 25년이라는 긴 시간 공을 들여야 한 인간으로서 자립할 수 있으면서 제대로 홀로 서기에 성공하는 것도 결코 쉽지 않다. 가정교육, 학교 교육을 거쳐 이제는 평생 교육이 필수인 시대가 되었다. 그렇게 지난한 시간을 보내고도 정신적으로나 인격적으로 올바른 성인으로 살아가지 못하는 사람들이 많은 것도 사실이다.

심지어 지구상에 인간이 출현함으로써 생태계의 파괴가 시작되었다는 시각으로 본다면, 인간의 존재는 결코 만물의 영장일 수 없다는 게 내 생각이다. 지구상의 다른 동물들은 인간만큼 지구를 파괴하거나 지배하지 않고 자연에 순응하여 살아간다. 인간을 제외한 다른 동물들은 최소한의 소유와 먹이만으로 살아가며 생태계를 파괴하지 않는다.

오히려 생태계를 교란시키고 파괴하며 동물의 생존권마저 무참히 짓밟으며 빼앗는 것도 모자라서 멸종시켜온 것은 바로 우리 인간들이다. 인간이 자연을 위해서 생태계를 위해서 해 준 것이 무엇인지, 생각해 보지 않을 수 없다. 인간 스스로는 단 한 가지도 생산하지 못하고 소비자로서 자연의 혜택으로 의식주를 해결하고 살면서도 만물의 영장이라며 인간 우월주의에 빠진 채 살아가는 우리들은 감사함을 잊으며 행복도 같이 잃었다.

이 책을 읽으며 부끄러움으로 나를 돌아보게 했던 핵심 문장들을 여기에 옮겨본다.

18쪽 - **고독감이 아닌 '고독력'을 갖자!** : 산책, 독서, 사색, 자기반성, 계획, 꿈. 혼자서도 가능! 누구나 혼자이지 않은 사람은 없다.

22쪽 - **자신감은 나를 긍정하는 것** : 스스로를 긍정할수록 재능과 능력이 집중되고, 이는 곧 뜻하는 바를 이루는 밑거름이 된다. 마음 안에는 여러 개의 방이 있고 그 방의 크기는 제 각각이다. 그리고 그 방의 크기는 뇌가 결정짓는다. 그러니 자기최면을 반복하면 마음의 방들이 이를 알아듣고 스스로 방의 크기를 넓히기도 하고 좁히기도 한다. 자기긍정, 자기최면을 통해서 가능하다는 뜻이다.

28쪽 - **이 또한 지나간다** : 불안과 정면대결해서 이길 수 있는 사람은 아무도 없다. 불안은 가족과 같아서 싫다고 헤어질 수도 없다. 그러니 그대로 받아들이며 잘 지낼 수 있는 방법을 찾아야 한다.

34쪽 - **상처는 아름다운 꽃이다** : 열 사람의 칭찬보다 한 사람의 비난이 더 아프고 오래 기억에 남는 법이다. 자기를 괴롭히는 이런 생각이나 경험에 아주 민감하고 강하게 반응하는 경향을 부정적 편향이라고 한다. 우리의 뇌는 플러스 요인보다 마이너스 요인에 강하게 반응한다. 몸의 안전을 위해 언제나 안 좋은 일에 경계 태세를 갖추는 편도체 때문이다. 그래서 한 번의 부정적인 경험을 이겨내려면 열 번의 긍정적인 경험이 필요하다. 그렇게 해서 좋은 기억이 나쁜 기억을 이기는 것이다.

나팔꽃이 아침에 활짝 피려면 '밝고 따뜻한 햇살이 아니라, 밤사이의 어둡고 싸늘함' 이 있어야 한다고 한다. 밤에도 아침처럼 따뜻하고 밝게 해주면 정작 아침이 와도 나팔꽃은 피어나지 않는다는 것이다. 상처를 주고받는다는 것은 어쩌면 살아 있다는 또 다른 증거인지도 모른다. 문제는 상처가 아니라 상처를 대하는 우리의 마음자세이다.

46쪽 - **절실하면 강해진다** : 가난은 절실함을 낳고, 그 절실함은 투지를 불사를 계기를 만든다. 자신의 변화된 모습을 떠올리면 우리의 뇌는 자동으로 그 방향으로 움직이는데, 이게 바로 대뇌의 장점이다. 생각이나 상상만으로도 현실인 양 똑같은 반응이 뇌 속에서 일어나는 것이다. 긍정적인 이미지가 뇌에 각인되면 생각이 바뀌고, 생각이 바뀌면 행동이 바뀌고, 행동이 바뀌면 습관이 바뀐다. 그리고 마침내 습관이 바뀌면 운명이 바뀐다. 작은 일에도 감동하고 거기서 충분히 행복을 얻는 사람, 환희를 즐기되 결코 빠져들지 않으며 화가 나도 합리적으로 조절해가는 사람, 그런 차분한 열정의 인간을 그려보는 것이다, 그게 바로 얼마 후 우리의 모습이다.

60쪽 - **지금 여기에 내가 있다** : "오늘이 마지막인 것처럼 살자. 지금 이 순간이 내게 주어진 마지막인 양 살자. (크리슈나무르티)"

72쪽 - **늦게 피는 꽃이 화려하다** : 누군가 한 노인력이라는 매력적인 말이 생각난다. 건망증이 오거든 '나쁜 것, 싫은 것들을 잊을 수 있는 능력' 이 생긴 거라고 믿고, 정력이 떨어지거든 '세속적인 욕구에 집착하지 않을 능력' 이 생긴 거라 받아들이라는 말이다.

116쪽 - '사이'에서 사랑이 커간다 : "고독이 무섭거든 결혼하지 마라.(안톤 체호프)" 인간(人間)은 문자 그대로 사이(間)의 동물이다. 사람과 사람 사이, 그 적당한 간격이 서로를 성장시키는 힘이 들어 있다. 그 힘은 오래오래 사랑이 퇴색하지 않도록 지켜주는 비결이기도 하다.

156쪽 - **나의 꽃은 안녕하신가요?** : 누구도 나를 주인공으로 만들어주지 않는다. 나를 움직이는 사람도, 그것을 결정하고 책임지는 사람도 바로 나다. 그러니 자신을 돌보고 가꾸지 않으면 나의 꽃은 피지도 못한 채 시들어버리고 만다.

270쪽 - **나는 얼마나 훈훈한 사람일까요?** : 한 번을 만나도 따뜻한 마음이 전해지는 사람이 있는가 하면, 열 번을 만나도 늘 거리감이 생기는 사람들이 있다. 사람을 끌어당기는 매력적인 힘을 가진 사람들의 공통점은 내적인 미(Inner Beauty)를 지니고 있다는 것이다. 상대의 마음을 이해하고 기쁨도 슬픔도 함께 할 줄 아는 마음. 그런 매인력(魅人力)을 지닌 사람들은 대부분 상대의 말을 잘 들어준다는 공통점이 있다.

위로는 21그램의 영혼을 위한 생수

『위험한 호기심』이라는 책을 보면 인간의 영혼을 의학적으로 잰 이야기가 나온다. 그 책에 따르면 영혼의 무게는 21g이라고 한다. 숨이 멎기 직전과 직후의 몸무게를 여러 번 재서 얻어낸 그 과정이 소상히 나온다. 사람의 몸무게에 비해 턱없이 작은 21그램이 인간과 동물을 가르게 된 것이다. 정확한 측정인지 확인할 길은 없지만 어느 정도 수긍이 가는 대목이다. 어쩌면 위로가 필요한 부분은 바로 그 영혼이다.

인간이 행복을 느끼는 단계가 다 다르겠지만 현대인의 우울과 불행의 그림자는 21그램뿐인 그 영혼이 처한 상태를 나타내는 거라고 생각한다. 물질의 풍요가 행복의 필요충분조건이 아니라는 증거는 참으로 많다. 인간의 욕망을 채울 수 있는 그릇이 없음을 상기하면 스스로를 위로할 수 있는 비밀스런 계명이라도 있어야 자신을 지킬 수 있는 세상이다.

적어도 이 책에는 국민의사 이시형 박사가 인생의 선배로서 세로토닌이 넘치는 긍정심리학으로 자신을 위로하고 사랑하게 하는 오솔길이 펼쳐져 있다. 상처 받은 우리들에게 절실한 생수 한 모금이 오솔길마다 준비되어 있기 때문이다.

선생님도 힘들고 학생들도 힘든 요즈음이다. 서로에게 상처를 내고 다쳐서 몸과 마음이 지친 이들이 너무 많다. 그것을 지켜보는 사람조차 어두운 마음으로 교실에 들어서는 현실이다. 정말 위로가 절실한 세상이다. 이 한 권의 책이 무더운 이 여름에 교실을 지키는 선생님과 학생, 열심히 살아가는 모든 분들에게 위로의 생수가 되기를 진심으로 바란다.

한 그루 배롱나무이기를

산을 바라보는 나이에 서서

이외수 님의 책, 『청춘불패』에 따르면 내 시계는 풍류기(風流期)여야 한다. 오십대는 남은 인생 전부를 노니는 시기라는 것이다. 그런데도 나는 아직 열심히 일하는 중이다. 눈이 침침하고 책을 볼 때는 돋보기를 써야 하며, 운전을 할 때는 먼 것이 잘 보이는 안경을 따로 써야 한다. 내 눈은 나에게 쉬어야 할 때임을 말해 주고 있다. 인디언 속담에 50은 산을 바라보는 나이라고 하지 않았던가. 세상이 살기 좋아져서 몸이 덜 고생하고 섭생에 신경을 많이 쓰는 세상에 살고 있음에도 불구하고 내 몸의 나이는 옛 사람이 말한 것과 크게 다르지 않으니 그 선견지명에 놀랄 뿐이다.

사람이 생존 가능한 수명이 길어지고 있으니 50대를 풍류기로 보는 것에 이의를 제기하고 싶지만 몸이 가리키는 시계는 아무리 우겨 봐도 풍류기가 맞을 듯싶다. 그렇다면 내 몸의 나이는 계절로 말하면 늦가을쯤이 아닐까? 지난 세상 힘들게 일 해온 내 나무가 뿌리를 쉬게 하고 더 이상 새 잎을 키우지 않으며 고운 자태를 드러낸 단풍잎을 달고 서 있는 늦가을의 아름다움을 지녀야 할 나이. 더 이상 일하지 않아도 남은 수액으로 고운 단풍을 달고 서 있는 가을 나무가 되어야 할 나이라는 사실을 내 몸은 말해주고 있음을!

내 인생의 가을이 이렇게 빨리 올 줄 모르고 앞만 달려온 지난 젊음

속에 두고 온 시간들이 아쉽게 나를 불러낸다. 좀 더 한가해지면, 좀 더 여유로워지면 가족들과 여행을 다니리라던 다짐, 친구들과 더 행복하게 노닥거리며 놀겠다던 바람도 모두 시간 속에 묻혀버린 것이다. 천 년 만 년 살 것처럼 일하고 아끼고 미루며 보내버린 여름은 가고 찬바람 불고 해넘이가 금방 다가오는 늦가을 앞에 서 있는 내 모습을 본다.

'껄껄걸' 하며 살기를 바라며

『나는 아내와의 결혼을 후회한다(김정운 지음)』에서 가장 인상 깊게 읽은 대목은 "사람은 죽을 때 껄껄걸 한다. 좀 더 베풀고 살 껄(걸), 좀 더 용서하고 살 껄, 더 재미있게 살 껄"이었다. 마치 내 이야기를 미리 읽는 것 같아서 무릎을 쳤다. 앞의 두 가지는 그런대로 괜찮게 살았다고 생각하는데 마지막 재미있게 살 껄은 아니기 때문이다.

그래서 요즈음 나의 화두는 '껄껄걸'이다. 베풀고 용서하고 재미있게 사는 인생이라면 늦가을 붉게 타는 단풍나무나 석양의 아름다움에 결코 지지 않는 삶이라고 생각해서이다. 예년에는 무심코 지나치던 보름달이나 고운 꽃도 더 유심히 바라보게 되었다. 내가 살아서 저 보름달을 몇 개나 더 볼 수 있을 지, 노오란 개나리꽃을 몇 회나 더 볼 수 있을지를 생각하면 순간순간이 마지막인 것처럼, 절박하게 살아야 한다는 생각이 들어서다.

내 인생의 시계는 지금 노란 은행잎이나 고운 단풍을 달고 선 나무이다. 아직은 몇 날 며칠 더 가을 햇살에 몸을 맡기고 마알간 가을을 음미할 수 있는 가을 나무. 그러나 언제 갑작스런 가을비가 내릴지, 때 이른 겨울눈이 내릴지 모르는 늦가을 오후를 붙잡고 서 있는 나무. 그러기에 내 인생사계는 언제든지 빈 몸으로 서 있을 준비를 하고 싶다.

한 그루 배롱나무이기를

할 수만 있다면 옷을 벗은 모습이 은행나무나 단풍나무보다는 배롱나무였으면 더 바랄 게 없겠다. 배롱나무는 꽃핀 모습도 아름답지만 이파리를 떨구어 낸 모습이 더 고운 나무이다. 가지를 넓게 펴서 새들을 잘 품어주고 고운 꽃도 오래도록 달고 서서 행복을 선사하는 나무다. 함박눈이 내리면 미끄러지듯 보드라운 빈 몸에 앉은 눈마저도 살포시 안고 서 있는 모습은 마치 손자를 업은 할머니 모습 같아서 푸근해지는 나무라서 좋다. 특히 마른 잎이 내는 향은 더욱 은은해서 노년의 향기를 생각하게 한다.

한겨울에도 청정한 잎을 달고 서 있는 소나무처럼 매섭고 차갑게 이파리를 보듬고 싶지 않다. 사시사철 쉴 줄 모르는 소나무처럼 살아온 내 젊은 날을 보는 것 같아서 안쓰러운 소나무. 그런데도 아직도 나는 소나무처럼 계절을 모르고 살고 있으니 나무들에게 배울 일이다. 어쩌면 인간만이 계절을 모른 채 살아가는 아둔한 존재가 아닐까.

이제는 조용히 내려설 준비를 하는 나무처럼, 내 인생의 가을 앞에서 초를 재며 아무런 미련 없이 잎을 떨구는 나무처럼, 잎을 보낸 빈 몸이 더 아름다운 배롱나무처럼, 마른 잎이 향기로운 마알간 영혼 하나 갖기를! 뜨거운 여름 아침에 아이들과 함께 책을 읽고 영혼의 바다를 헤엄치며 서늘한 가을 아침을 상상하니 마음부터 시원해진다.

다시, 가르칠 수 있기를!

솔직히 이 책은 2008년에 제목에 이끌려서 샀다. 『가르칠 수 있는 용기』라!

요즈음처럼 교육 문제로 시끄러운 세상에서 가르치려면 용기가 필요하다. 학교폭력과 따돌림, 학력 지상주의에 매몰되어 신음하는 아이들의 차가운 가슴, 스펙 쌓기를 향한 무한질주. 모두가 피곤함에 지쳐 있다.

이 책을 읽던 4년 전에는 지금보다 마음이 무겁지 않았다. 이 책을 다시 읽게 된 계기는 바로 교육 현장의 무거움과 닿아 있다.

내가 선각자도 아니고 지혜자도 아닌데 가르치는 자리에 서 있다는 정체성의 혼란이 엄습해 오는 요즈음, 이 책의 제목은 가슴을 때린다. 2008년 샀던 책인데 솔직히 그때는 이런 두드림이 없었다. 그 사이 나에게 무슨 일이 생긴 걸까? 아니, 우리 교육계에 그만큼 태풍이 불었다는 표현이 더 맞다.

파커 J. 파머는 1998년 전미 1만여 명의 교육기관 관계자들과 교수들을 대상으로 한 설문조사에서 '미국 고등교육에 가장 영향력 있는 인물' 중의 한 명으로 선정되었다. 지성, 감성, 영성을 하나로 통합하는 그의 교육철학은 가르침과 배움에 대해 진지한 관심을 가진 사람들의 마음을 흔들어놓아서 '교사들의 교사'로 불린다.

이 책은 모두 7장으로 이루어져 있다. 1장에서 교사의 정체성과 성실성을 화두로 교사의 마음 문제를 다룬다. 요즘 벌어지고 있는 학교 문제의 대부분을 들여다보면 교육 관리자나 교사들의 정체성과 성실성 부족으로 인해 생긴 부끄러운 모습임을 생각하면 쉽게 접근할 수 있다. 교사가 되는데 가장 먼저 뿌리라고 할 수 있는 교육철학의 방향성을 짚고 있다.

파커 J. 파머는 들어가는 글에서 내면으로부터의 가르침을 주제로 교사는 결국 자신의 자아를 가르친다고 말한다. "교사의 자아의식은 무엇인가?" 이것이 교육과 교육자에게 던질 수 있는 가장 근본적인 질문이며, 이 문제를 열린 마음으로 정직하게 거론함으로써 학생들에게 좀 더 충실하게 봉사할 수 있고 교사 자신의 안정감을 높일 수 있으며, 교사들과 공동의 연대를 맺을 수 있을 뿐만 아니라 교육이 이 세상의 빛과 소금이 되게 할 수 있다고 말한다.

30년 동안의 교직생활을 되돌아보며 '훌륭한 가르침은 하나의 테크닉으로 격하되지 않는다. 훌륭한 가르침은 교사의 정체성과 성실성에서 나온다.'라는 논지로 시작된다. 매우 지당한 표현이라고 생각한다. 정체성이 바르게 서 있지 않은 교사에게서, 성실성이 낮은 교사에게서 무엇을 기대할 수 있을까?

단순히 안정적이라는 직업의식으로 출발한 교사들이 보여주는 정체성의 혼란으로 인해 학교 현장에서 어떻게 나타나고 있는지 돌아본다면 그 답은 좀 더 분명해진다.

스승의 힘은 교수방법과 인품이 일치할 때 가장 강력하게 발휘된다는 것을 알아내어 그것을 교수방법과 일치시키려고 길고 긴 과정을 찾아가는 것이 가르칠 수 있는 용기라고 말한다.

의무사항만 수행하다 보면 윤리적으로는 칭송받겠지만 진정한 교사의 일은 하지 못하므로 가르치는 일이 자신을 기쁘게 하지 않는다면,

그 일을 그만두는 문제를 진지하게 고려해 보라고 충고한다. 진정한
자신의 직업이 아닌 일을 맡는 데서 오는 고통을 학생들에게 떠넘기는
교사가 얼마나 많으냐며 질책한다.

교사의 권위는 그 자신에게서 나온다

그는 권위와 권력에 대한 개념도 확실히 지적해 준다. "우리는 종종
권위와 권력을 동일시하지만 이 둘은 다르다. 권력은 외부에서 내부로
작용하지만, 권위는 내부에서 외부로 뻗어 나간다. 권위는 자기 자신의
말, 행동, 삶 등의 주인이 되는 사람에게서 나오는 것이다. 교사가 법의
강제적인 힘인 테크닉에 의존한다면 권위를 잃게 될 것이다. 내가 나
의 정체성과 성실성을 회복하고 나의 자아의식과 소명의식을 기억한다
면 권위는 저절로 찾아온다."라는 말로 1장의 무게를 더한다.

뼈아픈 충고다! 학교 현장에서 벌어진 실추된 교사의 권위를 강제적
인 테크닉이나 법적인 장치로 찾으려는 우리의 모습을 10년 전에 지적
한 저자의 통찰과 혜안 앞에 머리가 숙여진다. 그의 지적에 반대 의견
을 내는 것은 아무래도 구차한 변명 같다.

가르칠 수 있다는 것은 먼저 나 자신에게 그럴 자격이 있느냐고 묻
는다. 선생으로서 가르침의 진정한 정신이 있는지 돌아보라고 묻는다.
그것은 가르치는 자로서 충실한 내면을 지녔냐는 것이다. 사랑이 있는
지, 따스한 가슴이 있는지, 제자를 인생의 동반자로 보려는 배려심이
있는지.

공포의 문화를 다룬 2장에서는 교육과 단절된 삶의 모습을 드러내
며 저자 역시 교실로 들어갈 때마다 공포를 느낀다고 고백한다. 통제
하기 어려운 상황, 말도 안 되는 갈등이 벌어졌을 때, 교사 자신이 헤
매기 때문에 학생들도 헤매는 강의를 할 때와 같이 교사라면 누구나

접할 수 있는 현실적인 모습에 나 또한 공감을 느꼈다.

이러한 공포 상황을 해결하기 위한 해결책으로 이 책의 2/3를 할애하며 '커뮤니티 속에서 인식하기, 커뮤니티 속에서 가르치기, 커뮤니티 속에서 배우기'를 갈망하며 본론을 이끌어간다. 커뮤니티에 대한 갈등과 인식, 거듭남을 통해 희망의 가슴으로 가르침으로써 더이상 분열되지 않음을 보여준다.

책 한 권을 한 문장으로 요약해야 한다면, '교사로서 확실한 정체감과 성실성을 바탕으로 학생과 동료, 조직 속에서 커뮤니티를 완성하여 희망을 품은 교사라면 새로운 전문인으로 거듭나서 변화를 위한 교육을 감당할 수 있다.'로 요약할 수 있겠다.

아무래도 나는 '교사로서 확실한 정체감과 성실성'이라는 대목에 99% 공감하는 바이다. 그 이유는 교사로서 올바른 가치관과 방향성에 관한 문제이기 때문이다. 생선 요리에 비유한다면 '깨끗한 바다에서 자란 싱싱한 물고기'라는 원재료가 좋아야 맛있고 품격 있는 음식이 될 것이기 때문이다. 썩은 생선을 아무리 좋은 양념으로 요리를 해서 멋진 접시에 담아 내놓은들, 먹을 수 없기 때문이다.

교사의 필독서

그런 점에 비추어본다면 이 책의 서문과 1장, 덧붙이는 글은 두고두고 읽어야 할 교사의 지침서라고 생각한다. 그대의 양심을 찌르지 않는 책은 좋은 책의 반열에 들 수 없다. 나는 이 책을 덮으며 오래 된, 빛바랜 꿈을 다시 돌아보며 느린 걸음으로나마 다시 교사의 천명을 깨달으며 1년간의 학습연구년 특별연수를 마치고 교실에 다시 서는 날을 설레는 마음으로 기다리게 되었다.

파커 J. 파머의 『가르칠 수 있는 용기』는 교단 현장에서 30년 이상

학생들을 가르치며 실제로 경험하고 고뇌하며 현실 개선을 위해 고독
한 사색을 거치며 일궈낸 교육 지도자이자 시회운동가의 실천적 지혜
를 바탕으로 집필된 책이기에 더욱 설득력을 지닌다. 머리로만 가르치
는 사상가가 아니라 머리와 가슴으로 가르치는 그의 목소리는 읽는
이에게 커다란 울림을 주리라 확신하며 교사라면 반드시 사서 읽어야
할 책임을!

　좋은 책은 영원한 스승이다! 교육을 바라보는 시각이 매섭다. 교사
로서 다시금 신발 끈을 동여매고 올바른 방향으로 달려가야 함을 깨
닫는다. 파커 J. 파머, 당신에게 마음으로부터 깊은 존경을 보낸다.

- 출처 : 「오마이뉴스」 다시, 가르칠 수 있기를!

멘토를 꿈꾸는 수업!

내 수업을 돌아보는 근원적 질문하기

'수업을 어떻게 볼 것인가? 수업을 어떻게 할 것인가?'라는 수업에 대한 근원적 질문 제기는 마치 인간이 왜 사는가와 같은 진부한 질문일지도 모른다. 인간으로 태어나 당연한 것처럼 살듯이, 교사에게 수업은 생존 이유와 같은 질문이다. 그러기에 날마다 수업을 하면서도 수업을 왜 하는지 스스로에게 묻는 교사가 얼마나 될까? 교사이기 때문에 수업을 하는지, 수업을 하기 위해 교사가 되었는지를 구분해서 물어본다면, 이 책은 수업을 잘하는 기술과 수업을 망치는 폐단을 다룬다. 그러니까 이 책이 정작 노리는 것은 수단적, 기능적 측면이 아니라, 어떻게 하면 교육다운 교육을 구현하는 수업이 가능한지를 묻고 있다.

보여주는 수업, 부끄러운 고백

자신의 수업을 거리낌 없이 공개한 아홉 명의 선생님들이 이 책의 주인공이다. 특별한 점은 일상적인 수업을 보여준다는 점이다. 연구수업이나 수업공개, 특별교사의 수업이 아니라는 점에서 친근감으로 다가선다. 이는 곧 극히 자연스러운 수업, 가식 없는 수업이란 점에서 내 수업을 돌아보게 한다. 매우 평범하고 일상적인 수업 장면을 거울로 들여다보듯 친근한 언어로 풀어낸 작가의 의도는 나에게 던지는 화두

로 다가왔다. 나라면 서근원 작가에게 내 수업을 있는 그대로 평상시
처럼 전개하는 수업을 보여줄 수 있을까? 아무래도 대답을 하지 않았
을 것 같다. 익숙한 풍경이 아니기 때문이다.

수업을 잘해 보겠다는 의지로 수업장학요원을 하면서 내 수업을 공
개한 적이 여러 번 있었다. 준비된, 어쩌면 보여주기 위한 수업을 하지
않을 수 없었다. 수업에 대한 부담이 큰 나에 비해 우리 반 아이들은,
다른 학교 아이들은 오히려 즐거워했다. 평소보다 더 많은 자료와 대
우를 받는 시간이 되곤 했기 때문이다. 최대한 존칭을 쓴다거나, 칭찬
을 많이 해주는 수업을 했고 더 즐겁고 재미있었다는 아이들의 반응!
뒤집어 말하면 보여주기 위한 수업, 가식적인 수업, 위선적인 수업으로
까지 비약할 수 있을 만큼 부끄럽다!

수업 공개 때마다 손님을 기다리는 아이들의 표정은 마치 설날 세뱃
돈을 타려고 친척들을 기다리는 것만큼 좋아하곤 했다. 그렇게 본다
면 평상시의 수업이 그만큼 알뜰하지 못했다는 뜻으로 해석되어 반성
을 하곤 했다. 아이들이 좋아하는 이유는 바로 그들이 대우 받는 느
낌을 가졌다는 뜻이다. 어떠한 답변에도 흥분하지 않고 차분한 선생님
의 모습을 보면서 어떤 생각을 했을까? 나의 이중적인 모습에 놀라지
는 않았을까? 이 책을 읽으며 그동안 간과하고 있었던 나의 공개수업
을 돌아보며 부끄러웠다. 날마다 어떻게 그런 수업을 할 수 있느냐고
스스로를 위로해 보지만 결론은 마찬가지다.

일상의 수업이 곧 내 모습

일상의 수업에서 최소한 수업을 왜 하는지 수업에 대한 확고한 철학
을 가진 성찰하는 교사, 아이들과 관계 형성에 고민하는 교사, 한발 더
나아가 아이들의 숨겨진 상처를 드러내어 치유하는 수업, 자신의 이야

기로 수업을 이끌어야 한다는 결론에 다다랐다. 결국 교사 자신이 최대한의 수업 매개체이며 그 자신의 정체성이 중요하다는 인식에 도달하니 마음 편하게 읽을 수 있었다.

이 책에서 소개된 아홉 개의 수업 장면은 아이들의 일탈 행동에도 유연하게 대처하는 자연스러운 선생님의 반응들이 그대로 드러나 있어서 꾸밈이 없다. 교육과정에서 요구하는 수준에 미달되는 수업도 있고 한 발 더 나아가는 수업도 보여준다. 엄밀한 의미에서 교육과정이란 학습자에게 구현된 교육과정이라고 가정한다면, 교사는 교육과정의 정신을 꿰뚫고 나름대로 재구성하고 양념을 첨가하여 다양한 레시피를 선보일 수 있어야 함을 은근히 심어주고 싶어 하는 게 작가의 의도가 아니었을까?

언제부턴가 공교육 교사보다는 학원가의 강사를 더 높이 보는 듯한 시선들이 있는 게 사실이다. 교사의 전문성을 의심하는 목소리가 높아지는 현실에서 이 책이 주는 질문은 매우 도발적이다. 수단과 방법을 가리지 않고 점수 높이기에만 몰입해야 살아남는 게 학원 교육이라면, 학교 교육에서는 수단과 방법보다는 올바른 과정을 추구하는 진부하고 느린 걸음으로 교육적인 방법으로 학습 목표 도달을 추구해야 하니 비교하는 것 자체가 무의미하다.

그럼에도 불구하고 이 책은 수업에 대한 시각을 교정하는 데 많은 공헌을 할 것으로 보인다. 아이들은 가르침의 대상이 아니라 이해의 대상으로 바라보는 관점의 전환으로 아이들과의 관계의 형성, 소통하는 대상으로 바라보는 눈높이에 공감이 간다.

각종 업무에 짓눌려 진도 나가기 바쁜 교실 모습을 가감 없이 보여주는 선생님은 바로 내 모습이어서 가슴이 뜨끔했다. 어떤 날은 감사 자료 제출로, 어떤 날은 시각을 다투는 급한 공문으로 몇 시간을 통째로 날린 날, 봉급 담당자로, 경리 담당자로 방학조차 없었던 시절이 떠올랐으니 말이다. 아니면 교육과정에도 없는 행사를 추진하는 관리자로 인해, 외부 협조 공문으로 인해 하염없이 날려버린 수업들, 그리고 놓쳐버린 아이들!

교사의 행복은 수업 속에

교사는 아이들과 수업하는 시간만이 가장 행복하다는 사실을, 눈빛을 맞추고 새로운 깨달음으로 즐거워하는 제자를 보는 행복함을 보기 위해 수업을 한다. 교사는 수업을 하며 행복해지기 위해, 행복해하는 아이들을 보기 위해 수업을 한다. 상대방을 행복하게 위해 준비하는 수업이라면 이미 90점 이상은 얻었다고 본다. 그 마음엔 이미 배려와 공감이 담겨 있으니 말이다.

요즈음 혁신학교를 비롯하여 교원평가, 교과교실제, 복수담임제, 수석교사제 실시 등 다양한 시도들이 이루어지고 있다. 방법론은 다르지만 그 지향점은 결국 좋은 수업을 통한 학교 교육의 성공이다. 각 시도마다 명칭은 달라도 다양한 수업컨설팅 장학이 이루어지고 있다. 교원평가라는 명목으로 수업공개의 기회도 의무적으로 실시되고 있다. 수석교사의 업무 비중도 수업컨설팅의 몫이 크다. 각종 연수회를 통한 특별연구 교사의 수업공개에 이르기까지 그 목적은 모두 좋은 수업이 도착점이다.

좋은 수업, 즐거운 수업, 재미있는 수업을 모르는 교사는 없다! 이 책은 내 수업을 거울처럼 들여다보게 하며 수업의 목적을 은근히 들려준다.

"결국 좋은 수업을 모색하는 일은 교사가 '지금' '이 교실'에서 '이 아이들' 하나하나와 관계하면서 부딪치는 문제로부터 출발해야 한다고!

교사들은 항상 자신만의 고유한 조건 속에서 학생들을 가르친다. 교실마다 교사가 다르고, 학생이 다르고, 또 학생의 수준이 다르다. 교사가 교실에서 부딪치고 있는 문제는 교사 자신이 가장 잘 알 수 있고, 그 해결책 또한 자신이 가장 잘 찾을 수 있다. 따라서 교사는 자신이 현재 교실에서 당면하는 문제가 무엇이고, 그 문제를 어떻게 해결할 것인지를 스스로 모색해야 한다."

내가 가진 수업기술과 방법이 어느 순간 고착되지 않게 하려는 노력이 필요하다. 자기 수업을 가장 잘 알 것 같은 자신이 자기 수업을 객관적으로 보기란 쉽지 않다. 거울을 보지 않으면 자기 얼굴을 볼 수 없듯이, 자신의 수업을 녹화하거나 관찰자로 하여금 분석하게 하는 방법을 통해서 볼 수 있다는 점에서, 이 책에 등장하는 아홉 개의 수업 모델에 대한 기록은 간접적이나마 내 수업을 보는 듯한 착각이 들어 쉽게 읽혀진다.

저자가 교실 수업을 분석한 결과물을 세상으로 내놓은 지가 벌써 10여 년이 지났으니 학교 수업도 그때보다는 더 나아졌으리라는 희망을 가져본다. 교직 경력이 높아졌음에도 불구하고 수업 공개를 하겠다고 자신 있게, 자발적으로 선뜻 나서지 못하는 내 모습을 비추어 보면 좋은 수업을 향한 열망은 교단에서 내려서는 그날까지 안고 가야 할 숙명일까?

이 책을 읽는 동안 그동안 내가 공개한 수업 장면들이 떠올라 부끄러워졌음을 다시 한 번 고백한다. 아이들에게 유난히 친절했던 수업, 어느 때보다 집중을 잘하고 발표를 잘해 주던 영리한 아이들 모습(수업이 끝나면 뭔가 보상이 있을 거라는 기대를 심어주었던, 숙제가 없다든가, 선물을 준다던가 하는)이 아른거렸다. 그래서인지 수업을 공개할 때마다 아이들은 행복해 했고 즐거워했으니 어느 때보다 학습목표 도달도 높았다.

40분 수업 공개를 위해 들인 시간과 노력, 마음고생까지 생각하면 매 시간 그런 수업을 준비해야 한다면 살아남을 교사가 얼마나 있을까? 내가 생각하는 좋은 수업이란, 일상적으로, 날마다 진행하는 보통의 수업 시간에 가르침과 배움이 소통과 배려를 기반으로 이루어지는 수업이다.

여러 과목을 가르치는 초등학교 교사로서 모든 과목에 집중하여 좋은 수업을 할 자신은 없다. 과목에 따라 강도를 조절하여 재구성하거나 주제에 따라 통합하여 시너지 효과를 가져오는 수업을 좋아한다. 예를 들면, 국어 쓰기에서 이야기의 뒷부분을 상상하여 글쓰기, 즐거운 생활에서 가면 만들기와 무대 꾸미기, 창작 무용 만들기, 국악동요 가사 바꿔 부르기를 통합하는 방법이다. 모둠별로 이야기를 꾸미고 관련된 가면과 무대 배경을 만들며 노랫말을 연습하고 줄거리에 맞는 창작 무용을 곁들이면 한 편의 작품이 되는 것이다.

이러한 시도는 철저한 교재 분석과 교육과정의 요구 수준을 확인해야 하는 부담감이 있다. 지난 해 겨울눈이 오는 날 아름다운 음악을 들려주며 학교 풍경을 그리고 눈 오는 모습을 시로 쓰게 한 다음, 그림과 시를 시화로 만들게 하는 국어와 즐거운 생활 통합 수업을 했을 때, 아이들은 무척 행복해했다. 눈 오는 모습을 그리려면 하얀 켄트지보다는 검정색 사포가 적격이다. 마음껏 하얀 크레파스나 색연필을 쓰며 참 즐거워했다.

수업을 통해 꿈꾸는 희망, 멘토

결국 교사는 주변의 학습 환경에 민감하게 반응하며 교육과정을 재구성하고 통합하는 열린 사고방식을 가져야 한다고 생각한다. 계절과 학습주제, 학생들의 수준을 고려한 학습 환경을 바라보는 직관과 통찰력이 함께 필요하다고 생각한다. 더 중요한 것은 내가 준비한 수업이 아이들과 관계를 맺는 소통과 공감을 이끌어내 아이들의 언어로 표출되는 수업이어야 한다는 점이다. 학생들에게 발현된 교육과정이 곧 수업이다.

이제 마지막으로 '수업을 왜 하지?'라고 묻는 서근원 작가에게 이 책을 읽고 터득한 나의 답변으로 이 글을 마치고자 한다. "내가 수업을 하는 이유는 내 수업을 듣는, 나를 만나러 오는 아이들에게 인생의 멘토가 되기 위해서."라고! 너무 거창한 답변이지만 이것은 나의 간절한 희망이다. 내 인생을 걸고 달려온 교직이다. 수업을 하지 않는 나는 교사가 아니기 때문이다. '멘토'에 대한 나의 정의는 나의 아이들에게 '맨' 마지막까지 긍정적인 '토'를 다는 사람이다. 아이들이 원한다면!

이 글은 학습연구년 특별연수를 하며 새롭게 돌아보는
나의 수업 찾기에서 『수업을 왜 하지?』라는 책을 읽고 쓴
나의 수업 성찰기이다.

행복하려면 공부하라

중국의 현자들은 어떤 방법으로 공부했을까?
" 배우지 않는 것은 태어나지 않으니 만 못하다.

왜냐하면 무식은 불행의 근본이기 때문이다."

- 플라톤

『현자들의 평생 공부법』은 공자에서 모택동까지 중국을 대표하는 지성인들의 특별하지만 아주 평범한 공부법을 소개하고, 공부와 관련한 흥미로운 이야기들을 들려준다. 사마천의 『사기』 속 인물(공자, 맹자, 사마천, 제갈량, 한유, 주희, 고염무, 정섭, 노신, 모택동)과 중국 역대 명인들 10명의 공부법을 소개한 이 책은 그들이 어떤 방법으로 공부했으며, 그들의 삶에 공부가 어떠한 영향을 미쳤는지 소개하고 있다. 또한 독서 관련 어록과 고사성어를 통해 죽은 지식이 아니라 현실에서 유용하게 쓰일 실질적 공부의 중요성을 강조한다. 이 책을 통해 현자들의 공부와 그들의 삶을 살펴봄으로써 오늘을 살아가는 현대인들에게 진정한 공부의 의미를 생각해 보며 복습하는 의미로 요약해 보고자 한다. 저자 김영수는 국내에서 몇 안 되는 중국 전문가로, 지난 20년 동안 중국을 100여 차례 다니며 중국사의 현장과 연구를 접목해서 이 책을 집필했다.

성공한 리더는 모두 독서가

세계적인 기업가인 빌 게이츠는 매년 독서 주간을 정해 놓고 어느 누구의 방해도 받지 않고 칩거 생활에 들어간다고 한다. 독서 목록을 정해 놓고 몰입해서 읽고 휴식을 취하며 사업 구상을 새롭게 하기도 하고 자신의 인생을 재점검하기 위해서다. 정규 교육과정은 6개월도 되지 않은 링컨이 미국인이 가장 존경하는 대통령이 된 것은 독학으로 일군 공부의 바탕이 된 독서력이다. 그는 매년 읽어야 할 책을 자기 키만큼 쌓아놓고 읽었다고 한다. 우리나라의 세종대왕이나 이순신 장군, 정약용을 비롯해 훌륭한 석학들도 모두 공부와 독서의 달인들이었다. 고 김대중 대통령은 감옥에 있는 동안 나라를 구할 수 있는 공부를 하신 분으로도 유명하다. 세상을 움직인 리더들은 하나같이 독서가였음을 역사가 증명하지 않았는가.

교육 강국 한국, 독서력은?

2012년은 정부가 출판계의 어려움을 덜어주고, 국민 독서율 제고를 위해 제정한 책의 해이다. 2011 국민독서 실태조사에 따르면 지난해 성인 10명 중 3.5명은 1년에 책을 한 권도 읽지 않았으며 오히려 2007년 수준보다 낮다고 하니 큰일이다. 살기가 힘들고 마음의 여유가 없어서일지 모르지만 힘들수록 기본으로 돌아가야 한다면 바로 책을 읽고 공부하는 일부터 챙겨야 한다고 생각한다. 우리나라 성인이나 학생들의 독서 수준이나 책값에 들이는 문화비는 부끄러운 수준임은 누구나 아는 사실이다.

책을 직접 사서 볼 수 없다 하더라도 책을 빌려 볼 수 있는 도서관 시설이 지역마다 들어서 있고 학교에도 기본 시설은 다 갖추어져 있다. 마음만 먹으면 얼마든지 책을 읽고 공부할 수 있는 여건은 조성되었으니 주머니 사정 때문에 책을 읽지 않는다고 보기는 어렵다. 결국은 마음과 의지의 문제다. 국가에서는 학생들의 독서력 향상을 위해 독서이력을 성적에 반영하고 독서종합시스템을 구축하고 있으며 매년 학교 예산의 4% 이상을 도서 구입비로 책정하도록 의무조항까지 두고 있다.

여기에 지역 교육청마다 독서 행사를 비롯해 다양한 프로그램을 운영하며 역점사업으로 추진하고 있다. 그럼에도 불구하고 매년 조사되는 독서 관련 통계 조사를 보면 그 성과가 크지 않음을 볼 수 있다. 학교 교육만으로는 한계가 있음을 보인다. 결국 어려서부터 책을 읽고 공부하는 분위기가 중요함을 보여준다. 책을 읽는 분위기에서 자란 학생은 그렇지 않은 학생에 비해 독서 태도가 은연중에 습관이 되어서 책을 좋아하는 경우를 학교 현장에서도 많이 볼 수 있다.

이 책에 나오는 모든 인물의 공부법과 독서 태도를 모두 소개하지는 못하고 인상 깊었던 부분을 중심으로 요약해서 소개하고자 한다. 요약하는 방법이나 쓰는 방법은 독서나 공부 방법 중에서도 매우 중요하다는 모택동의 충고를 실천하고자 읽는 동안 메모를 함께 한 것이다.

장량의 공부, 수양 병행법

장량은 신비한 노인을 만나 몇 차례 시험을 거친 끝에 『태공병법』을 전수받았다. 이 과정은 세상사가 한순간의 의기만으로는 풀리지 않으니 큰일을 위해서는 먼저 정신적 수양을 통해 일시적 울분과 치욕을 참고 드러내지 않는 경지에 이르러야 한다는 중요한 깨달음을 얻는 계기였다. 여기에 『태공병법』을 깊이 있게 공부함으로써 자신의 사상과 영혼을 개조해 차원이 다른 책략의 대가로 거듭나는 한편, 제왕의 스승이 될 수 있는 실력을 갖추기에 이르렀다.

이렇게 해서 그는 망원경과 현미경을 동시에 사용해 문제를 볼 줄 아는 철학적 인재로 성장할 수 있었다. 장량은 말 그대로 한 왕조의 '설계자'로 한나라 개국에 결정적인 역할을 했다. 하지만 역대 왕조의 수많은 개국공신과 달리 공신 숙청이라는 불행과 비극을 피했다. 여기에는 장량의 공부와 수양이 결정적으로 작용했다. 그의 현명한 은퇴는 두고두고 부러움의 대상이 되었다.

천하를 구하는 실질적 공부와 정신 수양을 병행한 장량의 공부법에 새삼 주목하는 것도 출세해 남을 돕고 나아가 세상을 구제하기는커녕 세상에 해악을 끼치는 인간이 판을 치는 지금 현실과 너무도 선명하게 대비되기 때문이다. 공부가 깊어지면 수양의 단계로 진화하고 또 진화해야 한다는 사실을 장량을 통해 배우고 깨닫게 된다.

그는 입버릇처럼 "부귀와 명예를 다 얻고 누렸으니 세속의 일일랑 떨쳐버리고 적송자(전설 속 신선)를 따라 고고히 노닐겠다."고 공언했다. 그리고 정말 그 말대로 모든 것을 버리고 은퇴했다. 그의 사당에 남아 있는 '지지(知止 : 멈출 때를 안다)'와 '성공불거(成功不居 : 성공한 곳에는 머무르지 않는다)' 같은 글자를 새긴 기념물은 장량의 이런 정신적 경지를 대변한다.

편작의 과학적 통합 공부

편작은 제나라 환후(환공)의 안색만 보고도 그가 얼마 뒤 사망할 것을 예견했는데, 당시 환후는 편작의 진단을 무시하다 일을 당하고 말았다. 이와 관련해 편작은 불치병 여섯 가지를 언급하며 병에 대한 사람들의 무지를 경고했다. 그는 이렇게 말한다.

"병의 징후를 미리 알아 좋은 의사에게 치료받을 수만 있다면 병은 얼마든지 낫는다. 사람들은 병이 많은 것을 걱정하고, 의사는 병을 치료할 방법이 적은 것을 걱정한다. 불치병 여섯 가지가 있다. 교만 방자

하여 병의 본질을 알려고 하지 않는 것이 첫 번째 불치병이다. 몸은 가볍게 여기면서 재물이 아까워 병을 치료하지 않는 것이 두 번째 불치병이다. 입고 먹는 것을 적당히 하지 않는 것이 세 번째 불치병이다. 음양이 함께 있어 오장의 기가 불안정한 것이 네 번째 불치병이다. 몸이 극도로 허약해져 약을 먹을 수 없는 것이 다섯 번째 불치병이다. 무당의 말만 듣고 의사를 믿지 않는 것이 여섯 번째 불치병이다. 이 가운데 하나만 보여도 치료하기 매우 어렵다.”

편작은 진단의학을 주로 하여 인간의 질병에 관한 한 모든 의료 분야를 섭렵한, 말 그대로 명의 중의 명의였다. 배우고 익힌 의술을 특정 지역, 특정인에게만 한정하지 않고 여러 나라를 다니며 고루 베푼 봉사 정신이 투철한 훌륭한 의사이기도 했다. 여관 관리인에서 명의를 거쳐 신의에 이르기까지 그가 어떤 공부를 얼마나 했는지는 정확히 알 수 없다. 하지만 그의 의료 행위를 보면 공부의 정도와 깊이를 충분히 짐작할 수 있다. 그는 인간의 생명을 다루는 의사로서 본분을 끝까지 버리지 않고 언제 어디든, 누구에게든 달려가 자신의 의술을 서비스했다. 그런 편작은 안타깝게도 그의 뛰어난 의술을 시기한 진나라 태의령 이혜가 보낸 자객에게 살해되었다. 자신의 죽음만은 편작도 피해갈 수 없었던 것일까?

인류의 스승 공자의 공부법, 독서법

『논어』 〈계시편〉에서 공자는 “나면서 도를 아는 사람이 최상이요, 배워서 아는 사람이 그다음이요, 벽에 부딪혀 배우는 사람이 그다음이다. 벽에 부딪혀서도 배우지 않는 자는 최하라 한다.”고 했다. 그는 또 『논어』 〈위정편〉에서는 “배우고 생각하지 않으면 어둡고, 생각만 하고 배우지 않으면 위태하다.”고 했으며 자신의 공부 경험을 전체적으로 되돌아보며 "내가 일찍이 종일 먹지도 않고 밤새 자지도 않고 생각에 빠져보았으나 이익이 없었다. 배우는 것만 못하다.(『논어』 〈위령공편〉)"고 했다. 이는 공부와 생각의 균형과 조화를 지적한 고백이다.

『논어』를 중심으로 공자의 공부법을 좀 더 소개해보면 다음과 같다.

첫째, 좋아하고 즐겨라.

"아는 것은 좋아하는 것만 못하고 좋아하는 것은 즐기는 것만 못하다."라는 표현은 "배우는 것을 좋아하면 '앎'에 가까워진다."고 했다.

둘째, 넓게 배워서 요점으로 돌아와라.

'넓게 배워 많이 안다.'는 깊이 있는 공부나 학문을 위한 기초가 된다. 크고 높은 집을 짓기 위해서는 터를 넓고 깊게 다져야 하는 이치와 같다. "지식인이 고전을 두루 배우고 예로써 요약한다면 어긋나는 일은 없을 것이다.(『논어』 〈옹야편〉)" 요즘 공부나 독서는 지식 습득이 문제가 아니다. 언제 어디서든 원하는 지식을 말 그대로 원 없이 얻을 수 있는 세상이다. 문제는 이 지식의 요점과 핵심을 파악하는 요령이 중요하다는 점에서 공자의 공부법을 시사점이 크다.

셋째, 배우고 수시로 복습하라.

공자는 학문을 위해 독서해야 한다며 독서만을 위해 독서하는 것에는 반대한다. 배운 것을 현실에 응용할 수 있어야 한다는 뜻이다. "『시경』 300편을 다 외워도 정치를 맡기면 처리하지 못하고, 사방 여러 나라에 사신으로 가서 적절히 대응하지 못한다면 아무리 많이 외운들 무슨 소용이 있겠는가?(『논어』 〈자로편〉)" 복습해서 응용력을 기르라는 말이다.

넷째, 공부와 생각을 결합하라.

배우기만 하고 생각하지 않는 공부는 대단히 위험함을 경계하는 말이다. 공부와 생각은 자동차와 브레이크의 관계와 같다. 지식 만능주의는 브레이크 없는 자동차와 같다. 깊은 생각이 함께하는 참 지식은 남을 돕지만, 생각 없는 지식은 자기를 과시하기에 급급한 나머지 남을 해치는 무기가 될 수 있기 때문이다. 생각 없는 얄팍한 지식과 한때의 경험에 집착해 변화하는 세상과 인심의 흐름을 무시하는 꽉 막힌 지식인이나 권력자가 지금 우리 주변에 얼마나 많은가.

다섯째, 공부와 실천을 결합하라.

공부의 종착점은 행동이자 실천이다. 배우고 생각한 것을 자신의 삶에서, 나아가 세상 속에서 실천으로 옮기는 것으로 배움은 끝난다. 배운 것을 실천으로 옮기려고 노력할 때, 인간의 고귀함이 빛나고 세상은 좀 더 밝고 따뜻하게 변화할 것이다. 물론 그 시작은 독서다. 공자는 "덕을 닦지 않는 것, 열심히 배우지 않는 것, 옳은 것을 듣고도 행동으로 옮기지 않는 것, 좋지 않은 언행을 고치지 않는 것, 이런 것이 나의 근심거리다.(『논어』 〈술이편〉)"라고 고백했다.

여섯째, 신구 지식을 연계하라.

'온고이지신(溫故而知新)'으로 대변되는 공자의 신구 지식을 연계하는 공부법은 많은 사람에게 영향을 끼쳤다.

일곱째, 하나를 알면 셋을 응용하라.

공부와 독서의 유용성은 그 응용력에 있다. 무언가를 알고도 실제에 적용하거나 응용하지 못한다면 그 지식은 쓸모없는 것이다. 하나의 지식을 습득한 다음 그 지식에 근거해서 서로 연관되거나 비슷한 더 많은 지식을 유추할 수 있는 능력을 기르는 것이 공부나 독서의 주된 목적이다. 공자는 독서의 응용문제와 관련해 "배우려고 분발하지 않으면 깨우치지 못하며, 깨달은 이치를 표현하기를 애쓰지 않으면 입이 트이지 않으며, 한 귀퉁이를 들어 보여 나머지 세 귀퉁이에 대해 반응을 보이지 않으면 반복하지 않는다."라고 했다.

종합해 보면, 많이 듣고 많이 보라. 이는 요즈음 말로 하면 현장체험학습이나 여행, 실기실습의 중요성이라고 보인다. 아랫사람에게 묻는 것을 부끄러워하지 말라. 진실하게 물으면 그 물음에 성의껏 답해 준다. 세 사람이 함께 가면 그중에 스승으로 삼을 만한 사람이 반드시 있다. 착한 이를 본받고, 착하지 않은 이를 통해서는 나의 좋지 못한 면을 고친다. 많은 것에 귀를 기울이되 납득할 수 없는 것은 가만 두어라. 두루 배우되 뜻을 도타이 하라. 절실히 묻되 나 자신에 견주어 생각하라.

교육자의 모습을 지닌 공자

교육자로서 공자는 누구를 가르칠 때 차별을 두지 않았다. 이를 '유교무류(有敎無類)'라 하는데, 가르침에 부류가 없다는 뜻이다. 공자의 문하에는 다양한 계층의 제자들이 몰려들었다. 공자는 그들에게 공부의 근본적 목적이 자신의 몸을 닦아 남에게 봉사하는 데 있다는 점을 특히 강조했다. 공부해서 타인과 세상을 위해 봉사하라는 정신은 오늘날에도 시들지 않는 시대적 의의와 문화적 경지를 갖추고 있다.

묵자의 공부법

"지식인은 배웠다 하더라도 실천을 근본으로 삼아야 한다. 옛날 학자들은 좋은 말을 들으면 자신의 몸으로 실천했다. 지금 학자들은 좋은 말을 들으면 그걸로 남을 설득하는 데 힘을 쓰니 말이 지나치고 실천은 미치지 못하는 것이다.(『묵자』 〈일문편〉)"

묵자는 지식과 논리 같은 문제에 관해 탐구해 진리를 인식하는 세 가지 준칙을 제정하기도 했는데 이를 '삼표(三表)'라 한다. 묵자가 내세운 삼표는 다음과 같다.

첫째, 위로는 옛 성인의 일을 본으로 삼는다.

둘째, 아래로는 백성의 눈과 귀가 어떤지 살핀다.

셋째, 안으로는 나라와 백성의 이익을 꾀한다.

묵자의 사상은 정치와 윤리 중심의 공부를 강조하는 유가와 달리 실생활에 유용한 기술 교육과 함께 대단히 진보적인 평등 교육을 내세웠다. 묵자의 이런 교육관은 유가에 대한 비판일 뿐 아니라 학벌을 중시하고 비실용적인 공부가 대부분인 오늘날 우리 교육 현실과 공부법에 대한 비판으로도 읽힌다.

맹자의 공부법

맹자는 '민이 귀하고 군주는 가볍다.'는 구호를 공개적으로 제시하며 군주와 민의 관계를 개선할 것을 호소했다.

"군자가 바른 도리로 깊이 탐구하는 것은 스스로 그것을 얻고자 함이다. 스스로 얻으면 삶이 편안해지고, 삶이 편안해지면 자질이 깊어지고, 자질이 깊어지면 좌우에서 취하여 그 근원을 알 수 있기 때문이다."

이를 공부나 교육에 연관지어보면, 스승이 학생을 보다 깊이 있는 공부로 이끄는 방법은 학생의 내적 동기를 유발해 스스로 얻게 하는 것이다.

"학문의 길은 다른 것이 없다. 자기가 드러낸 마음을 찾는 것일 따름이다."

이런저런 잡념과 딴마음으로 독서하는 태도를 맹자는 단호히 배격했다. 공부에서 만족할 만한 성과를 얻지 못하는 것은 총명하지 않아서가 아니다. 한마음으로 집중하지 않았기 때문이다. 요컨대 머리가 아니라 자세의 문제라는 것이다. 맹자는 공부하는 자세와 태도를 우물을 파는 일에 비유하며 "뭔가 한다는 것은 비유컨대 우물을 파는 것과 같다. 우물을 아홉 길이나 파고도 물이 안 나온다고 우물을 버리는 것이다."라며 공부나 독서를 견지하지 못하면 끝내 헛공부가 된다고 지적했다.

『맹자』 〈진심하편〉에서는 "흐르는 물은 웅덩이를 채우지 않고서는 나아가지 못한다. 군자는 도에 뜻을 두어도 글을 이루지 못하면 다다를 수 없다."고 하였다. 물은 밤낮없이 흘러 웅덩이를 채워야만 다시 흘러 바다에까지 이를 수 있다. 맹자는 공부를 물에 비유해 점점 축적되는 지식, 순서에 따라 꾸준히 나아가는 공부법이 중요성을 말하고 있다. 이 공부법은 꾸준히 한마음으로 공부하라는 것과 밀접한 관계가 있다. '꾸준히 한마음'이 큰 테두리에서 공부의 태도와 자세를 말하는 것이라면, 이 방법은 좀 더 구체적이다. 그런 자세를 견지하면서 순서를 밟아 단계적으로 공부하면 지식은 축적되고 지혜는 깊어져 보다 성숙한 사람으로 발전할 수 있다는 의미다.

학업에 힘쓰던 맹자가 한번은 공부하다 말고 밖에 나가 논 적이 있다. 이 사실을 알게 된 맹모는 아들을 불러놓고 그 앞에서 한동안 열심히 짜놓은 베틀을 칼로 서슴없이 잘라버렸다. 맹자가 깜짝 놀라 이유를 묻자 맹모는 다음과 같은 말로 아들을 훈계했다. "베는 실 한 올 한 올이 연결되어야 한다. 학문도 마찬가지로 한 방울 한 방울 쌓여야 한다. 네가 공부하다 말고 나가 논 것은 잘려나간 이 베와 마찬가지로 쓸모없어진다는 것이니라."

이 일화에서 '베틀을 끊어 가르친다.'는 '단기지교(斷機之敎)' 또는 '단직교자(斷織敎子)'라는 고사가 탄생했고 여기서 '결단'이란 단어가 파생되었다. 인생의 참 지혜는 그 사람의 생활 속에서 나온다. 자신을 속이지 않고 남을 속이지 않고 살아온 인생, 그리고 자연의 섭리를 하루하루 보고 느끼며 철이 든 인성에 사악한 기운이 끼어들 여지는 없다.

현자들의 공부법과 숫자 3

동한 말년 학자 동우는 세 가지 남는 시간을 '삼여(三餘)'라 부르며, 이 여유로운 시간에 독서를 했다고 한다. 즉 "겨울날은 한 해의 나머지이며, 밤은 하루의 나머지이며, 흐리고 비 오는 날은 시간의 나머지"이니 이 시간을 활용해 책을 읽으라고 권했다. 송나라 때 주희는 독서는 마음이 이르고(심도, 心到), 눈이 이르고(안도, 眼到), 입이 이르는(구도, 口到) '삼도(三到)'를 갖추어야 한다고 했다. 눈으로 보고 입으로 읽고 마음으로 깨쳐야 하는 것이 독서라는 의미다.

중국 역사상 최초의 본격적인 문예비평가 유협은 『문심조룡(文心雕龍)』이라는 문학비평서에서 작문이란 먼저 '세 가지 표준'에 따라야 한다고 했다. ① 사상과 감정에 근거해 체제를 정하고, ② 체제에 근거해 사례를 고르고, ③ 문장을 다듬어 중점을 드러내야 한다는 것이 그것이다.

노신(魯迅)은 평생 지독한 독서광이었다. 그는 독서란 ① 목적이 있어야 하고, ② 살아 넘쳐야 하며, ③ 폭넓어야 한다고 했다. 역사학자 전백찬은 경전을 배우는 방법으로 ① 처음부터 끝까지 빠뜨리지 않고 읽는 법, ② 중점을 골라 읽는 법, ③ 표시를 해가며 읽는 법을 들었다. 진경윤은 수학을 배우려면 '삼심(三心)', 즉 신심(信心)·결심(決心)·항심(恒心)이 있어야 한다고 했다. 소보청 교수는 좋은 성적을 내기 위해서는 좋은 공부법이 따라야 한다며, 엄숙·겸허·노력이라는 세 가지 요소를 들었다.

작가 왕문석의 독서법 3편을 보면 ① 예술적 향기를 한껏 누려야 하며, ② 총을 분해하고 조립하듯 모든 사물의 성능·제작 방법·상호 관계 등을 자세히 살펴야 하며, ③ 다시 한 번 훑어보고 완전한 인상을 얻도록 해야 한다고 했다. 독서와 관련해 안타까운 점 세 가지 '삼석(三

惜)'을 이야기한 사람도 있다. 명나라 때의 하인은 ① 자기 삶을 통해 배우지 않는 것, ② 하루하루를 빈둥거리며 보내는 것, ③ 자기 한 몸을 망치는 것을 안타까운 점으로 들었다.

청나라 때의 어떤 이는 ① 책을 모으는 것은 어렵지 않으나 그것을 보기란 어렵고, ② 책을 갖는 것은 어렵지 않으나 그것을 읽기란 어려우며, ③ 책을 읽기란 어렵지 않으나 그것을 실제로 쓰기란 어렵다며 어려운 것 세 자지 '삼난(三難)'을 말했다. 공자도 『논어』〈계씨편〉에서 세 종류의 친구 '삼우(三友)'를 말했는데, "이로운 친구가 셋 있고, 해로운 친구가 셋 있다. 곧고 마음이 넓고 많이 보고 들은 친구는 이로우며, 편견이 있고 우유부단하며 말만 잘하는 친구는 해롭다."고 했다. 이 중 많이 보고 들은 친구란 책을 많이 읽어 견문이 넓은 친구를 말한다.

존경하는 인물 사마천의 공부법

내가 존경하는 인물, 사마천(기원전 145~약 90년)은 서한시대의 역사학자로 태사령이란 벼슬에 있던 사마담의 아들로 태어났다. 사마천은 어려서부터 고전을 공부했고, 스무 살 무렵에는 아버지의 권유로 견문을 넓히고 역사가로서 자질을 기르기 위해 전국을 답사했다. 3년 간 이어진 여행은 제국의 전역을 포괄하는 300만㎢에 이르는 대장정이었다.(남북한을 합친 면적이 약 20만㎢) 이 과정에서 목숨을 위협받은 상황도 있었다. 역사에 유형, 무형의 흔적을 남긴 수많은 사람의 족적을 일일이 확인했다.

그 결과 『사기』의 현장성과 실사성은 그 어떤 역사서보다 높아졌다. 사마천은 사관 집안으로서 자부심이 강한 아버지가 죽기 전 남긴 유언, 즉 역사서 완성을 필생의 사명으로 물려받았다. 아버지는 천문과 역학은 물론 도가까지 두루 섭렵한 뛰어난 학자였다. 현지답사와 문헌기록을 변증법적으로 소화해낸 『사기』의 실증적 정신은 오늘날 역사가들이 본받아야 할 큰 장점이다.

사마천의 역사서 저술에서 빼놓을 수 없는 중요한 원동력은 역설적이게도 그가 당한 수치스러운 궁형이다. 그는 이를 극복하고 『사기』를 완성했는데, 이를 '발분저술(發憤著述) 정신'이라 부른다. 고난에 직면했을 때 울분을 표출하는 방법으로 자신의 경험과 생각을 기록으로 남기는 것은 훌륭한 공부법이 될 수 있다. 사회적 불평등과 차별에 대한 가장 소극적이면서 가장 적극적인 저항 방법이기도 하다. 40대에 접어든 사마천은 조정의 일과 『사기』 저술이라는 두 가지 일을 열정적으로 해내며 정신없는 나날을 보냈다. 태사령에 임명된 지 10년 째 되는 기원전 99년, 마흔일곱 살이 된 사마천의 인생에 중대한 전환점이 되는 '이릉 변호사건'의 참화로 살아남기 위해 궁형을 당하게 된 것이다. 궁형을 당하는 수치보다 자결을 생각했지만 『사기』를 완성하기 위해 치욕적인 형벌을 자청했다.

사마천은 친구 임안에게 보낸 편지에서 당시 상황을 이렇게 고백했다. "모진 치욕을 당하기로는 궁형보다 더한 것이 없소이다. …… 내가 화를 누르고 울분을 삼키며 옥에 갇힌 까닭은 차마 다하지 못한 말을 후세에 남기기 위해서였소."

사마천은 인간으로 태어나 공부하는 목적은 대체로 세 가지를 세우기 위해서라고 했다. 이를 '삼립(三立)'이라 하는데, '입신(立身), 입언(立言), 입덕(立德)'이 그것이다. 즉 입신으로 시작해 입언의 단계를 거쳐 입덕의 단계에 이르는 길은 공부의 심화 단계와 같다. 입신은 취업, 출세, 명예, 부귀, 권력, 등 세속적 가치를 추구하는 공부 단계다. 입언은 자신의 사상이나 철학, 학문적 성과를 글(책)로 정리해 세상을 바른 쪽으로 이끌고자 하는 사회적 책임감을 동반하는 공부 단계다.

마지막 입덕은 공부의 최고 단계이자 최선의 경지로 이 단계에 오른 사람이라야 정치와 통치를 할 자격이 있다고 했다. 사마천은 입덕의 경지는 언감생심이라 생각하고 입언, 즉 『사기』의 완성에 혼신의 힘을 기울였다. 그렇게 하는 것이 시대가 자신에게 부여한 책무이자 사명을 완수하는 길이라고 확신했다. 그리고 기꺼이 그 책무를 받아들였고, 그 사명을 완수했다.

입덕의 경지에 올라야 다른 사람을 이끌고 정치와 통치할 자격이 있다는 사마천의 말은 이 책을 읽고 마지막까지 생각난 최고의 문장이었다. 우리는 덕이 없다는 말을 많이 쓰고 듣는다. 결코 입에 발린 말로 해서는 안 되는 엄중한 말이다. 무책임하게 자주 써서도 안 될 말이다. 덕이 없는 부모, 덕이 없는 리더, 덕이 없는 수장은 그 자체로 엄청난 폐해를 가져오기도 하고 직장이나 조직을, 한 나라를 수렁에 빠뜨려서 힘들게 하지 않는가. 리더를 꿈꾸는 사람들은 모름지기 자신에게 덕이 있는지 날마다 성찰하고 반성할 일이다. 덕이 없다면 아예 나서지 말 일이다.

고염무(1613~1682, 청나라)의 독서명언

'독서만권 행만리로(讀書萬券 行萬里路 : 만 권의 책을 읽고, 만 리 길을 다녀라)'

책을 통한 지식과 여행을 통한 실제 경험을 병행할 때 진정한 독서인이 될 수 있다는 의미다. 책에 파묻혀 죽은 지식을 파는 지식인이 아니라 현실을 정확하게 인식해 남에게 도움을 줄 수 있는 실질적 공부의 단계에 오를 수 있는 지식인을 갈망한 고염무는 그 자신이 그런 지식인으로 거듭났다. 책을 읽을 때마다 전부 베껴 쓰도록 스스로 감독했다는 고염무는 30년 이상 독서 일기(찰기, 札記)를 써서 『일지록』 32

권을 남겼다. 고염무는 평생 벼슬살이를 하지 않았다. 두 마리의 노새
와 두 마리의 말에 책을 싣고 천하를 주유하며 실지를 고찰해 책과 서
로 대조하고 고증했다. 그리하여 그는 세상을 경영하는 데 쓸모 있는
공부로서 '경세치용'을 제창했고, "육경이 모두 역사다."라고 외쳤다.

나처럼 도서관이나 서재에 파묻혀서 책을 읽기만 좋아하고 세상을
돌아다니는 일에는 무관심한 사람에게 가하는 일침에 많이 아팠다.
방안에 앉아서도 천리 밖을 보는 재주가 없으니 앞으로는 독서와 여
행을 병행하며 좀 더 폭 넓은 지혜를 구하도록 해야겠다. 역시 위대한
현자들의 말씀은 설득력이 큰가 보다.

사람과 책의 정감을 묘사한 작가 동교(董橋)는 〈장서가의 마음〉이라
는 글에서 사람과 책의 관계를 다음과 같이 비유했다.

"책에 대한 사람의 감정은 정말 정감 넘칠 수 있다. 마치 남녀 관계
와 비슷하다고나 할까. 사전류의 참고서는 아내와 같다. 늘 곁에 있어
편하지만 평생 들춰봐도 난숙해진다고 할 수는 없는 그런 관계다. 시
와 소설은 죽은 사람을 그리워하는 러브 스토리와 같다. 추억을 떠올
릴 때마다 달콤한 그런 관계다. 깊이 있고 긴 학술 저작은 중년의 여인
과 같다. 정신적 성숙이 부족하면 제대로 이해할 수 없다. 물론 이따
금 고상한 운치가 없는 것은 아니지만 가장 고통스러운 것은, 뒤에 딸
린 끝없을 것 같은 주석이란! 정치 평론이나 시사 잡문은 등은 그 자
리에서 사고파는 것이라 술집 아가씨에 비유할 수 있다. 한 번 보면 그
만이다. 내일 다시 보느냐 마느냐는 별개의 이야기다. 여성들이 책을
볼 때도 아마 이런 정감상의 구분이 있지 않을까."

노신의 공부법

중국이 낳은 가장 위대한 문학가이자 사상가인 노신(魯迅, 1881~1936

년)의 독서 태도는, '꿀벌 같아야 한다. 많은 꽃에서 채집해야 달콤한 꿀을 만들 수 있는 것과 같다. 한 곳에서만 빨면 얻는 것에 한계가 있고 시들어버린다.'에 드러난다. 꿀도 원래 잡꿀이 진짜 꿀이고 맛도 있다는 말처럼 다양한 책을 많이 읽어 벌이 꿀을 모으듯 진정한 지식을 습득하라는 의미다. 두루 많이 읽고 딱딱한 책은 머리를 묻고 이래가 될 때까지 파라, 깊이 있게 읽고 자신의 눈으로 세상이라는 살아 있는 독서를 하라.

모택동처럼 독서하기

모택동은 부지런히 배우길 좋아하고 쉬지 않고 책을 읽었다. 아동기에는 물론 노년기에도, 전쟁 중에도, 평화기에도 손에서 책을 놓지 않았다. 일찍이 모택동은 "내가 평생 가장 좋아한 것은 독서다."라고 술회하며 "밥은 하루 안 먹어도 괜찮고 잠은 하루 안 자도 되지만 책은 단 하루도 안 읽으면 안 된다."고 했다. 그의 청년기 독서법은 '사다(四多)' 습관으로 유명한데, 많이 읽고 많이 생각하고 많이 쓰고 많이 물으라는 뜻이다. 그중 많이 쓰라는 것이 독서에서 필기의 중요성을 강조한 부분이다. 쓰기 방법으로는 요점 정리, 책을 읽을 때마다 중요한 부분에 표기하기, 각주 달기, 독서 일기, 잘못된 부분 바로 잡아 고치기 등이다.

모택동은 정치가이자 혁명가였다. 인민과 함께 공산혁명을 이끈 투사였다. 그는 인민을 바른 길로 계몽하기 위해서는 무엇보다 자기의식을 철저히 개혁해야 하고, 그 바탕은 독서와 공부라고 확신했다. 어린 시절부터 거르지 않고 이어진 그의 독서 습관은 이런 자각으로 더욱 굳어져 죽는 순간까지 계속되었다. 장장 70여 년에 걸친 그의 독서 편력은 자연스럽게 철저한 독서법과 공부법으로 나타났다. 천재도, 혁명가도 끊임없는 공부와 노력을 통해 만들어진다는 것을 모택동의 공부법에서 새삼 확인하게 된다.

진정한 공부는 사람다운 덕을 쌓는 일

이 책은 360쪽이 넘는 다소 방대한 분량이라 읽다가 지치기 쉽다. 그러나 뒤로 갈수록, 심산유곡에 들어야 산삼을 만날 수 있듯, 곳곳에 숨겨둔 산삼들이 독자를 마지막까지 끌고 가는 힘을 준다. 나는 살기 위해 공부를 했었다. 공부라고 할 것 까지도 없는 검정고시라는 공부를 하고 주경야독하느라 교실에서 학우들과 공부하는 멋지거나 힘든 학창 시절이 아예 없다. 공부란 그저 책으로만 하는 줄 알고 살아왔기에 좋은 책을 만나면 마냥 행복하다. 학습연구년 특별연수를 하면서 가장 행복한 점이 바로 독서하며 공부하는 일이다.

이제야 비로소 링컨처럼 보고 싶은 책을 쌓아놓고 읽는 재미에 푹 빠져 있기 때문이다. 돋보기 너머로 들여다보는 활자들의 손짓을 따라가다 보니 오늘도 해가 저문다. 봄꽃들이 부르는 소리에 귀를 막고 보낸 4월이 한 자락만 남았다. 연일 터지는 아픈 소식들을 보고 들으며 학교 현장에서 함께 아픔을 나누지 못하고 책과 열애하는 내 모습이 미안해진다.

그래도 희망을 품자! 지금은 열량을 비축하고 교실에 뿌릴 꽃씨들을 품는 중이니. 중국의 현자들의 공부법을 다시 복습하며 꽃대를 올리는 중이니 사랑하는 아이들아, 조금만 기다려주렴! 진정한 공부, 진정한 독서로 자기 자신 마음을 돌보고 닦아 다른 사람을 유익하게 하는 덕을 쌓는 일을 같이 배우며 행복한 교실을 만들자.

- 출처 : 「오마이뉴스」 행복해지고 싶으면 공부하라

사람을 남기는 최상의 직업은?

나는 개인적으로 요즘과 같은 계절을 가장 힘들게 보내곤 했다. 가을 들판이 비어가고 나무들이 옷을 벗기 전까지 10월 중순부터 11월 초까지 해당되는 시기이다. 내 인생의 사계를 단적으로 보여주는 짧은 가을이 서러워서이다. 차라리 나목을 보거나 빈들을 보는 것은 아프지 않으니 다 이루어내고 쉬고 있는 그 여유가 편안해서다.

'가을'이라는 명사를 누가 지은 건지는 모르지만 정말 잘 지은 이름이다. '갈' 것을 생각하라는 무언의 가르침이 담겨 있으니! 그러니 가을은 중년의 계절이 아닐까 한다. 일할 만큼 일하고 달릴 만큼 달리고서 결승점을 향해 숨고르기를 하며 인생의 마무리를 위해 갈무리하는 중년의 시기와 닮았다.

가을, 외롭고 고독한 감정은 당연한 것

가을이 외롭지 않은 사람이 있을까? '갈' 것을 생각하는 사람이라면 고독과 외로움을 느끼는 건 당연하지 않을까 한다. 이때의 고독과 외로움은 자기 자신을 들여다보며 성숙한 자아상을 키우게 한다. 그러니 가을을 잘 보낸 사람은 다가오는 겨울을 준비하면서도 슬프거나 좌절하지 않을 힘을 얻는 것이다. 모든 성공 뒤에는 철저한 고독과 외로움이 자리하고 있다.

발타자르 그라시안은 인생의 여정을 3단계로 축약해 놓았다. 첫 여정은 죽은 자들과의 교류로 시작하라며 죽은 자들이 남긴 좋은 책 속에서 인생의 의미를 찾으라는 뜻이다. 특별히 가을을 독서의 계절이라고 이름 붙인 이유를 알 듯하다.

그에 따르면 인생의 두 번째 여정은 산 사람들과 보내면서 세상의 좋은 것을 보고 느끼라고 했다. 인생의 세 번째 여정은 자기 자신과 보내라고 했으니, 이 마지막 행복의 비결은 인간과 인간을 둘러싼 세계에 대해 관조하고 사고하며 살아가는 데 있다는 뜻이다.

그런 의미에서 본다면 가을은 인생의 세 번째 여정을 즐기며 관조하기 좋은 계절이다. 인간도 결국은 자연의 일부이기에 내 몸에서 느껴지는 현상이 계절과 함께 나타난다고 볼 수 있다. 참으로 가을을 주신 신의 은혜를 생각하며 감사할 뿐이다.

내가 거둘 것에 확실한 책임을

일본의 정치가이자 의학자였던 고토 신페이는, 돈을 남기면 하수, 업적을 남기면 중수, 사람을 남기면 상수라고 했다. 그의 말을 거울삼아 내 모습을 비추어 보면 사람을 기르는 교직에 종사하고 있으니 약간의 위로가 된다. 다만 1년 동안 가르침으로만 끝나는 관계라면 결코 상수 축에 끼지 못할 것은 자명하다. 교직은 돈을 남기는 업도 아니요, 업적을 남기는 업도 아니니 필수적으로 사람(제자)을 남기지 않으면 큰일이 아닌가! 하수 축에도 끼지 못할 테니 말이다.

과연 나는 올해 맡은 아홉 명의 아이들을 교훈으로 가르치고 감동으로 길렀는지 스스로 자신에게 물어보지 않을 수 없다. 그 물음에 자신이 없다면 남은 두 달여 동안 온 힘을 다하여 그동안 다하지 못한 책무를 온전히 끝내서 100%의 열매를 거두는 데 힘쓸 일이다. 아이들 하나하나 각기 다른 특성과 재능을 찾아주며 칭찬하고 격려하며 등대 역할을 마쳐야 한다. 비록 초등학교 2학년이지만 진로지도까지 해야 한다는 뜻이다. 어린 나무일 때 특성을 알아서 미리미리 가위질을 해주고 버팀목이 필요한 아이는 지지대를 세워 주어야 함을 놓치지 말 일이다.

사람들은 가을 여행을 참 좋아한다. 그런데 나는 가을 여행을 즐기지 못한다. 밖으로 나가는 여행이 아니라 나의 내면으로 가는 여행이 먼저라서 그렇다. 언제쯤 편안하게 단풍 구경을 하며 가을 여행자의 대열에 들어설 수 있을까? 하릴없이 따스한 가을 오후의 햇볕에 몸을 맡기고 차창을 스치는 가을 풍경을 생각 없이 여행하고 싶다.

그 날을 위하여!

스스로를 위하여!

가을처럼 아름답게 살기를!

스스로에게 주문을 걸어봅니다.

사람을 남기는 최상의 직업에 감사하며

교단에서 내려서는 그날까지 처음마음으로 살기를!

- 출처 : 「오마이뉴스」 사람을 남기는 최상의 직업은?

아름다운 마무리를 위한 책

"삶은 순간순간이 아름다운 마무리이자 새로운 시작이어야 한다."로 시작하는 법정 스님의 최신작 『아름다운 마무리』는 가르침이 많은 책이다. 소유의 시대를 향해 소금 같은 언어로 시대를 밝히는 금언들로 가득 찼다.

우리 반 아이들과 함께 클래식 음악이나 'Angel of the morning'을 들으며 독서하는 아침의 행복을 사랑한다. 아침 시간만큼은 그 어떤 것의 유혹으로부터도 자유롭기를 갈망하며 하루를 시작하고 싶다. 급한 공문도, 다른 선생님과 차 한 잔의 여유마저도 포기하지 않으면 달아나 버리는 귀한 시간이다. 분분하게 내리는 눈발에 덮인 청정한 월출산의 장엄함을 바라보며, 그 산의 장엄한 삶을 한 귀퉁이라도 따라 살 수 있기를 바라며 나도 아이들도 정신의 스승을 찾아 좋은 책이 주는 말없는 가르침 앞에 겸손해지는 아침. 즐겨 듣는 음악의 제목처럼 아침의 천사는 바로 우리 아이들이다. 만 대 이상 내려온 조상의 음덕과 자연의 순리 앞에 생명으로 피어난 이 아이들이야말로 아침의 천사이다. 저 월출산과 함께 자신의 삶을 가꾸어 가기를 바라며 오늘도 변함없이 책으로 아침을 연다. 이제 이 아이들과 남은 시간도 20여 일뿐이다. 이젠 아름다운 마무리를 향해 마지막 갈무리를 해주며 아이들의 키를 재어보고 열매를 살펴보며 마침표를 찍을 준비를 하는 시기이다. 이제는 기본적인 학교생활 자세가 자동화되어서 서로에게 길들여져서 정이 들어버린 것 같다. 작은 꾸지람에도 서운해 하며 눈물을 감추는 모습, 어리

광을 부리기도 하고 놀고 싶다며 떼를 쓰는 모습을 보며 내 아들의 2학년 때 모습을 보기도 한다. 익숙해진다는 것, 길들여진다는 것은 원만해짐을 나타내는 표현이기도 하지만 새로운 모습과 낯설음의 반대일지도 모른다. 그래서 나는 다음 해에도 담임하는 것을 원치 않는다. 아이들이 가진 장점을 찾아내지 못할까 봐 두려운 것이다.

200일 이상 아침 독서 40분하기, 일기 쓰기, 음식 남기지 않기, 점심 후 양치질하기, 철저한 개인 별 숙제 검사, 군것질 안하기, 예쁜 글씨 쓰기, 주 1회 독서발표회, 문장으로 받아쓰기와 같은 일들은 날마다 자동화되어 있다. 문제는 늘 방학이었다. 부모님이 바쁘거나 조손 가정의 경우는 정형화된 공부 습관이 깨지기 일쑤이기 때문이다. 그것을 보완해 주기 위해서 겨울방학 때에도 일정 기간 방과 후 학교를 운영하지만 일상적인 학교생활만큼 효과를 거두기는 힘들다. 법정 스님이 사는 암자 뒤를 흐르는 계곡의 물소리처럼 우리 반 교실에서도 조용한 물소리가 흐른다. 우리 반 아이들 숫자와 같은 여섯 마리 금붕어는 산소호흡기가 뿜어내는 물줄기를 맞으며 조용한 교실의 아침을 운치 있게 만들고 있다. 이제 보니 시원스레 옷을 다 벗어버린 교문 앞을 지키는 벚나무도 아침의 천사이다. 그는 지금 지난봄의 화려한 봄나들이, 초여름을 싱그럽게 열었던 진초록 잎사귀들의 풍성함, 돌아갈 길을 재며 아름답게 물들이던 늦가을의 오색 빛 가을 잎을 떠나보내고 무소유로 서서 빈 겨울을 시원하게 만끽하고 서서 하늘과 땅의 기운을 이어주는 천사인 것이다.

자연은 한 치의 오차도 없이 '아름다운 마무리'를 말없이 보여주며 말없이 나를 가르치며 그 자리에 그렇게 서 있었다. 새 봄이 오면 어김없이 벚꽃을 피우고 새 잎을 내고야 말겠다는 결연한 약속을 가슴에 새긴 채. 나의 새 봄도 그렇게 새로운 아이들을 꽃처럼 피워낼 준비를 하며 지금 이 아이들에게 모든 걸 다 주고 겨울나무가 되라고.

『아름다운 마무리』라는 제목이 주는 의미심장함에 매료되어 출간을 알리는 산문사의 서간 평을 읽은 날로부터 기다렸던 책이다. "삶은 소유가 아니라 순간순간의 있음이다. 영원한 것은 없다. 모두가 한 때일 뿐"이라는 죽비소리로 시작하는 서문의 칼 같은 외침은 그대로 잠언이 되기에 충분하다. 한 해가 빠져나가는 12월에 가장 어울리는 책이라고 생각하며 우리 아이들 곁에서 책장을 넘기며 나도 모르게 한숨이 나왔다. 아직도 잔뜩 잎을 달고 서 있는 내 삶의 나무가 무거워서이다.

이 아이들과 20여 일쯤 살고 나면 다시 새로운 아이들과 시간을 꾸려야 한다. 아이들도 나도 이제 겨울나무처럼 마무리를 위한 시간을 준비하는 중이다. 일상적인 교과를 가르치고 날마다 반복적으로 아침 독서로 아침을 열고 받아쓰기와 숙제검사로 이어지는 반복적인 학교생활 속에 보낸 1년이다. 물이 흘러가듯 날마다 쌓인 시간의 부름켜와 나이테가 아이들 내면에 차곡차곡 아름답게 쌓였기를 바라는 마음뿐이다. 시험지를 주면 한 시간이고 두 시간이고 멍하니 앉아 있던 아이는 이제 제법 공부를 잘하여 나를 기쁘게 한다. 연로한 할머니 그늘에서 제 몸 하나 깨끗이 건사하지 못하고 아직도 학교에 와서야 아침마다 이를 닦여야 하는 그 아이의 삶이 안타까워 그저 답답하다. 공부하는 버릇이나 일기 쓰는 버릇은 모두 잡혔지만 씻는 습관이 안 되어서 날마다 아이와 씨름하는 중이다. 옷을 사다 입혀도 며칠이 못 가서 헌 옷을 만들어버리는 아이를 3학년으로 올려 보내야 한다는 사실은 나를 가라앉히는 무거운 돌이다.

'인생은 미완성'이라는 노랫말처럼 담임인 내가 모든 것을 다 해줄 수는 없었다고 스스로 위안하는 편이 마음이 편할 것 같다. 그래도 여섯 명 모두가 완전학습을 이루고 다음 학년으로 올라간다는 사실만은 올해에 거둔 알찬 수확이다.

이 책을 읽으며 가장 가슴에 남았던 대목을 옮겨서 불확실한 시대, 경제 한파로 어두운 세상에서 살아남기 위해 가장 필요한 정신 건강에 약이 될 법정 스님의 잠언들을 함께 새기고 싶다.

"우리는 자신의 꿈과 이상을 저버릴 때 늙는다. 세월은 우리 얼굴에 주름살을 남기지만 우리가 일에 대한 흥미를 잃을 때는 영혼이 주름지게 된다. 그 누구를 물을 것 없이 탐구하는 노력을 쉬게 되면 인생이 녹슨다. 명심하고 명심할 일이다."

"부자란 집이나 물건을 남보다 많이 차지하고 사는 사람이 아니다. 불필요한 것들을 갖지 않고 마음이 물건에 얽매이지 않아 홀가분하게 사는 사람이야말로 진정한 부자라 할 수 있다."

"아무 도움도 되지 않는 텔레비전 프로나 신문기사로 머리를 가득 채우는 것은, 영양가 없는 음식을 몸에 꾸역꾸역 집어넣은 것처럼 정신 건강에 해롭다."

"아름다운 마무리는 처음의 마음으로 돌아가는 것, 나는 누구인가 하고 근원적인 물음을 갖는 것, 내려놓음과 비움이다. 삶의 본질인 놀이를 회복하고 심각함과 복잡한 생각을 내려놓고 천진과 순수로 돌아가는 것. 아름다운 마무리는 용서이고 이해이며 자비이다. 아름다운 마무리는 낡은 생각, 낡은 습관을 미련 없이 떨쳐 버리고 새로운 존재로 거듭나는 것이다. 그러므로 아름다운 마무리는 끝이 아니라 새로운 시작이다."

"모자랄까 봐 미리 준비해 쌓아 두는 그 마음이 곧 결핍이 아니겠는가."

"세상에 책은 돌자갈처럼 흔하다. 그 돌자갈 속에서 보석을 찾아야 한다. 그 보석을 만나야 자신을 보다 깊게 만들 수 있다. 책을 가까이 하면서도 그 책으로부터 자유로워야 한다. 아무리 좋은 책일지라도 거기에 얽매이면 자신의 눈을 잃는다. 책을 많이 읽었으면서도 콱 막힌 사람들이 더러 있다. 책을 통해서 자기 자신을 읽을 수 있을 때 열린 세상도 함께 읽을 수 있다. 책에 읽히지 말고 책을 읽을 줄 알아야 한다."

나는 책 욕심, 옷 욕심이 많다. 어린 날 가져 보지 못한 한풀이를 하듯 책을 사들이고 옷을 사곤 한다. 가질 수만 있다면 엄마를 가지고 싶건만!

"삶의 비참함은 죽는다는 사실보다도 살아 있는 동안 우리 내부에서 무언가 죽어간다는 사실에 있다. 꽃이나 달을 보고도 반길 줄 모르는 무뎌진 감성, 저녁노을 앞에서 지나온 자신의 삶을 되돌아볼 줄 모르는 무감각, 넋을 잃고 텔레비전 앞에서 허물어져 가는 일상 등, 이런 현상이 곧 죽음에 한 걸음씩 다가섬이다."

"세상에 가장 위대한 종교가 있다면 그것은 친절이다. 이웃에 대한 따뜻한 배려다. 사람끼리는 더 말할 것도 없고 이 세상을 함께 살아가는 모든 존재에 대해서 보다 따뜻하게 대할 수 있어야 한다. 만나는 지식마다 그가 내 복밭이고 선지식임을 알아야 한다."

"조그만 친절이, 한마디 사랑의 말이 저 위의 하늘나라처럼 이 땅을 즐거운 곳으로 만든다."는 J.F. 카네기의 말이 절실한 요즈음이다. 성장의 논리, 개발의 논리, 경제 논리를 앞세우다 잘못된 경제 정책으로 온 세계가 수렁에 빠진 지금이야말로 다시 일어서는 힘을 얻기 위해서 정신적 스승들의 잠언을 귀담아 들을 때라고 생각한다.

아무리 겨울이 길어도 희망의 봄은 반드시 오듯이, 밤이 아무리 길어도 새벽은 반드시 찾아온다. 경제 한파로 힘든 부모님의 한숨 속에 아이들이 움츠러들지 않기를 바라는 마음이다. 낮은 자세로 겨울을 나면서도 새 봄을 싹 틔울 튼실한 씨앗을 책갈피마다 숨겨둔 『아름다운 마무리』는 천연소금처럼 깊은 맛을 지닌 아껴야 할 책이다.

경쟁의 시대 무엇으로 이길까 『경쟁의 역설』

몇 달 전 신문 서평을 보고 사들인 책이긴 하지만 어쩐지 경제학 서적 냄새가 나는 책이라서 목차만 훑어보고 밀쳐둔 책이었다. 그런데 몇 달 사이에 지구촌은 미국에서 시작된 경제 독감바이러스가 온 세계로 번지면서 나라마다 비상이 걸렸다. 작고하신 권정생 선생님은 살아가는 데 경제는 1이고 정신이 100이라고 하셨는데 이즈음 돌아가는 형국을 보니 경제가 온통 발목을 잡고 있는 듯하여 다시 『경쟁의 역설』을 손에 들게 되었다. 글로벌 경제를 부르짖고 세계화의 기치를 높이 들었지만 우리 경제는 여전히 미국 중심의 경제 구조에서 벗어나지 못한 채 일희일비하는 모습이 참으로 안타깝다. 어떻게 하면 우리의 자생력을 길러서 휘둘리지 않는 '경쟁력'을 가질 것인가 하는 생각은 가르치는 자리에 선 선생으로서 당연히 가져야 할 의식이라고 생각한다.

눈만 뜨면 온통 세상은 경제 이슈로 넘쳐나는 현실. 내가 서 있는 시골 면 소재지 42명의 작은 학교도 그 경쟁에서 살아남기 위한 열정과 몸부림으로 가득하다. 우리 반 아이들에게 학교생활에서 가장 힘든 게 뭐냐고 물으면 '방과 후 학교'라고 한다. 그럴 수밖에 없다. 정규 수업 시간의 50%에 달하는 수업 시간을 방과 후 학교 프로그램에 참가하기 때문이다. 가정 형편이 좋지 않은 아이들, 다문화가정, 한 부모 가정이나 조손 가정이 대부분이기 때문에 학교 공부 이외에 가정학습이 부실한 경우가 많다. 생계유지만으로도 바쁜 집안사정 때문에 기댈 수 있는 곳은 학교가 거의 전부라고 해도 지나친 말이 아니다.

때문에 학교에서 4시까지 운영하는 방과 후 프로그램에 대한 학부모 만족도가 거의 100%에 이른다. 그러나 발달 단계를 무시하고 많은 시간을 학교에서 보내는 저학년 아이들은 힘들 수밖에 없다. 다양한 과목을 개설해 놓고는 있지만, 한창 놀면서 즐겁게 자라야 하는 시기에 과도한 학교 공부에 치중하는 현실이 참 안타깝다. 경쟁력을 갖기 위해 겨우 2학년짜리 아이들도 살아남기 위해 고군분투 중임을 생각하면 책꽂이 한편으로 밀쳐두기엔 아까운 책이라는 생각이 들었다.

강한 경쟁력은 내부비판을 수용한다

독서란 모름지기 즐거워야 한다는 명제를 생각하면 선뜻 손이 안 가는 책이었지만 정말 숙제를 하는 마음으로 읽어낸 책이다. 가장 먼저 공감한 대목은 "강한 경쟁력 모델은 내부 비판을 수용한다."는 대목이었고 칼 포퍼의 민주주의의 힘에 대해 언급한 부분이었다. 즉 "민주주의 힘은 자기비판과 반성, 끊임없는 내부공격의 포용, 실수의 탐구에 있으며, 이 힘이 있기에 스스로를 끊임없이 개혁하고 강하게 단련할 수 있다."고 한 대목이다. 얼마 전 우리 사회에 커다란 파장을 몰고 온 대기업의 내부 고발이 생각났다. 그러한 상황은 찬반양론으로 갈려서 기업체 입사시험에서도 당락을 가를 만큼 세상을 떠들썩하게 했다. 경쟁력을 위한다면 내부고발이나 비판을 수용할 수 있어야 한다는 점에서 우리 사회는 아직도 민주주의의 힘이나 강한 경쟁력을 가지지 못한 게 분명하다. 내부 비판이나 양심적 고발자를 이단아로 취급하는 사회 분위기는 다분히 전체주의적 냄새를 풍기기 때문이다.

경쟁력 향상은 무형자산에 있다

그럼 지금부터 인상적인 부분을 요약한 것을 중심으로 전체적인 책의 내용을 소개하고자 한다. "이제 경쟁력은 측정 가능한 것 이상이다.(16쪽)" 세계 경제는 예측할 수 없이 요동치고 있고 물가가 폭등하며 짙은 안개 속을 달리는 자동차처럼 한 치 앞을 볼 수 없는 요즈음과 같은 세계적 불안 앞에서 살아남기 위해 최소한의 대책이 필요하다.

그런 점에서 일찍이 고삐 풀린 월스트리트의 재앙이 세계경제를 위기로 몰아갈 것이라고 경고한 '진보주의의 양심'으로 불리는 폴 크루그먼 미국 프린스턴대 교수(2008년 노벨경제학상 수상자)의 경고를 귀담아 들을 때라고 생각한다. 그가 말한 대로 불평등, 불균형의 완화에서 바람직한 미래가 시작되고 신자유주의 정책을 비판 없이 수용한 우리나라는 이제라도 진정한 국가 경쟁력은 측정 가능한 것이 아님에 유념해야 할 것이다.

"경쟁력의 핵심 동력을 유형 자산에서 무형자신으로 전환해야 할 중대한 시점이다. 무형자산일수록 시간이 오래 걸리기 때문이다. 물가폭등과 같은 표준적인 경제위기(경제문제)를 해결하는 데 1~5년의 물리적 시간이 걸리는 데 비해, 연금제도(정부문제)의 개혁은 5~10년 정도가 된다. 그러나 교육이나 연구 수준의 저하와 같은 전반적인 추세(사회문제)는 10~30년이 소요된다.(17~19쪽)"

"무엇을 가졌느냐보다 그것으로 무엇을 하느냐가 중요하다. 지식이 부와 경쟁력의 결정인자다. 경제발전의 요소를 3가지 모델로 제시한 로버트 솔로우 MIT 교수(노벨경제학상)에 따르면, 첫째 노동력과 자본 설비의 확충(유형 자산)이 20%의 효과가 있고, 노동인구의 교육 수준 향상이 30%이며 기술 혁신과 노하우 증가는 50%에 이른다. 경제의 보이지 않는 측면, 즉 무형자신이 80%로 경쟁력의 핵심요소가 된 것이다."

방대한 경제이론을 다 소개할 수는 없고 교육의 측면에 한하여 다루었음을 밝혀둔다. 국가 경쟁력이란 국민들이 잘 먹고 잘 사는 것이다. 소득과 생활수준, 삶의 질이 높아지는 것이다. 그러므로 "장기적으로 국민에게 창출된 부를 공평하게 돌려주지 않는 국가, 응당한 보건

및 교육 인프라를 보장하지 않는 국가, 정치 사회적 안정을 유지하지 못하는 국가는 살아남지 못할 것이다.(72쪽) 예를 들어 싱가포르 정부는 경제성과를 주택, 병원, 교육의 개선과 같이 피부로 느껴지는 보상으로 항상 국민에게 되돌려주는 데 관심을 쏟아왔다."

네 가지 경쟁력 요소를 갖춰라

이 책의 중반부에 이르면 〈네 가지 경쟁력 요소〉를 심층적으로 다루며 다양한 증거를 보여준다. 경쟁력의 첫 번째 요소로 경제효율성을 증거로 제시한다. 경제효율성은 한 나라의 성적을 평가하는 전통적인 거시 경제적 잣대를 모두 포괄한다는 점이다. 이러한 경제효율성 측면에서 한국은 명목 GDP 6,799억 달러(2004년 기준)로 세계 10위이며 GDP 대비 FDI(직접투자 비율)는 32위로 결코 높은 순위가 아니다. FDI 누적규모는 한 나라의 공격적 역동성과 경제 파워를 보여주는 지표라는 점에서 6위를 한 일본에 비해 32위를 한 우리나라의 성적은 분발해야 함을 보여준다.

두 번째 요소인 정부효율성은 공공재정과 재정정책, 경제체제와 비즈니스법제를 모두 포괄하는 항목이다. 정치적 안정성, 행정의 효율성, 부패, 투명성 결여, 기업에 대한 불평등대우 등이 모두 고비용 비즈니스구조보다 더 많은 경쟁력의 장애를 유발할 수 있는 요인으로 보고 있다. 우리나라는 2005년 수준으로 31위로 법률 규제와 일관된 간소화 절차의 합리화에 노력해야 함을 보여주는 지표이다. 특히 최근에 불거진 '쌀 직불금 가로채는 공직자의 도덕적 해이'와 같은 사태는 투명성 결여라는 측면에서 정부효율성 요소에 치명타를 가한다고 생각한다. 사회적 약자인 농민을 도우려고 도입한 제도를 강자들이 악용하여 2006년에만 7만1천 농가가 직불금 1,068억 원을 받지 못했다는 사실은 우리 사회의 무딘 도덕성 수준에 부끄러움을 금할 수 없게 한다.

세 번째 요소인 사업효율성은 비즈니스가 국가 환경에 직접적인 영향을 미치도록 하는 요인이다. 비즈니스 적응성, 유효성, 노사관계, 경영관행, 기술 등이 그러한 요인이다. 특히 주목할 점은 노사관계의 질은 2005년 기준으로 60위에 랭크되었다는 점이다. 매우 부정적인 편이다. 더불어 기업의 윤리적 관행 수준도 겨우 36위에 그친다는 사실이다. 태국이나 말레이시아보다 낮은 등급이 놀랍다. 회사는 힘들어도 경영진은 건재하는 기업문화, 이사진과 경영진의 연봉과 스톡옵션 운영이 보다 투명하게 공개되어야 함을 수치로 입증한 셈이다. 기업의 사회적 책임을 극단적인 예로 보여주는 앤드류 카네기는 1889년 집필한 수필집 『부의 복음』에서 "죽을 때도 여전히 부자로 죽는 사람은 떳떳치 못하게 죽는 것이다."라며 그 자신이 생전에 쌓은 재산의 90%를 사회에 기부함으로써 미국에서 부자들이 갖가지 형태로 박애와 기부를 실천하는 모습을 보여준 점에 비추어, 우리 사회의 부자들이 긍정적인 평가를 받는 날이 어서 오길 바라는 마음이다.

네 번째 경쟁력 요소는 인프라효율성이다. 기반 인프라는 도로, 항만, 철도, 공항, 수로, 그 밖에 대외로 사람과 재화를 이동시키는 수단을 말하며, 과학 및 기술 인프라는 연구 센터, 대학교, 기업에 대한 투자를 통해 기초연구발전에 투입하는 자원의 수준이다. R&D(연구개발비) 지출총액 부문에서 2003년 통계로 우리나라는 8위에 랭크되었으나 교육제도의 경쟁력은 43위에 그쳤다. 교육은 경쟁력을 떠받치는 토대인 점에 비추어, 지식사회에서 경쟁력이 있다는 것은 유능한 인력을 보유하고 있다는 뜻이기도 하다.

1위인 핀란드, 11위인 인도, 21위인 대만, 35위인 태국에도 미치지 못한 것이다. 이는 우리나라 교육제도에 대대적인 수술이 필요함을 암시하는 대목이라고 생각한다. 과도한 사교육비, 교육 복지와 평등보다 경쟁과 수월성으로 치닫는 입시문화로 양극화되어가며 우수한 인재들을 해외로 빼앗기는 기형적인 교육풍토에 기인함을 인정하지 않을 수 없다. 국가의 교육인프라 비용도 선진국 수준에 비추어 매우 부족한 현실, 뒤처진 학생에 대한 투자와 배려보다 우수한 학생 중심의 선발제도 등은 해결해야 할 과제임이 분명해 보인다. 그런 점에서 1위인 핀란드의 교육정책은 충분히 부러움의 대상이며 연구하여 우리 풍토에 접목시킬 필요가 있다고 생각한다. 교육은 개인의 경쟁력을 넘어 국가 경쟁력을 좌우하는 무형자산임을 깊이 인식한다면 서둘러 공교육을 강화시켜야 할 시점이라고 생각한다.

이 책을 읽으며 나는 교육 분야에 특히 주목하여 경쟁력을 생각했다. 어떤 가정에서 태어나도, 어떠한 환경에 처하여도, 개인이 가진 능력이 뒤떨어져도 국가가 책임지고 원하는 공부를 할 수 있다는 깊은 신뢰감 형성이 기반이 되지 않고, 오직 각 가정과 학부모가 1차적인 책임을 감당하는 우리나라와 같은 교육풍토는 시급히 해결해야 할 선결과제임을 통감한다.

이기는 경쟁 습관 8가지는?

마지막 7장의 이기는 경쟁 습관 8가지를 소개하며 이 글을 마치고자 합니다. 이 책의 부제인 '이기는 것만으론 부족하다.' '능력이 곧 경쟁력은 아니다.'는 바로 경쟁의 역설이기도 하다. 작가 스테판 가렐리는 마지막 장에서 바로 경쟁의 역설을 보여준다.

습관 1. 조직에너지로 가득한 회사

개인은 그럴 필요가 없는 순조로운 때에도 항상 새로운 것을 시도한다. 그들은 전투적이고 미래지향적이며 아이디어, 상품, 프로세스, 무기력을 남보다 앞장서 혁신하려는 의욕에 불탄다.

습관 2. 긴박감

경영의 길잡이로써의 긴박성은 실행 뿐 아니라 전략적 성공에서도 매우 중요한 조건이다. 많은 전략들이 실패하는 이유는 구상단계에서 문제가 있었기 때문이 나이라 경영진이 전략을 실행하거나 완료하는 데 시간을 오래 끌기 때문이다.

습관 3. 확고한 목적의식으로 경쟁력 우위를 지속하기 위해서는 이제 그저 사업을 잘한다는 것만으론 부족하다. 사회로부터 존경받도록 하라는 것이다.

습관 4. 고강도의 탄성

경기 순환주기를 극복하는 유일한 방법은 후퇴를 금방 회복하는 탄성이다. "성공은 열의를 잃지 않고 실패에서 실패로 갈 때 찾아온다."는 윈스턴 처칠의 말은 의미가 있다. 당장의 곤경을 극복하고 역경에 맞서고 오뚝이처럼 다시 일어서는 능력이야말로 정말로 생존에 필요한 자질이다. 탄성은 사람과 전략, 조직의 구조에 모두 적용된다.

습관 5. 시점 포착감각

타이밍에 맞춰 다양한 취향의 소비자를 간파하는 능력으로 노키아, 스와치가 그 예이다.

습관 6. 유기적 공조

기업의 목표, 사람, 프로세스의 삼위일체를 말한다.

습관 7. 선을 넘지 않는 자신감

성공은 사기를 진작시키고 성취한 과업에 대해 정당한 자부심을 느끼게 한다. 그러나 성공이 오만을 부를 수 있다. 또 현재에 안주하고픈 유혹이 파고드는 것도 이 때다.

습관 8. 재창조의 열정

안주 상태를 빠져나오는 최상의 방법은 끊임없는 진실 추구와 고객과 늘 소통하는 것이다. 존 메이너스 케인스의 "진짜 어려운 것은 새로운 아이디어를 개발하는 게 아니다. 낡은 아이디어를 탈피하는 것이다."라는 말처럼, 창조 능력을 좌우하는 큰 힘은 개인의 탄성과 조직의 탄성이다. 재창조가 성공을 거두는 때는 뭐니 뭐니 해도 탄탄한 기업문화, 건실한 인성과 가치관을 지닌 직원들이 있는 조직에서 시도할 때이다.

결과적으로 경쟁의 역설은 대부분 무형자산에 있으며 정신적, 문화적 측면, 개인의 품성과 의지라는 무형적 자산에 있음을 암시한 것이다. 자신감, 에너지, 탄성, 열정, 타이밍, 판단력을 기르는 것은 결국 '교육의 힘'이라는 결론을 스스로 내려본다.

아울러 '경쟁력은 경쟁으로 배울 수 없다.'는 역설을 나름대로 도출해본다. 충분히 소화시키지 못한 채 자신의 언어로 쓰지 못하여 죄송한 마음이다. 그래도 읽기 전보다 한층 뜨거워진 마음으로 이 책을 내려놓으며 교육 일선에서, 여러 가지 정책 입안의 자리에서 생각하며 살기를 좋아하는 분들에게 나의 졸고가 잠시 힘을 돋울 수 있는 비타민이 될 수 있기를 비는 마음으로 숙제를 마친다.

자기계발서와 성공한 부자들의 책이 넘치는 세상이다. 그런데도 우리들이 사는 세상에는 힘든 사람들이 훨씬 많다. 진정한 경쟁은 자신을 이기는 것임을 모르는 사람은 없다. 보이지 않는 것이 보이는 것을 이끄는 세상이지만 사람들은 보이는 것에 더 민감하다. 유형 자산이나, 부에 대한 갈증은 채울 수 없는 것일지도 모른다. 다시금 경제가 1이면 정신이 100이라며 힘든 사람들의 자리에서 함께 삶을 나눈 권정생 선생님을 생각한다. 진정으로 잘 사는 것이, 경쟁력을 갖는다는 것은 '정신의 승리'라는 생각을 갖는다.

- 출처 : 「오마이뉴스」 경쟁의 시대, 무엇으로 이길까?

새로운 100년을 꿈꾸는 통일 이야기

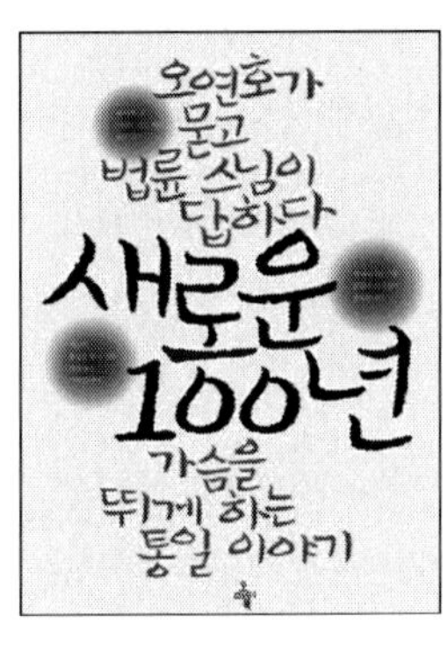

잊혀진 질문, 통일은 왜 해야 하나요?

초등학교 시절부터 가장 많이 부르고 들은 노래가 '우리의 소원'이 아닐까? 그리고 학교에서 가장 많이 묻고 답하는 주제도 '통일은 왜 해야 합니까?'일 것이다. 통일을 왜 해야 하는지 그 질문에 틀린 답을 써내는 학생도 거의 없을 것이다. 그만큼 '통일'이라는 단어는 진부하고 오래된 가치이다. 그럼에도 불구하고 머리로는 이해되나 가슴으로 절절하게 다가오지 못한 슬픈 단어다.

언제부턴지 부담스러운 단어가 되기 시작했고 정치적인 단어로 전락해 갔다. 우리에게 가장 오래된 숙제이고 민족의 꿈이 서린 단어이지만 누군가는 그것으로 목숨을 잃어야 했고 억울한 삶을 살다 가기도 했다. 그것은 수갑이 되기도 했고 포승줄이었으며 붉은 보자기를 씌우는 무서운 범죄 용어가 되는 세월을 보내며 숨죽인 채 살게 하였으므로 늘 답답하게 한 주제였다. 특히 최근 몇 년 동안 눈에 띄게 시야에서 멀어져 간 단어라고 생각한다. 통일 대신에 경제와 일자리, 교육과 행복, 건강이나 일상의 삶의 문제가 더 익숙해졌다.

이제는 통일의 당위성마저 의심받는 상황에 이르렀고 문제를 제기하던 정치가들마저 한발 뒤로 물러선 것 같다. 통일 대신 '종북'이라는 익숙하지 않은 단어가 텔레비전 자막에 뜨기 시작한 요즈음은 솔직히 혼란스럽다. 반공이념으로 담벼락에 반공방첩이라는 붉은 글씨를 보고 자란 저와 같은 세대는 통일에 대한 가치 정립도 편향되었다는 생각이 드는 게 솔직한 고백이다.

통일과 종북 이념의 경계에서 혼란스러울 이즈음 만난 『새로운 100년』은 신선한 충격으로 다가왔다. 그것도 정치가나 학자, 대학교수가 쓴 책이 아니라는 점, 통일문제연구소와 같은 전문적인 단체에서 출간한 책이 아니라는 점에서 더욱 끌리게 만들었다. 경제와 자기 계발, 행복이나 건강에 대한 책, 읽기 쉬운 말랑말랑한 주제에 밀려 현실적인 통일 이야기는 수면 아래로 내려가서 납작 엎드린 현실이 안타깝다. 속세를 떠나 수행을 하고 도를 닦는 스님이 국가적으로 가장 민감하면서도 건드리기 쉽지 않은 주제를 다룬 점이 돋보였다. 바꾸어 말하면 이제는 통일 문제가 그만큼 무르익어 간다는 징조로 받아들였다. 스님이 나서서 말해도 괜찮을 만큼 좋은(?) 시절이 된 거라고 희망을 가지고 읽기 시작했다. 세상 만물에는 그 때가 있음을 거부할 수 없기 때문이다.

꽃은 햇빛 쪽으로, 인간은 꿈꾸는 쪽으로 성장한다

헬렌 켈러는 꿈에 대하여 "사람들은 맹인으로 태어난 것보다 더 불행한 것이 무엇이냐고 내게 물어온다. 그럴 때마다 나는 '시력은 있으나 꿈이 없는 것'이라고 답한다."라고 말했다. 꿈은 한 개인에게도 소중한 가치이지만 국가나 민족에게도 없어서는 안 될 위대한 가치라고 생각한다. 지금 우리나라는 민족적인 거대한 꿈이 있다. 분단국가라는 부족함에서 오는 불편함과 소모적인 싸움에도 불구하고 함께 이뤄내야 할 천년의 꿈! 평화통일에 대한 꿈을 꾸지 않는 것은 아무리 잘 살아도, 국민소득 1위의 나라가 된다하더라도 불행한 일이라고 생각한다. 그 꿈을 향해 준비하고 실천하며 달려온 시대의 스승, 법륜 스님을 만나고 싶었다. 그래서 지난 6월 27일 전남대학교 용지관에서 열린 북콘서트에도 참석하여 오연호 사장님과 법륜 스님의 대담을 들었다. 800여 명이 들어찬 강당은 자리가 부족하여 통로와 무대를 채웠고 2시간 가까이 서서 듣는 분들도 끝까지 경청했다.

서로들 말은 안했지만 통일에 대한 갈증을 스님의 입을 통해서나마 시원하게 듣고 싶은 분들이 많았다는 증거이다. 스님의 즉문즉설을 기대하고 나이 드신 여성 불자들이 대부분을 차지할 거라는 제 생각과는 달리 젊은 사람들, 대학생들이 대거 참석하여 강연장의 분위기는 매우 진지했고 일상적인 질문보다 통일 문제가 주를 이루었다. 다소 무거울 수도 있는 주제임에도 불구하고 간간히 웃음을 유발하는 특유의 멘트는 열기를 식히는 청량제 같았다. 시대와 역사를 알아야 하는 것은 우리 모두에게 절실한 문제이기에 취업과 장래 문제, 결혼과 육아, 교육, 자신의 행복이 더 급선무인 젊은이들의 진지한 모습은 아름답게 보이기도 했다.

텔레비전 화면으로 즐겨보던 법륜 스님이 광주에서 『새로운 100년』 북콘서트를 연다는 소식에 참가신청서를 내고 책을 사서 읽으며 기다리던 설렘. 앞자리에 앉아서 지척에서 뵙는 기쁨도 있었고, 예습을 하고 간 덕분에 강연 내용이 훨씬 감동적이었다. 어쩐지 자긍심도 생겼다. 국가의 통일 문제를 함께 생각한다는 사실이 뿌듯했다. 마치 스님의 말씀처럼 나도 벌써 '통일의병'이 된 듯한 자랑스러움 같은 것이 나를 휘감았다.

아인슈타인을 꿈꾼 소년, 위대한 스승을 만나다

소크라테스 같은 대화법으로 제자를 붙든 불심도문 스님과의 선문답, '어디서 와서 어디로 가는지' 인생의 근원적 질문에 무릎 꿇는 대목은 탄복이 절로 나왔다. "창조적 표현과 지식에 대한 기쁨을 일깨워 주는 것이 교육자의 최고 기술"이라고 정의한 아인슈타인을 꿈꾸던 법륜 스님. 제자의 수준에 맞게 창조적으로 질문하고 쉽게 풀어서 인생의 근원적 질문을 차근차근 던지는 장면은 선생님과 부모가 가져야 할 설득의 기술로 보였다.

위대한 스승은 바로 위대한 꿈을 심는 사람이다. 제자의 가슴에 천년의 불을 붙인 백용성 스님(3·1독립선언 민족대표 33인 가운데 한 사람이자 그 거사를 계획한 분) 이야기도 가슴 뜨거운 이야기였다. "우리 민족이 독립을 하려면 반민족행위를 한 사람들의 죄를 씻을 큰 복을 지어야 한다."고 예언처럼 말씀하시는 대목이 인상깊었다. 큰 복이란 바로 우리나라의 평화통일일 것이다.

독일은 전범 국가였지만 지금은 유럽연합의 중심이다. 독일은 자기잘못을 진술하게 사과했고 그다음에 주변국에게 경제적 이익을 주었다. 그러니 자연적으로 유럽 통합에서 리더십을 가질 수 있었다. 그리고 서독은 동독에게 커다란 이익, 큰 복을 선물하면서 생색을 내지 않았기에 마음이 통한 것이다. 이처럼 남한이 북한에게 이익을 줘서 북한 사람들이 우선 덕을 봐야 하고, 앞으로 생활이 더 나아질 거라는 어떤 희망이 있어야 합하자고 할 것이다.

100년도 아닌 1,000년 앞을 내다보라는 스승

고등학교 1학년인 법륜 스님에게 그의 스승인 불심도문 스님은,

"네가 최 씨이니 동학을 일으킨 최제우 선생을 잘 알아야 한다. 너는 그 후손이니 그분을 본받아야 한다. 최제우 선생은 그때 이미 100년 앞을 내다봤다. 우리 사회에 앞으로 서학이 판칠 것에 대비해 그분은 동학을 창시했다. 그러니 너도 100년 앞을 내다보고 살아라. 아니 더 멀리 1,000년 앞을 내다보고 가야 한다."

법륜 스님은 그 스승으로부터 시대와 역사의식을 일깨우는 눈을 뜨며 수행을 하고 공부를 한다. 천문학과 수학, 물리학을 좋아하던 소년은

스스로 출가를 감행했고 그 어머니마저도 스승에게 설복 당하여 아들을 내놓는다. 통일의병을 꿈꾸는 커다란 씨앗이 잉태되는 순간이었다.

그러나 법륜 스님은 불교에 몸담고 있으면서도 현실 참여에 미지근한 모습에 회의를 하기도 하고 세상에 나와서 수학강사를 하는 인간적인 모습도 보여준다. 그를 다시 돌려놓은 것은 바로 1980년 5월 광주항쟁이다. 스님 개인적으로도 어려움을 겪으며 사회에 눈을 뜨기 시작하였다. 운동권 학생들에게 사실상 민주화운동을 지도한 것이다.

스승으로부터 동학운동과 민족의 독립운동을 배우며 역사의식이 정립되었고 민족적 자긍심을 키운 스님은 진정한 독립은 통일이 되어야 완성된다고 생각한다. 그 과정에서 18년째 고구려, 발해 역사기행을 대중들과 함께하며 북한 동포들의 고통의 실상을 듣게 된다. 그들을 인도적으로 지원하고 인권문제를 개선하는 일을 15년 넘게 하고 있다. 그러나 남북한이 분단된 채로 체제 경쟁을 하고 북한의 안보 문제가 해결되지 않는 한, 근원적 해결이 어려움을 절감하여 평화재단을 설립한다.

그리하여 나와 가족, 그리고 세상에 희망이 되는 희망세상 100만인 함께하기 캠페인 "내가 희망입니다" 운동을 펼치고 있다.

"혼자일 때는 외롭지만 천 명이 함께하면 힘이 나고, 만 명이 함께하면 세상이 움직이기 시작합니다. 그리고 100만 명이 함께하면 희망세상이 현실이 됩니다. 여러분의 참여로 우리 사회의 희망과 행복지수가 높아집니다."

이 운동은 인터넷 검색창에 '나는 희망입니다'를 치면 자세한 활동 내용을 알아볼 수 있고 참여할 수 있다.

통일공부를 하게 한 『새로운 100년』 밑줄 치며 읽다

우리는 의무교육 기간 동안 통일 교육을 귀에 딱지가 앉도록 배웠다. 그럼에도 불구하고 피상적이어서 구체적인 행동으로 나타나지 않

는 괴리를 발견한다. 내가 나서지 않아도 될 것 같고 그 문제는 정치가
들의 문제로 치부하거나 뒷말만 무성한 것이 통일에 대한 접근법이다.
예를 들면 구체적으로 통일 비용을 적립해 나간다거나 통일문제를 체
계적으로 논의하고 준비하는 범국민적 조직이나 단체를 만들어서 온
국민의 합의를 거친 실천 행위를 차근차근 초석을 다져야 한다고 생각
한다. 그렇다고 거창하게 떠벌릴 필요는 없겠지만 준비는 하고 있어야
한다는 뜻이다.

그런 점에서 본다면 『새로운 100년』은 통일을 바라보는 시각에서
눈길을 끈다. 역사책을 공부하는 마음으로 밑줄을 그으며 읽었다. 처
음 들어본 '홍산 문명'이라든가, 우리 역사가 지금보다 훨씬 앞선 7,000
년으로 보는 고대사의 전개 장면에서는 가슴 뛰는 감동을 느끼게 한
다. 그동안 우리는 일제식민사관에 역사를 맡긴 망각의 시간 때문에
잊혀지고 마모된 고대사를 제대로 검증하지도 못한 채 중국의 동북공
정이나 일본의 망언과 싸우고 있는 현실이다.

이 책에서 법륜 스님은 적극적인 대북포용정책으로 통일주도세력이
남한이어야 한다고 주장한다. 북한 주민을 돕고 북한의 기득권 세력의
신분을 보장해주는 획기적인 대북 포용정책을 말한다. 흡수통일은 북
한의 반발을 사기 쉽다는 것이다. 남한이 중심이 되는데 남한의 보수
가 반대할 이유가 없고, 북한을 과감하게 포용하자는데 남한의 진보
가 반대할 이유가 없다는 논리를 펼친다. 북한 주민의 아래 민심을 잡
기 위해서는 대규모의 인도적 지원을, 중간층을 잡기 위해서는 경제적
지원을, 상층부는 체제 보장과 신분 보장이 필요하다는 것이다. 중국
이 홍콩이나 대만에게 한 것처럼.

영국 속담에 '현명한 이는 남의 경험에서 배우고 평범한 이는 자신
의 경험에서 배운다. 그러나 바보는 어떤 경험에서도 배우지 못한다.'
고 했다. 우리는 앞서 통일을 이룬 독일과 베트남을 통해 현명하게 배

워야 한다. 독일이 얼마나 포용적으로 동독을 품었는지 살펴보아야 한다. 또한 6.25 전쟁이라는 우리 스스로의 경험에서 깊이 배워야 한다. 북한의 영향을 받는 나라가 될 것인지, 북한에게 영향을 주는 나라가 될 것인지 선택해야 한다.

이 책에서 법륜 스님은 말한다. 세계의 두 중심축인 미국과 중국의 틈새를 잘 이용해야 한다고. 우리가 어느 한 쪽으로 기우는 것은 통일에 도움이 되지 않는다고 말이다. 우리의 손길이 늦어지면 북한이 급격하게 중국 쪽으로 기울게 될 것이며, 지나치게 친미 쪽으로 기울면 중국의 반감을 살 것이라고. 그 대목에서 양팔저울이 생각났다. 양쪽의 무게중심을 잘 잡고 앞으로 나가야 하면서도 북한이 우리나라에 기댈 수 있게 해야 한다는 것을! 마음으로부터 더 멀어지기 전에, 북한의 자존감에 상처를 주지 않는 당근과 채찍을 잘 다뤄야 한다는 법륜 스님의 논리에 고개가 끄덕여졌다.

거인의 어깨에 서서 바라본 통일의 설렘

그동안 통일을 막연하게 될 것이라고만 생각하고 내 문제로 받아들이며 살지 못한 점을 반성하며 읽었다. 어쩌면 개인적이거나 가족이나 이웃의 행복만을 추구하며 이기적으로 살아왔다는 부끄러움을 느끼게 한 책이다. 칸트는 행복의 3가지 원칙에서 '첫째, 어떤 일을 할 것, 둘째, 어떤 사람을 사랑할 것. 셋째, 어떤 일에 희망을 가질 것'을 말했다. 나는 그 어떤 일이 '통일'이어야 함을 이 책을 읽고 결론 내렸다. 내 자식들과 내 손자들이 대를 이어 살아갈 대한민국이다. 언제까지 분단된 조국에서 남의 나라 눈치를 보며 자주적인 국가의 위상을 펼치며 당당하게 사는 나라를 부러운 눈으로 바라보는, 자존감이 낮은 국민으로 살게 할 수는 없다고 생각한다.

지난 20년 이상 반공이념에 갇혀서 통일 문제에 편향된 시각을 가지고 살아온 눈을 교정할 때가 되었다고 생각한다. 나는 이 책을 읽으며 통일이라는 거대한 꿈을 보며 설레고 가슴 뛰는 감동으로 읽었다. 그리고 감사했다. 길을 가르쳐주는 시대의 스승과 같은 하늘, 같은 공기를 마시며 살고 있다는 기쁨, 그 분의 강연을 직접 보고 들으며 그 내용을 다시 책으로 읽는 배움의 기회가 즐거웠다.

통일의 길을 공부하고 고민하고 도전할 과제로 삼으며 그 과정에서 얻은 깨달음을 나눔으로, 길잡이로 나선 법륜 스님. 그는 지금 통일의 길을 가르쳐주는 진짜 리더로 우리 앞에 거인으로 서 있다. 민족의 꿈을 적은 비원이 담긴 책 『새로운 100년』을 보며, 몽고의 침략으로 환란에 처한 고려가 불타버린 팔만대장경을 다시 만들어내며 백성들과 하나가 되어 나라를 지켜낸 정신력의 위대함을 생각했다. 지금 이 나라는 힘든 일이 너무 많다. 극심한 양극화, 실업난 속에 불안정한 복지, 교육문제 등 산적한 문제들이 많다. 통일 이야기는 사치스러운 말로 들릴지도 모른다. 나라 형편이 좋아지기를 기다려 통일 문제를 접근한다면 영원히 묻혀버릴지도 모른다.

이 책에서 법륜 스님은 통일을 바라보는 시각을 바꿔야 한다고 말한다. 통일은 밥을 먹여주는 일이며 북한 개발비용은 지출이 아니라 투자라는 개념으로 접근해야 한다고 말한다. 통일의 씨앗을 심자고 말한다. 국민 각자의 개인 수행을 위해서 정토회를 운영하고, 청춘콘서트를 열며 즉문즉설로 세상과 소통을 하는 법륜 스님의 실천하는 양심과 행동이 감동을 준다. 더 크게는 우리의 고대사를 발로 찾아가는 역사기행을 하게하고 평화재단을 설립하였으며 '희망세상만들기 100만인 운동'도 체계적으로 이끄는 모습이 자랑스럽다.

법륜 스님은 말한다. 성장리더십에서 민주화리더십(투쟁리더십)의 단계를 지나 지금은 통합리더십이 필요한 때라고! 그 시기가 바로 2012년 선거가 분기점이라고! 그러니 현명한 국민이 반드시 투표에 참여하여 현명한 선택을 해야 한다고 말이다. 나는 『새로운 100년』을 덮으며 타고르의 시가 생각났다. 통일이 오는 그날 그 밝은 빛이 동방의 태양이 될 것임을!

동방의 등불

일찍이 아시아의 황금시기에
빛나던 등불의 하나 코리아,
그 등불 다시 한 번 켜지는 날에
너는 동방의 밝은 빛이 되리라
마음엔 두려움이 없고
머리는 높이 쳐들린 곳
지식은 자유롭고
좁다란 담벼락으로 세계가 조각조각 갈라지지 않은 곳
진실의 깊은 곳에서 말씀이 솟아나는 곳
끊임없는 노력이 완성을 향해 팔을 벌리는 곳
지성의 맑은 흐름이
굳어진 습관의 모래벌판에 길 잃지 않은 곳
무한히 퍼져나가는 생각과 행동으로 우리들의 마음이 인도되는 곳
그러한 자유의 천국으로
내 마음의 조국 코리아여 깨어나소서.

* 위의 시는 인도의 시성(詩聖) 라빈드라나드 타고르가
1929년 4월 2일 동아일보에 발표한 시입니다.

- 출처 : 「오마이뉴스」 공모 2012 『새로운 100년』 독후감 수상작

일본에 화난 우리가
꼭 읽어야 할 책

사무라이 정신은 거짓이라니!

이 글을 쓰던 날은 광복 67주년을 맞은 날이었다. 그 무렵 며칠 전 끝난 런던 올림픽 축구 3, 4위전에서 일본을 2대 0으로 격파한 장면을 중개하는 텔레비전 앞에서 다시금 먹먹한 감동을 느끼며 베란다 밖에서 펄럭이는 태극기를 자랑스러워했다. 거기다 이명박 대통령의 독도 방문에 시비를 걸고 국제문제로 비화시키려는 일본의 행태를 보며 단순한 감정만으로 일본을 극복할 수 없다는 생각을 했다. 내 나라 영토를 자국의 대통령이 찾아갈 수 있는, 매우 상식적인 일을 가지고 일본의 눈치를 보는 상황에 분노를 금할 수 없다. 광복절을 맞이할 때마다 태극기나 걸고 일회성에 가까운 반일 감정으로 하루를 보내는 것만으로는 부족하다는 생각이 들었던 차에 신문 광고를 보고 흔치 않은 제목을 단 이 책을 샀다. 솔직히 말해서 일본을 이기고, 일본을 알아야 한다고 생각하면서도 구체적인 방법 면에서는 노력하지 않았고 단편적이었음을 고백하지 않을 수 없다.

그런 점에서 저자 장성훈 님에게 경의를 표하는 바이다. 독도 문제를 정치가들보다 더 앞장서서 해결하려고 노력하는 김장훈 씨를 비롯한 민간인의 노력에 감동하면서도 감정적으로 대처하는 것보다는 이

성적으로 차분하게 논리적으로 조목조목 따지는 학술적인 노력이 더 중요하다고 생각했기 때문이다. 사무라이 정신을 연구하고 파헤쳐서 책으로 출판하기까지 보낸 세월도 만만치 않았을 것이고, 광복절에 맞추어 독후감을 공모한 점도 매우 의미 있고 애국적이어서 감동했다. 국가나 연구 단체가 아닌 한 개인이 나서서 이렇게 용감한 일을 하는 것은 결코 쉽지 않은 일이기 때문이다. 아직도 이 나라에는 친일 후손들이 득세를 하고 있고 그 행적을 국민 앞에 진솔하게 사과한 사람도 없지 않은가! 자칫하면 저자에게 치명적인 유해를 가할 소지도 다분한 주제를 다룬 점만으로도 국가적으로 상을 주어야 할 판이다.

더구나 그 대상이 일본이다! 그것도 일본이 자랑스러워하는 '사무라이 정신'의 허구성을 파헤치고 널리 읽히기 위해 공모전까지 기획했다. 사무라이 정신이 일본 정신인 양 묵인하고 인정해 온 불찰에 대해 반성적 사고를 하게 한 저자에게 진심으로 경의를 표하는 바이다. 솔직히 나는 독학으로 고등학교 과정을 공부하면서도 선택 과목 중에서 일본어를 기피했다. 싫어하는 나라의 언어를 배울 수 없다는 사춘기 시절의 극단적 선택을 어른이 된 이후에 후회하곤 했다. 적을 알아야 이길 것 아닌가. 우리 역사를 피로 물들인 그들을 미워하는 일은 누구나 할 수 있다. 미워하는 것만으로는 진정한 사과를 받아낼 수 없다. 내가 만약 일본 사람과 독도 문제로 따진다면 얼마나 깊이 토론할 수 있을지 생각해 보니 자신이 없다. 이 책은 내게 한국인의 정체성을 찾아 공부하는 광복절의 원년을 선물한 책이다.

서두가 너무 길었다. 먼저 내 지식의 한계를 인정하고자 한다. 솔직히 말해서 내 지식으로는 저자의 책 내용을 조목조목 반박할 수 있는 무기가 없다. 그러니 초보자가 되어서 저자가 가리키는 대로 길을 따라 공부하는 마음으로 읽었다. 추상적으로 알고 약간의 동경까지 가

지고 있던 '사무라이 정신'이나 '가미카제 특공대'의 진실에 관한 오개
념을 수정할 수 있게 된 것만으로도 감사한 마음이다.

식민사관에 물들어서 은연중에 배운 우리 역사에 대한 자기비하 의
식이 수십 년 동안 나의 뇌를 지배해 온 것을 수정할 수 있었으니 이
제야 비로소 막연하게 일본을 좋게만 보던 편향된 시각을 교정했으니
얼마나 다행인가. 우리의 뇌는 매우 쉽게 속는다고 한다. 특히 한 번
형성된 오개념은 차라리 모르는 것보다 더 나쁘다. 수정하기 어렵기
때문이다. 나는 식민지를 겪은 세대도 아니고 전쟁을 치른 세대도 아
니다.

그러니 책으로만 배운 역사가 전부이고 상식적으로 들은 내용들이
내 지식이 되었다. 최고의 지식은 경험에서 나오는 지혜에서 시작된다.
간접 경험을 하기 위해서는 독서만큼 좋은 공부가 없다고 생각한다.
먼저 '사무라이 정신'에 대한 브리태니커의 소개를 보면 얼마나 미화되
어 있는지 알 수 있다.

"본래 사무라이라는 용어는 귀족 출신인 무사를 가리키는 것이었지
만, 12세기에 권력을 장악하여 1868년 메이지 유신[明治維新] 때까지
일본 정치를 지배한 무사계급에 소속된 모든 사람을 지칭하게 되었다.
지방 무사 출신인 가마쿠라 시대(鎌倉時代 : 1192~1333)의 사무라이들은
상당 수준의 무예를 지녔으며 자신들의 극기주의에 대한 높은 자부심
을 가지고 이전의 잔잔하고 세련된 왕실 문화와는 전혀 다른 절도 있
는 문화를 발전시켰다. 무로마치 시대(室町時代 : 1338~1573)의 사무라이들
은 선(禪) 불교의 영향을 받아 오늘날까지도 계속되는 다도(茶道)나 꽃
꽂이 같은 일본 고유의 예술들을 탄생시켰다. 이상적인 사무라이는 불
문의 행동규범을 따르는 극기적인 무사여야 했으며, 이 행동규범은 뒤
에 무사도(武士道)로 정립되어 용기, 명예, 개인적 충성을 목숨보다 소중

히 여기게 되었다. 이 때문에 불명예나 패배를 당했을 경우에는 할복 자살(셋푸쿠[切腹])을 택하는 것이 제도화되었다."

진실을 밝히는 데는 충분한 증거 제시와 용기가 중요하다. 충분한 증거가 있더라도 정의를 중시하는 용기 있는 마음이 없이는 불가능하다. 저자의 서문에서 밝힌 '아베 신조 총리는 미 하원에서 종군위안부 결의안을 심의할 때 "그들은 돈을 벌기 위하여 자발적으로 종군위안부를 하였고, 지금은 보상금을 받기 위하여 미 의회에서 거짓 증언을 하고 있다."라고 하면서 "결의안이 가결되어도 일본정부는 그따위 거짓말에 속아 어떤 보상금도 줄 수 없다."라고 말했다.'는 대목의 확실한 증거제시만으로도 마음을 끌기에 충분했다.

그리고 조선인의 근성, 사대주의 사상, 패배의식을 조장한 일본학자들의 책 내용이 오래 전 학교에서 배운 내용과 맞닿아 있음에 놀랐다. 식민지 국민을 지배하기 위한 일본 역사학자들의 교활하고 지능적인 수법을 답습한 오래 된 교육의 폐해를 깨닫고 전율했다. 진실은 간단하고 단순하지만 거짓은 그 진실을 덮기 위해 또 다른 수많은 거짓으로 위장해야 한다. 청산하지 못한 채 이어온 역사의식은 우리들을 세뇌 시킨 지 너무 오래되어서 거짓인지도 모른 채 내면화 되었으니 어쩌랴! 36년 동안 각인 시킨 친일 식민사관을 벗겨내는 데는 그 열배의 노력이 들지도 모른다. 서둘러서 벗겨내지 않는 한! 그런 점에서 저자가 들춰내 고발한 이 책의 반향은 대단하리라 확신한다.

역사학자나 전문 연구기관이 아닌 한 개인으로 접근한 용기에 박수를!

목차만 보아도 저자가 수년 동안 얼마나 많은 준비를 했는지 알게 한다. 첨예하게 대립하고 있는 한일 관계의 주제를 다룬 위안부 문제,

일본인의 근성, 한국인의 저력을 통해 밝힌 패배의식의 허구성, 사무라이 정신과 가미카제 특공대의 허구성 등을 국제적인 증거 자료를 제시하며 비판하고 있다. 주제에 따라서는 저자의 분노에서 우러나온 감정적인 진술이 여러 곳에서 드러나고 있으나 주관적인 관점에서 접근한 책임을 감안한다면 충분히 이해가 가기도 한다. 학술적으로나 체계적으로 밝혀 쓴 논문 형식이 아닌 에세이 형식이라는 점이다.

저자가 다양한 경로를 통해 알아낸 자료와 책을 통해 얻은 지식을 중심으로 자신의 의견과 주장을 곁들인 책이므로 학자적인 논점을 들이대면 읽는데 진도가 나가기 어려울 것이다. 그러므로 서문에서 밝힌 대로 '사무라이 정신의 진실성'에 대하여 새로운 문제점을 제기하는 계기로 삼아 젊은이들이 한국인으로서 자긍심을 높이는 목적 달성에 부응하고도 남을 책이다.

어떤 사실이 거짓임을 밝히는 데는 기록만큼 위대한 자료가 없다. 저자가 밝힌 바에 의하면, 도쿄대학 사료 편찬소에는 규슈의 시마즈가의 가계 족보가 보관되어 있다. 그 가계족보에 의하면, 남자들은 18세를 전후하여 전사한 것으로 되어있다. 이로 미루어 볼 때 당시 일본 사무라이들의 평균 연령이 20세를 넘기기 어려웠을 것이다. '어떤 산도 주군의 은혜보다 가볍고, 주군의 한 가닥 머리카락도 나의 목숨보다 무겁다.'고 새긴 사무라이들의 칼집에 새긴 글만 보아도 그들은 영주의 도구였음이 분명하다. 원래 일본은 전통적으로 사무라이들에 의해 통치되어 왔다. 사무라이는 군인이면서 행정을 담당하는 관료이기도 했다. 그러나 유신 세력에 의하여 에도막부가 멸망하면서 더 이상의 사무라이 정권은 존재하지 않게 되었다. 그러다가 군국주의 하에서 침략을 준비하면서 자국민들의 정신교육 차원에서 사무라이 정신을 강조하기 시작했다는 것이다,

니토베 이나조는 사무라이들이 검소하고 청빈한 생활을 했다는 것을 강조하기 위하여 서양의 기사도를 거론하고, 셰익스피어 작품까지 들먹거렸으며 일본정부는 이 왜곡된 사실을 더욱 과장시켜가면서 자국국민을 세뇌시켰다. 사무라이 정신을 본격적으로 접목시킨 사람들은 전쟁을 주도적으로 이끌었던 A급 전범들이다. 그들 중에는 가미카제 특공대를 창시한 오니시 다키지로 중장처럼 일본이 항복하면서 할복자살한 경우도 있었지만 대부분 추잡한 모습으로 살아남기 위해 비겁한 변명으로 목숨을 구걸한 전쟁의 원흉이 대부분이었음을 자료로 보여준다.

그럼에도 불구하고 전쟁 원흉들을 야스쿠니 신사에 모셔놓고 참배하는 논리는 그들이 아직도 잘못을 모르거나 미화시키고 있으며 전쟁에 대한 환상과 미련을 버리지 못하고 있는 단적인 증거다. 이것은 마치 히틀러가 독일 국민의 우수성을 보존한다는 논리로 국민들을 세뇌시켜 유태인 600만 명을 학살한 것과 다를 바 없다. 편향된 지식이 뇌에 각인되어 세뇌되면 무서운 괴력을 발휘하며 엄청난 결과를 가져온다. 인류 역사를 통해서 정치와 종교 분쟁에 이용된 사례가 얼마나 많은가. 뇌는 속이지 쉽다는 점을 현대의학이 증명하고 있지 않은가.

왜곡되고 미화된 가미카제 특공대의 진실

왜곡된 가미카제 특공대의 진실 또한 가관이다. 미국 위스콘신대학 인류학과의 미국 국적을 가진 일본인 오누키 에미코 교수는 가미카제 병사의 85%가 고등교육을 받은 학도병이었고 그 중 상당수가 일본의 최고 대학인 도쿄제국대학 출신이었다고 밝혔다고 한다. 가미카제 대원들은 총 2,500명이 비행기를 탔으며 그중 실제로 미함정에 돌진한 숫자는 불과 6%에 지나지 않았으니 사무라이 정신으로 무장한 군인

정신이 있었다고는 보기 어렵다는 것이다.

특히, 제2차 세계대전 당시 징집 경험이 있는 요미우리신문의 아타나베 쓰네오 회장은 "당시 나는 사병으로 가미카제 특공대 주변에 함께 있었다. 그들에 대한 사실은 우리가 아는 것 대부분이 왜곡되어 있다. 가미카제 대원들이 천황폐하 만세를 외치며 용맹과 기쁨으로 돌진했다는 것은 정치인들과 역사인식이 부족한 역사학자들이 지어낸 거짓말이다. 오히려 겁에 질려 바지에 오줌을 흘리거나 공포에 질려 일어서지도 못하는 대원이 대부분이었다. 그런 그들을 강제로 비행기에 밀어 넣었고 순순히 이행하지 않을 시에는 그 자리에서 폭력을 행사해가며 강제 탑승시켰다. 그들에겐 애국심도 천황에 대한 충성심도 없었다."고 증언한 것이다.

이보다 더 확실한 증거가 필요할까? 일본 최대 우익 신문의 회장이 증언한 발언만으로도 가미카제 특공대의 왜곡된 진실은 그들 스스로 자백하고 있는 셈이다. 죽음 앞에 초연하다는 것은 철저한 거짓이다. 불교 사상에 심취하여 철저한 윤회를 믿거나 죽은 후 부활한다고 믿는 종교인이라도 가미카제 특공대로 자원하고 싶은 사람이 과연 있을까? 삶에 대한 본능은 누구에게나 같기 때문이다.

이 밖에도 저자는 종군위안부 문제나 독도 문제에 대한 증거 자료를 제시하며 우리의 역사인식에 반성적 사고가 절실함을 펼친다. 이 책을 만난 것은 내 조국을 바라보는 시점의 전환이 되어서 우리 역사를 다시 보고 무조건 믿기보다는 증거 자료를 찾아 역사적 자료를 찾아 공부해야겠다는 깨달음을 안겨준 귀한 계기가 되었다. 그런 의미에서 이 책은 배우는 학생들에게도 역사를 가르치는 선생님이나 교수, 자식을 둔 부모들이 광복절이 들어있는 8월에 꼭 읽어야 할 책으로 적극 권하고 싶다. 저자 장성훈 님의 다음 작품을 기대하는 마음도 매우 크다.

역사를 공부하게 해주신 점, 다시금 감사드린다.

진정으로 일본인에게 사무라이 정신이 그들의 핏줄 속에 유전자처럼 내려오고 있다면 우리는 오늘도 늘 그들의 할복자살을 볼 수 있어야 하지 않을까? 아니면 보통 사람들이 아닌 특출하거나 이름이 알려진 사람들만이라도 그런 죽음을 자랑스럽게 보여줌이 있어야 하지 않을까? 그런데 유감스럽게도 현대의 일본인들이 그렇게 비참한 방법으로 죽음을 선택했다는 소식은 접하기 어렵다.

엄연히 존재하는 종군위안부의 역사마저 없다는 그들이, 독도를 자기 땅이라고 우기는 그들과 싸우려면 이 책을 쓴 저자 장성훈 씨처럼 철저한 사료 조사와 역사적 증거, 과거 그들의 행적을 조목조목 논리적인 자료를 들이대는 노력만이 최선이다. 감정적으로 싸우는 것은 그들의 물귀신 작전에 휘말려 인정하는 꼴이 될 게 뻔하다. 이제는 학교에서도 사무라이 정신이 거짓임을, 가미카제 역시 각본임을 가르칠 자료를 체계적으로 만들어서 우리 역사를 왜곡하고 비하시킨 식민사관을 철저히 씻어내길 바라며 이 책의 일독을 권하는 바이다.

- 출처 : 「오마이뉴스」 일본에 화난 당신이 꼭 읽어야 할 책

이제는 윤리적 소비 시대

인간성 회복을 위한 책 읽기 「윤리적 소비」

2012년 8월 31일 「한겨레신문」에 실린 "금값 폭등이 부른 아마존의 눈물, 원주민 80여 명 학살" 기사는 차라리 깊은 슬픔이었다. 아마존 밀림 깊은 곳에서 가장 자연적인 모습으로 살아가는 야노마미 부족을 그렇게 처참하게 죽인 금 채취자들. 이는 윤리적 소비에 정면 배치되는 야만적 물질숭배자가 보여준 인간임을 스스로 포기하는 최악의 행위다.

같은 신문에 등장하는 전신마비 천재 물리학자 스티븐 호킹(70) 박사가 2012 런던장애인올림픽(패럴림픽)에 참석하여 말한 일자천금의 말은 죄 없는 원주민을 무참하게 학살한 그들에게 주는 메시지처럼 들렸다. "인간은 모두 다르고 표준은 없다. 하지만 누구나 '인간정신'이 있다."는 긍정적인 말! 며칠 째 답보상태였던 이 독후감은 바로 스티븐 호킹 박사 덕분이다. 윤리적 소비자는 곧 그 인간정신의 회복에서 시작된다는 확신으로 이 글을 마무리하게 되었기 때문이다.

나는 '윤리'라는 단어에 꽂혀서 이 책을 샀다. 슬픔이 넘쳐나는 불행한 노동자들과 소외된 사람들, 기만적인 기업의 행태, 분노의 화살로 다중살인을 저지르고, 성폭행도 모자라 납치살인이 세상을 놀라게 하는 세상 어디에 윤리가 살아 있을까 하는 깊은 슬픔. 기업총수는 천문학적 이익을 가져가지만 일터에서 청춘을 빼앗긴 채 병마와 싸우다 스러져간 꽃다운 노동자, 해고의 질곡에서 슬픈 주검으로 돌아와 산 자들을 죄스럽게 하는 이 땅의 현실도 이 책의 행간에 숨어있었다. 인간이길 포기한 채 짐승보다 못한 본능을 지닌, 윤리의식이 사라진 무서운 세상에 '윤리적 소비'라니! 윤리라는 말은 정신적이고 내면적이며 도덕적인 가치라는 생각이 자리 잡힌 나 같은 사람은 '소비'라는 경제적이고 물질적 가치와는 어울릴 것 같지 않았기에 책 제목은 순간적으로 나의 소비생활을 반성케 하는 기폭제가 되었다. 내게 소비는 늘 합리적 소비를 지향했기 때문이다. 같은 품목이면 단가가 저렴한 것으로, 가계에 보탬이 되는 절약형 구매가 기본이었으니 어떤 상품이 공정무역이나 사회적 기업의 상품인지, 탄소배출량이 적은 상품인지 고민하며 사 본 적이 없었다는 부끄러운 고백을 하지 않을 수 없다.

스티븐 호킹 박사의 말을 빌려 '윤리적 소비란 인간정신이 깃든 구매행위이다.'로 정의를 내리고 싶다. 윤리의 사전적 의미는 '사람으로서 마땅히 지키거나 행해야 할 도리나 규범'이다. 그러니 소비하는 순간마저도 그 상품이 개발되는 과정, 생산되는 과정, 판매되는 과정, 노동자의 복지 조건, 사회적 책임까지도 윤리적인지 알고 나의 소비행위가 이루어지고 있는지 묻고 있었다. 내가 사용하는 일상적인 화장품이나 세면도구가 잔인한 동물 실험의 결과물이라면, 개와 고양이 동물들을 매우 좋아하지만 나는 그 물건을 아무렇지 않게 구매함으로써 이미 간접적으로 그 동물들을 죽이고 있었다는 일침이 행간에서 튀어나왔다. 더구나 내가 입는 운동복마저도 개발도상국의 15세 이하 어린이 노동자가 학교는커녕 가족의 생계를 책임지며 만들어 낸 상품이라니! 그것도 전 세계 노동자의 14%에 이르는 1억 6,600만 명(2004년, 국제노동기구)이니 통계에 잡히지 않은 수까지 감안하면 얼마나 더 많을까? 그들의 모습은 40여 년 전의 내 모습이었으니! 중학교에 진학조차 할 수 없는 가난 속에서 의식주의 해결을 위해, 늙고 병든 가난한 부모님 대신 아무런 망설임 없이 일자리를 전전해야 했던 내 모습을 보고 오래 전 슬픔이 나를 억눌렀다. 그 대목을 읽는 순간, 결코 잊힐 수 없는 아픔과 좌절의 긴 터널을 다시 불러내어 목울음마저 울게 했다. 오늘날처럼 스마트한 세상에 아직도 끝 모를 가난의 굴레에 빠져 노동의 대가마저 착취당하는 불쌍한 어린이 노동자들의 장면은 동물실험 만큼 연민을 낳게 했다. 나 한 사람의 힘은 작지만 깨어서 윤리적 소비를 하지 않으면 의도하지는 않았지만 어린 노동자의 피를 뽑는 행위라는 걸 알게 해주었으니, 가장 무서운 것이 무지이니 모르고 행한 소비 행위는 정당화 할 수 없다는 깨달음으로 무거운 마음으로 이 책을 읽어야 했다.

지금, 왜 윤리적 소비인가?

결코 즐겁거나 재미있거나 자기계발과 같은 진취적인 희망을 심어주는 책이 아니라서 진도가 나가지 않았고 읽는 내내 마음을 무겁게 하는 책이었다. 그럼에도 불구하고 매우 개인적인 소비행위 뒷면에 가려진 불편한 진실을 외면해서는 안 될 소비자의 책무성이라는 의무감이 나를 끝까지 붙잡아주었다. 물질만을, 나의 경제적 이익에만 눈이 어두운 합리적 소비자가 아니라, 보다 인간정신을 지닌, 윤리적 소비자가 되어 윤리적 기업정신을 지닌 상품을 보는 꼼꼼한 관찰, 사회적 기업에 관심을 갖는 일, 무조건 값싼 물건을 고르는 타성에서 벗어나 소비에서도 인간이라는 자존감이 필요하다는 새로운 인식의 전환점을 선물한 책의 저자에게 진심으로 감사드린다. 이제는 좋아하는 일회용 커피마저 장바구니에 얼른 담지 못할 것 같다. 농민의 수익은 고작 2%~4%이라니, 한 잔의 커피 속에서 브라질 농민의 땀과 눈물로 얼룩진 단맛이었으니 생산하는 기업이 사회적인가, 공정무역을 하고 있는가 알아보고 사야 하니 말이다. 이제는 여행도 이 책에 소개된 것처럼 공정여행의 수칙을 적어서 그대로 실천하려고 노력할 것이다. 아는 것이 행동으로 옮겨질 때만이 진정한 지식, 지혜이니 윤리적 개인이 윤리적 기업인으로 윤리적 생산을 하며 윤리적 소비자는 그들을 알아보는 혜안이 필요하다고 결론을 내렸다. 결국 윤리적 소비는 곧 마음의 문제로 귀결된다. 생명이 있는 모든 것에 대한 연민과 생명에 대한 외경심을 회복하는 인간으로 거듭나서 삶의 느림을 향한 걸음으로 협동적인 삶을 추구하리라. 지금, 왜 윤리적 소비인가? 우리 모두는 지구라는 우주 생명체에서 함께 살아가며 생명을 나누고 서로를 배려하고 아픔에 공감하는 윤리적 인간이어야 하므로!

- 출처 : 2012년 윤리적 소비 공모 일반부 수상작

4당 5락,
우리 아이들이 아프다

대한민국 모든 선생님과 부모님, 예비 부모들이 읽어야 할 필독서!

지금 우리 사회를 나타내는 사회적 핵심 코드는 '힐링과 소통'이다. 싸이의 강남스타일이 온 세계를 들썩인 이유도 따지고 보면 소통과 재미라는 생각이 든다. 사람들은 즐거운 대상이나 사람을 만나야 재미를 느끼고 소통을 하며 행복해진다. 그의 말춤과 중독성 깊은 리듬은 인간의 기본 욕구를 건드렸기 때문에 웃음을 불러왔다. 재미있는 꺼리가 부족한 현대인의 내면을 강타하며 즐거움을 선사한 것이다.

그것도 혼자서 추는 말춤이 아니라 함께 어울려 노는 듯이 춤추며 은연중에 소통하는 동질의식을 부추긴 결과라고 생각한다. 마치, 아이들처럼 단순하고 순수한 원초적 본능을 충족시킨다고나 할까? 아이들은 잘 노는 방법을 안다. 놀이의 천재다. 시간만 주면 자기들끼리 알아서 놀 줄 안다. 싸이는 바로 그 '놀 줄 아는 사람'의 본성을 깨워, 음악과 춤으로 잘 버무린 맛난 음식이 뇌를 즐겁게 하는 감정을 불러일으킨 것이다.

뇌과학 책을 읽다 보면 우리의 뇌는 좋아하는 음식을 먹을 때, 감동을 주는 음악을 들을 때, 사랑의 감정을 느낄 때 같은 부위에서 행복을 느낀다고 한다. 설날이나 추석 명절에 고향을 찾는 이유도 동일하다고 생각한다. 사랑하는 사람들을 만나 추억이 깃든 음식을 먹으며 행복을 느끼는 순간, 나도 모르게 상처를 치유하게 된다.

그러나 물질문명의 파도 속에서 앞만 보고 질주해야 살아남는 현대인들은 존재를 위해 필수적인 행복을 뒤로 미루며 사느라 자신의 뇌가 즐거워하는 감정을 제대로 들여다보고 치유하는 일을 잊어버렸다. 그 결과, 가정에서도 학교에서도 직장에서도 모든 인간관계에서 제대로 된 대화나 감정코칭을 배우지 못했고 물려주지도 못했다. 빨리빨리 달리느라 잃어버린 정서지능에 고장이 나서 어디를 가나 불통으로 상처를 주고받으며 힘들어하는 모습들이 널려있게 된 것이다. 감정을 제대로 표출하는 방법을 배우지 못하고 자란 어른들 속에서 자녀들도 감정을 처리하는 방법을 제대로 배우지 못했으니 어디서나 부딪치는 것은 당연하다. 따지고 보면 가정폭력이나 학교폭력 등도 감정코칭의 부재에서 오는 필연적 결과이다. 이제라도 늦었지만 더 나쁜 길로 치닫기 전에 어른들부터 감정코칭을 공부하고 연습하기 위해 노력해야 한다.

그런 점에서 이 책은 어른들을 위한 필독서라고 본다. 내 자녀들과 학생들, 직장에서 만나는 모든 인간관계의 기본인 감정코칭을 습득하고 실천하기에 가장 적절한 안내서이다. 기존의 자기계발서는 따라 하기를 종용했다면, 이 책은 과학적이고 실험적이며 현장에 적용한 결과를 예시자료로 보여주는 손에 잡히는 정보들이 넘쳐난다. 필자 역시 본인의 연구주제를 해결하기 위한 배경지식을 쌓기 위해 위탁연수 기관에서 공부하는 내용들과 겹치는 부분이 많은 책이다. 매체에 드러난 사회 문제는 빙산의 일각이라는 지적이 많다. 세상을 깜짝 놀라게 하는 무서운 범죄들의 이면에는 상처받은 감정들이 오랜 기간 숙성되어 터진 것이며 한 순간의 우연적인 결과물이 아니라는 것이다.

감정코칭이란? 감정을 있는 그대로 자연스럽게 이해하고 받아들이되, 감정을 표현하는 방식인 행동에는 명확한 한계를 두고, 그 안에서 좀 더 바람직한 방향으로 이끌어주는 것을 말한다. 저자 서문만 읽어도 밀려오는 아픔을 누르기 힘들었다. 상처는 감춘다고 해결되지 않으니 햇볕에 드러내놓고 원인 분석을 하고 서로 머리를 맞대어 해결책을 만들어 가야 한다는 점에서 중요한 내용들을 발췌하여 소개하고자 한다.

가출 아동 10만 명-그들이 지금 어떻게 살아가는가?
학업중단 청소년 20만 명-누구의 책임인가?
학교부적응 문제아 178만 명-도움이 절실하다!

먼저 위의 명칭부터 바꿔야 한다는 저자의 생각에 절대적으로 공감한다. 이미 부르는 순간부터 낙인 효과가 발생하기 때문이다. 교육 선진국 핀란드에서는 '학교 폭력'이라는 용어 자체의 사용을 금지하고 있다고 한다. 이름을 부르는 순간부터 좋지 못한 개념 형성이 뇌리에 씨앗이 뿌려져 부정적인 안경이 생기기 때문이리라. 인간의 뇌는 생존본능 덕분에 부정적인 기억에 더 민감하다. 그래서 탈 가정 난민 10만 명으로, 탈학교 난민 20만 명, 사회부적응 예비사회인 178만 명으로 부르자고 제안한다. 그 이유는 그 책임을 아이에게 돌리지 말고 어른이 책임지겠다는 뜻이라고. 망가지고 부서진 부자지간과 사제지간의 모습으로 인간관계가 어긋난 현실이 곳곳에서 터지고 있는 현실. 미국의 경우 아동 네 명 중 세 명이 친부모와 함께 살지 못할 정도로 붕괴되었고 학교 역시 교정에서 총소리가 날 정도로 붕괴되었다는 것. 국민 대다수가 '관계 상실의 늪과 혼란'에 빠졌으며 가정이 붕괴된 지 한두 세대가 지났기 때문에 회복이 매우 어렵다고 진단한다.

한국의 경우 가정 붕괴와 학교붕괴가 막 시작되었다고 진단한다. 아직 우리에겐 화목한 가족과 평온한 교실의 기억이 뚜렷하며 인성을 중요시하는 전통을 물려받았기 때문이라는 것이다. 전 세계적으로 우리나라만큼 효를 중시하는 나라는 없다는 게 서양철학자들의 공통된 의견이기도 하다. 우리나라의 아름다움을 논하는 첫 번째의 가치가 효도라는 것은 이미 알려진 사실이다. 아직도 많은 사람들이 효자와 효부 상을 받는 모습, 부모를 위해 기꺼이 자신의 장기를 나누는 모습, 부모를 위해 힘든 삶을 살아가며 꿈을 키우는 모습들은 어디서나 쉽게 볼 수 있음이 그 증거이다. 가끔 부모를 힘들게 하는 사람들 모습이 뉴스거리로 나올 만큼 아직도 우리에겐 효의 가치는 아름다운 모습으로 남아 있으니 희망적이라는 것이다.

저자는 말한다. 나이 먹은 사람이 아니라 성숙한 어른이 아이들 곁에 있어야 한다고! 그러나 아이 곁에서 점차 어른들이 사라지고 있음을 지적한다. 할머니, 할아버지가 아이 곁에서 사라지고, 이모, 삼촌 , 고모는 물론 큰형, 큰언니, 큰오빠도 사라졌으며 심지어 엄마와 아빠마저 사라지고 있는 현실. 아이는 학교, 학원, 가상공간, 온라인세상을 옮겨 다니며 그들 또래의 세상에 흠뻑 빠져 미성숙한 세계에 고립되어 있다고 한탄한다. 그나마 아이들 곁에 남아 있는 어른도 억압적인 경우가 흔하다고 진단한다. 지금 아이들은 존중받고 보호받고 사랑받는 존재가 아닌, 부모가 하라는 대로, 선생님이 시키는 대로 해야 하고 노예같이 자신의 감정을 억눌러야 하며 기계같이 자신의 감정이 철저히 무시당한 채 살다보니 인성이 망가지고 있다는 것이다. 이에 대한 해결책으로 제시한 『청소년 감정코칭』은 50년간 과학적 실험과 임상실험을 거쳐 검증되고 입증된 가장 효과적인 인성회복과 인간관계회복 방법이라는 것이다.

이것은 1960년대에 이스라엘의 교사 하임 기너트의 철학으로 제시된 것으로써, 그는 뉴욕의 문제 청소년을 상담하다가 놀라운 사실을 발견하게 된다. 청소년들이 담배를 피우거나 가출을 하는 등 문제행동을 보일 때, 그 행동을 교정하려고 하기보다 아이의 감정을 이해해 주자 아이들이 굉장히 호의적으로 변함을 발견한다. 상담사에게 유대감과 신뢰를 느끼면서 행동이 교정되었던 것이다. 그런 임상실험을 통해 하임 기너트 박사는 "아이의 기분이나 감정을 무시하지 마라."는 말을 남겼다.

그로부터 20년쯤 후에 미국의 존 가트맨 박사가 하임 기너트 박사의 책들을 읽고 그 가치를 새롭게 발견한다. 그의 연구로 체계화되어 『내 아이를 위한 사랑의 기술』이라는 책을 저술하게 된다. 그로부터 8년 후인 2006년에 조벽 교수와 최성애 박사 부부가 「MBC 스페셜」이라는 프로그램의 〈내 아이를 위한 사랑의 기술편〉을 통해 한국에 소개한 것이다. 교육학, 인간발달, 뇌과학 등 학문적 바탕을 구축하여 한국을 비롯하여 중미, 남미, 중국, 동남아에 소개하면서 그 효력과 위력을 입증한 방법을 소개한 책이다.

이 책은 부모자식간과 사제지간을 염두에 두고 썼지만 핵심내용은 부부, 학우, 동료를 비롯한 모든 인간관계에 유효하다는 것을 알 수 있다. 나는 이 책을 읽으며 나의 오랜 상처를 들여다보는 거울을 보았고, 내 가족의 상처와 이웃의 아픔을 보는 심안과 보듬어 줄 수 있는 공감의 방 하나를 가지게 되었다고 고백한다. 저자 부부에게 진심으로 감사한다. 내 반 아이가 화를 낼 때, 울 때 어떻게 다가가서 도와줄 자신감이 생겼다. 더욱이 가족들에게도 친구들에게도 소통의 도구로 언제든 꺼내 쓸 수 있는 마음의 방을 만들었기 때문이다.

이제는 IQ가 아니라 정서지능

정서지능은 '마음의 힘'이다. 흔히 IQ로 대표되는 기억, 지각, 추리, 계산 등이 머리의 힘이라면, 공감, 소통, 이해, 감정표현과 관계대처능력 등을 정서지능이라고 할 수 있다. 자신의 감정을 잘 인식하고 표현하고 조절하며 다른 사람의 감정을 잘 읽고 공감하는 능력이다. 대니얼 골먼은 오랜 연구를 통하여 정서지능이 높은 사람들의 특징을 몇 가지로 정리했다. 그에 따르면, 정서지능이 높은 사람은 우선 자신의 감정을 잘 알아차린다. 그리고 어떤 결정을 내릴 때 머리로만 따지기보다는 가슴이나 뱃속에서 느끼는 것에 따라 결정한다. 또한 정서지능이 높은 사람은 충동을 통제하는 데 능하고, 자기관리를 잘하며, 변화하는 상황에 잘 적응한다. 그리고 자신의 감정만이 아니라 타인의 감정도 잘 알아차리고, 타인에 대해 잘 이해하고 파악하면서 대처한다. 마지막으로 정서지능이 높은 사람은 관계를 잘 관리한다. 갈등을 잘 해결하는 것은 물론이고, 타인에게 영감을 주거나 좋은 영향을 주고, 타인의 성장에 도움을 준다. 다행스러운 점은 정서지능은 노력을 통해 발전시킬 수 있다는 사실이다.

뇌가 '공사 중' 인 청소년을 대하는 법

영유아기 아이들은 뇌에서 뉴런들이 도로망을 연결하느라 많은 시간의 수면이 필요하다. 신생아들은 18시간 정도 자기도 하는데 마찬가지로 사춘기에는 뇌에서 연결망을 새롭게 하느라 무척 피곤하다. 그래서 잠을 많이 자야 뇌 속의 도로들이 경험했던 것을 잠을 자며 쉬는 동안 연결되어 기억되고 강화되는 등의 작용을 한다는 것이다. 사춘기에는 평균 9시간 15분 정도는 자야 한다는 것! 그런데 한국의 학생들, 특히 고3 학생들은 잠이 부족하다. 이 시기의 만성적 수면 부족은 뇌의 성장을 방해할 뿐 안라 스트레스로 직결되어 우울해지고, 기억력이 감퇴되어 학습에도 집중할 수 없게 된다는 것이다. 우리나라 청소년의 수면의 질이 얼마나 나쁜가를 생각해보면 청소년 문제가 보인다. 어른으로 살아가기 위한 뇌의 전두엽을 구조 변경을 하기 위해 절대적으로 필요한 조건이 충분한 수면 시간인데 반대로 가고 있는 현실이니 얼마나 가슴 아픈가. 우리 아이들에게 충분한 잠을 자게 해야 할 판에 4당5락을 좌우명처럼 살고 있으니!

우리는 어떤 교사, 부모일까?

1. 축소전환형 교사와 부모의 특징

아이의 감정을 대수롭지 않은 것으로 축소한 뒤 다른 쪽으로 관심을 돌리는 유형이다. 대개의 경우 이 유형의 교사나 부모는 아이들의 부정적인 감정을 보면 불편해 한다. 그러면 아이는 자신의 감정을 믿지 못하고 자신이 비정상적인가 하는 의구심으로 자신감과 자존감이 낮아진다고 한다. 이 유형의 양육자 아래서 자라는 아이는 자신이 진정으로 원하는 것을 모른다고 한다. 슬픔이나 분노 같은 감정을 진정하는 방법을 배우지 못하여 남과 잘 어울리지 못 하고 쉽게 토라지거나 가만히 있다가 갑자기 화를 벌컥 낸다. 그래서 다른 사람의 눈치를 보게 되고 결국 자기 인생을 사는 것 같지 않고 남이 원하는 바에 따라 남의 기분을 맞춰주며 살게 된다는 것. 이 같은 현상을 가트맨 박사는 '자신의 GPS(위치확인시스템)가 자기 마음에 있지 않으니 어디로 가야 할지, 무엇을 해야 할지를 스스로 정하지 못한다.'라고 표현한다.

2. 억압형교사와 부모의 특징

억압형 교사나 부모들은 감정을 자연스러운 현상으로 보지 않는다.

특히 분노나 슬픔, 두려움 같은 것들은 억제해야 한다고 가르친다. 축소전환형은 달래주거나 다른 걸로 전환시켜 아이의 부정적 기분을 사라지게 하지만 억압형은 불편한 점들을 꾸짖거나 훈계해서 그러한 감정이 들지 못하도록 한다. 아이의 상처를 더 깊게 하는 유형이다. 이런 유형의 부모에게서 자란 아이는 분노나 슬픔을 느낄 때는 누구에게 어떻게 도움을 청해야 하는지를 모른다. 부모에게 말해 봐야 야단만 맞을 거라고 생각해서 혼자 괴로워한다. 그래서 일찍부터 술이나 담배를 접하게 되고, 비행을 저지를 가능성이 높다고 한다. 충동적이고 공격적이며 싸움도 잘하게 되며 자존감이 낮고 우울증도 유발한다는 것이다. 유교적인 전통에서 감정을 참고 인내하거나 울지 못하게 한 오랜 관습의 탓이 아닌가 한다. 대부분의 가정에서 화를 내거나 우는 것은 무조건 나쁜 것이라는 훈육을 받지 않았던가? 그런 점에서 억압형은 우리나라 부모에게 많이 보이는 특징이라고 생각된다.

3. 방관형 부모나 교사의 특징

이 유형은 아이들의 감정을 그대로 인정하고 수용해준다. 그러나 감정에 대한 올바른 대처법은 지도해 주지 않고 그냥 허용만 하기 때문에 방임이 되는 것이다. 아이가 "엄마, 어떻게 해?"라고 물어도 "나도 몰라, 네 맘대로 해." 아니면 "그런 건 네가 알아서 해."라고 반응한다. 그래서 아이는 자기 행동이 어디까지 괜찮고 어디까지 안 되는지 행동의 한계를 알 수 없게 된다. "슬프면 실컷 울어."라면서 감정은 분출해야 한다면서 문제해결능력은 키워주지 않는다. 이 유형의 부모에게 자란 아이는 스스로 진정하는 방법을 알지 못하고 적절한 행동을 알지 못하기 때문에 또래관계가 나쁘다. 자기중심적으로 생각하고 남의 기분이 어떨지 생각하지 못해서 따돌림을 당하거나 학업에 집중하기 힘들다고 한다. 방관형 부모의 모습은 최근 우리나라 부모들이 민주적으로 기른다는 명목으로 많이 보이는 모습이라고 생각한다. 공공장소에서도 하고 싶은 대로 하고 책임 있는 행동을 가르치지 않으니 스스로를 통제하지 못하는 것이다.

4. 감정코칭형 교사와 부모의 특징

이 유형은 아이의 감정에 대해 훈계하거나 야단치거나 벌주지 않고 먼저 공감해 준다. 예를 들어 형이 동생의 잘못에 대해 때렸을 경우, "네가 기분 나쁜 건 알아(공감). 그렇다고 해서 동생을 때리는 건 안 되지."라는 식으로 행동의 한계를 지어준다. 스스로 대안을 생각해 보게 하는 것이다. 아이의 감정에 공감을 해 준 다음, 아이의 행동에 대안을 제시해주거나 문제해결방법을 생각해 보는 것이 감정코칭형 교사나 부모의 특징이다. 매번 감정코칭형이 될 필요는 없으나 열 가지 상황에서 세 번 정도만 감정코칭을 해줘도 효과가 있다고 한다.

이 유형의 부모에게서 자란 아이는 내 감정이 소중한 만큼 다른 사람의 감정도 소중하다고 생각한다. 그래서 자신의 감정을 들여다보고 대처하는 자신의 '초감정'을 잘 활용하게 된다는 것. 초감정이란, 감정에 대한 감정으로서 자신의 초감정을 알아야 상대방의 감정도 읽을 수 있으므로 매우 중요한 개념이다. 가트맨 박사가 초감정을 부부치료에 적용해 보니 부부 사이에서도 초감정이 일치될 경우에는 대체로 잘 지냈다고 한다.

어른부터 긍정적 마인드세트를 지녀야

긍정적 마인드세트의 핵심은 어떤 아이게도 자신의 역경을 극복할 수 있는 심리적 면역성이 있다는 걸 확실히 믿는 것이다. 로버트 브룩스 교수는 이런 마인드를 지닌 사람을 '카리스마 있는 어른'이라고 정의한다.

카리스마 있는 어른의 특징을 살펴보면,

첫째, 자신과 타인에 대한 믿음이 있고, 잘될 거라는 기대감이 있다.

둘째, 아이들에게 동기를 부여한다.

셋째, 아이들에게 희망을 준다.

넷째, 아이의 상처회복력과 심리적 면역력을 키워준다. (아픈 상처를 위로해주기만 하는 게 아니라 다음에 그런 일이 또 벌어졌을 때 딛고 일어설 수 있는 회복력과 심리적 면역력을 키워준다.)

다섯째, 아동을 우선순위에 둔다. (특히 아이의 감정을 잘 살펴준다.)

나는 이 책을 읽으며 화석이 되어 바윗덩어리처럼 나를 눌렀던 감정의 결석을 뽑아냈다. 초감정으로 나를 들여다보고 끄집어내어 던져버렸다. 그것은 바로 애착 형성에 관한 것이다. 유아는 0세부터 2세까지는 어머니의 품안에서 보살핌을 받아야 한다는 것, 이 시기에 형성된 애착은 세상과 인간에 대한 신뢰감으로 평생을 지배한다는 것이다. 꼭 어머니가 아니더라도 단 한 사람만이라도 2세까지는 보육해주는 사람을 바꾸지 말고 풍부한 사랑을 주면 된다는 것이었다.

내 자식들에게 오랜 동안 품어왔던 미안함으로부터 해방된 것이다. 외가에서 자란 딸아이에게도, 낮이면 도우미 할머니에게 맡겨 기른 아들에게도 미안해하지 않기로 했다. 충분한 애착이 형성되었으므로!

육아에서 가장 소중한 애착 형성을 위한 핀란드의 육아정책은 매우 바람직하다. 핀란드에서는 0~2세 아동을 둔 직업여성에겐 임금을 전액 지급하는 육아휴직을 주고 추후 현직에 복귀함에도 불이익이 전혀 없다. 전업주부에겐 육아수당을 주어 철저하게 육아에 전념케 하여 애착 형성을 돕는 정책을 펴고 있으니 얼마나 과학적이고 심리학적이며 교육적인 정책인가! 거의 모든 시기에 발생할지도 모르는 인간관계의 기본 신뢰감 형성을 위해, 후유증 예방 정책으로는 단연 최고가 아닌가! 치료 중심의 정책, 따라가는 정책보다 예산 절감과 사회적 공감대 형성이나 감정 소모로 인한 불행을 미연에 막을 수 있으니. 어린 시절 행복한, 특히 애착 형성기에 행복한 아이들은 무의식 속에 형성된 스스로 낫는 힘의 면역성이 강해서, 뿌리가 튼튼하니 추후에 일어나는 문제를 긍정적으로 극복하게 되는 것이다.

슬픈 이야기지만 나 역시 4살 때 어머니와 이별했으나 애착 형성기를 지나서 기본신뢰감에 상처받지 않은 덕분에 재기가 가능했음을 이 책을 읽고 뒤늦게 깨달아 그 어머니께 눈물로 감사를 드렸다. 오랜 세월 어머니에게 버림 받았다는 트라우마에도 불구하고 일어설 수 있었던 것은 바로 건강한 애착기를 가졌다는 확신이 섰고 낳아주시고 4년간 따스하게 기르며 젖을 먹인 친어머니께 감사를 드렸으니 평생 나를 괴롭힌 트라우마에서 벗어나 눈물겹게 홀가분하다. 상처 받은 내 안의 어린 아이가 가지고 있던 부정적 거울을 깨뜨린 것이다. 애착 형성이 잘되어 이미 상처가 없었음에도 불구하고 스스로 옭아맨 부정적 거울을 보여준 나의 초감정을 바로 보게 되어 다시 태어난 기분이다. 그리고 내 상처로 인해 나도 모르게 제자들과 주변 사람에게 투사했을지도 모를 잘못을 돌아보게 되었다. 위대한 책 한 권은 인생을 바꾸고도 남는다.

"어떤 분야건 깊이 있는 지식을 가지게 되면 최선을 다해 남을 섬길 수 있고, 더 나은 세상을 만드는 꿈을 가지게 된다."

세계 최고의 외과 의사 벤 카슨이 『싱크빅』에서 한 말이다. 힐러에게는 자기 치유가 먼저다. 자신의 내면을 정확히 바라볼 수 있어야 한다. 자신도 건강하지 못하면서 누군가를 치유할 수 없기 때문이다. 이제 교사는 힐러가 되어야 하는 세상이다. 애착 형성이 덜 된 제자도 사춘기 이전에 그를 다독이고 격려하는 진심어린 스승을 만나면 충분히 감정코칭형 제자로 만들 수 있기 때문이다. 그러므로 상처를 대물림하는 어른이 되지 않도록 자신의 초감정을 형성시키는 지지대가 되어줄 수 있는 선생님이나 부모님이 되어야 한다. 또는 전문상담사를 통해서도 가능하다. 그것도 힘들면 감정코칭을 다룬 책으로도 가능하다. 열린 마음만 있다면. 필자는 한 사람 한 사람이 모두 하나의 우주라고 생각한다. 의존적인 인간이 아닌 행성으로써, 독립된 개체로 존재하는 자신을 깨닫게 하는 것이 진정한 교육이라고 생각한다. 각자가 항성인지, 행성인지, 위성인지, 혜성인지 자기를 찾는 노력을 돕는 것이 진정한 멘토라고 생각한다. 우리 모두는 각자 빛나는 별이니! 테레사 수녀의 마지막 멘트로 이 책이 준 절절한 감동을 마무리하고자 한다.

"진정한 사랑은 이것저것 재지 않습니다. 그저 줄 뿐입니다. 아플 때까지 주십시오. 아프도록 사랑하면 아픔은 없고 더 큰 사랑만 있습니다."

- 출처 : 「오마이뉴스」 4당5락! 우리 아이들이 아프다